Guts & Glory: Brick

Edizione Italiana

In the Shadows Security
Libro 6

Jeanne St. James

Traduzione di
Ernesto Pavan

Traduzione italiana a cura: Ernesto Pavan
Copertina a cura: Golden Czermak at FuriousFotog
Modello di copertina: Chase Ketron
Editore originale in inglese: Proofreading by the Page

www.jeannestjames.com

Iscriviti alla newsletter per avere aggiornamenti sull'autrice e sulle nuove uscite:
www.jeannestjames.com/newslettersignup (in inglese)

Attenzione: Questo libro contiene scene esplicite, alcuni possibili fattori scatenanti e un linguaggio da adulti che potrebbe essere considerato offensivo per alcuni lettori. Questo libro è in vendita SOLO agli adulti, come definito dalle leggi del paese in cui è stato effettuato l'acquisto. Si prega di archiviare i file in modo appropriato, in modo che non possano essere consultati da lettori minorenni.

Questa è un'opera di fantasia. Qualsiasi somiglianza con persone reali, vive o morte, o con eventi reali, è puramente casuale.

Dirty Angels MC, Blue Avengers MC & Blood Fury MC are registered trademarks of Jeanne St James, Double-J Romance, Inc.

Per rimanere aggiornati sulle novità di Jeanne, collegatevi al sito www.jeannestjames.com o iscrivetevi alla sua newsletter: http://www.jeannestjames.com/ newslettersignup (in inglese)

Link d'autore: Instagram * Facebook * Goodreads Author Page * Newsletter * Jeanne's Review & Book Crew * BookBub * TikTok * YouTube

La serie di In the Shadows Security

Guts & Glory: Mercy (Libro 1)
Guts & Glory: Ryder (Libro 2)
Guts & Glory: Hunter (Libro 3)
Guts & Glory: Walker (Libro 4)
Guts & Glory: Steel (Libro 5)
Guts & Glory: Brick (Libro 6)

Capitolo uno

Lo sbattere dei vetri della porta d'ingresso fece balzare in piedi tutti gli Shadows. Brick non era l'unico seduto intorno al tavolo la cui mano ricadde automaticamente sulla pistola legata alla caviglia.

Quello che sembrava il rumore dei tacchi di una donna percorse il corridoio nella loro direzione.

"Merda," mormorò Ryder. "Hai detto che era fuori con la sorellanza."

Gli occhi d'argento di Mercy si spostarono su di lui. "Già, cazzo, doveva stare fuori quasi tutta la notte con le altre."

"Sapevo che avremmo dovuto tenere la serata di poker nel cazzo di capannone," brontolò Steel.

"Il riscaldamento è rotto," disse Hunter. "Ci si sarebbero ghiacciate le palle. E poi, le donne sono tutte occupate col baby shower di Bella, quindi era il momento perfetto per giocare."

"Potevamo vestirci a cipolla," mormorò Walker.

Tutti gli sguardi si posarono su di lui. "E tua madre

avrebbe potuto farti mettere la tua cazzo di tuta da neve e i guanti."

Walker mostrò il dito medio a Steel.

Il rumore dei tacchi esitò, incespicò, quindi si udì un tonfo. Come se Rissa fosse caduta contro il muro.

Brick lanciò un'occhiata a Mercy. "Cristo, è ubriaca? Cosa hai fatto di male per farla ubriacare?"

Mercy aggrottò le sopracciglia e si alzò. "Niente. Non faccio mai niente di male, stronzo."

Risatine e sbuffi circondarono il tavolo della sala da pranzo su cui erano sparsi fiches, carte, posacenere, sigari e alcolici.

Prima che Mercy potesse andare a controllare le condizioni di Rissa, una donna irruppe nella stanza, con i capelli biondo scuro dello stesso colore e quasi della stessa lunghezza di quelli di Rissa, nonché disastrati. I suoi occhi azzurri, anch'essi dello stesso colore di quelli di Rissa, si spalancarono quando li vide.

"Merda," mormorò Mercy, per poi sprofondare di nuovo sulla sedia, passandosi una mano sul viso sfregiato.

"Non hai inserito l'allarme?" chiese Ryder, sorridendo.

"Sai che l'ho fatto, cazzo," brontolò Mercy, per poi voltarsi a fronteggiare l'intrusa. "Come fai ad avere il cazzo di codice?"

"Ce l'ho dall'ultima volta che sono stata qui. Me l'ha dato Parris." La donna fece una smorfia a Mercy. "Cosa c'è? Sono sua sorella, non una terrorista."

Brick strinse le labbra mentre osservava una versione più giovane di Rissa, ma altrettanto formosa, il cui atteggiamento, assieme ad altre somiglianze, avrebbe potuto fare di lei la gemella dell'altra.

Splendida, ma una grandissima rottura di coglioni.

O almeno, così diceva Mercy. Non la prima parte, ma la seconda.

Tuttavia, Brick non aveva mai avuto la possibilità di incontrarla di persona. E prestava attenzione solo a metà quando Mercy si lamentava di lei durante le partite di poker.

Di solito Mercy non era uno che si lamentava, ma teneva le cose per sé e lasciava che lo divorassero come un acido. Ma a quanto pareva, alla sorella di Rissa piaceva fare cose stupide. O, almeno, prendere decisioni stupide.

La più grande delle quali era stata quella di trasferirsi dall'altra parte del Paese per andare a convivere con un uomo conosciuto su Internet dopo averci parlato solo per un mese.

Mercy diceva che era "impulsiva."

"Lei vi lascia fumare i sigari qui dentro?" Non solo le *esse* di Londyn erano leggermente biascicate, ma anche il suo equilibrio non poi era così saldo, mentre si stropicciava il naso e agitava una mano per allontanare il fumo. "Che schifo."

"Rissa lo sa che sei qui?" ringhiò Mercy.

Brick interpretò l'espressione di Mercy e sperò vivamente che Rissa non si fosse dimenticata di dire al suo uomo una cosa tanto importante.

"No, le ho mandato un messaggio quando sono atterrata all'aeroporto... Per qualche motivo non ha ancora risposto."

Brick avrebbe potuto giurare che Mercy avesse levato gli occhi al cielo.

Lo aveva fatto davvero, cazzo.

Brick abbassò la testa e sghignazzò sotto i baffi.

La sua risata si spense quando Londyn si avvicinò al tavolo, afferrò la bottiglia di whisky posata accanto alla pila di fiches da poker al centro, svitò il tappo e bevve un sorso.

Sebbene Brick avesse notato molte somiglianze tra la donna di Mercy e sua sorella, aveva anche notato che il petto di quest'ultima era generoso quanto quello di Rissa. E Rissa aveva un davanzale *fantastico*.

Lo sguardo di Brick tornò su Mercy per assicurarsi che non sarebbe morto anche solo per aver pensato quelle cose. Avrebbe potuto giurare che quell'uomo sapesse leggere nel pensiero.

Per fortuna Mercy era troppo occupato a guardare Londyn, così Brick si voltò verso di lei. La donna aveva posato la bottiglia per un attimo, aveva preso fiato e poi aveva bevuto un altro sorso.

Brick si accorse di non essere l'unico ad avere lo sguardo incollato al seno lasciato scoperto dal profondo scollo a V di quella specie di tailleur con pantaloni che la donna indossava, o al modo in cui la gola di lei si muoveva mentre deglutiva.

"Scommetto che farebbe così anche se stesse ingoiando qualcos'altro," disse sottovoce Brick, incapace di trattenersi.

Accanto a lui, Steel si strozzò e abbassò la testa.

Mercy strappò la bottiglia a Londyn. "Che cazzo ci fai qui?" Sbatté la bottiglia accanto a sé, fuori dalla portata della donna.

"Non avevo un altro posto dove andare dopo che tu hai fatto vendere a Parris la sua casa a Las Vegas."

"Io non ho..." La bocca di Mercy si chiuse di scatto e lui si limitò a scuotere la testa.

"Non riesco a capire perché lei abbia voluto lasciare Las Vegas quando Michael la viziava. Tu sei solo un vecchio brontolone."

Steel sussultò accanto a Brick, che dovette distogliere il viso prima che la sua risata gli procurasse un proiettile calibro 45 in mezzo agli occhi.

Gli occhi azzurri cerchiati di rosso della donna posarono lo sguardo sulla bottiglia accanto a Mercy. "Ho bisogno di bere."

"Quanto hai già bevuto?" chiese Ryder, con aria più preoccupata che divertita.

Londyn sollevò una spalla. "Un paio di drink sull'aereo in aereo... e... forse..."

"Come non detto. Ci arriviamo da soli," dichiarò Mercy. "Basta alcol."

Le labbra di Londyn si schiusero mentre fissava Mercy per un lungo, imbarazzante momento; poi, come se avesse avuto un colpo di genio, la donna batté forte le mani e gridò: "Allora ho bisogno di un gelato! Tua moglie ha del gelato?" Ciò detto, uscì dalla stanza diretta verso la cucina.

"Moglie?" Brick ruotò la testa verso Mercy dopo che ebbe finito di guardare il culo grosso, ma allettante, di Londyn scomparire dietro l'angolo. "Ti sposi e ti dimentichi di dircelo?"

Prima che Mercy potesse rispondere, Londyn fece marcia indietro, mostrando loro solo la testa inclinata all'indietro, i capelli lunghi che le ricadevano sulla schiena e quel bel, bel sedere che, se Brick fosse stato un cretino, avrebbe cercato di toccare.

Ma uno, lui non era un cretino, e due, preferiva che le sue palle non finissero arrostite sullo spiedo.

"Oh... È vero. Intendevo la tua ragazza, *Ryan*. Sono passati più di due anni e mia sorella non ha ancora un anello."

Poi la donna reinserì la prima e si dileguò.

"Porca miseria," sussurrò Brick. Prese la birra e ne bevve un sorso per nascondere il sorriso.

"Non c'è da stupirsi che il suo cazzo di uomo l'abbia lasciata," brontolò Mercy.

"Ho sentito!" proveniva dalla cucina.

"Lo scopo era quello, cazzo!" ribatté Mercy con un muggito.

"Possiamo tornare alla partita?" chiese Steel.

"Perché? Questo è molto meglio," disse sottovoce Brick, anche se Mercy lo sentì e gli lanciò un'occhiata che avrebbe potuto far venire i capelli bianchi a un calvo.

"Dite che è meglio chiudere qui?" chiese Hunter.

"Io non me ne vado ancora," annunciò Brick. "È troppo bello."

"E comunque..." annunciò Londyn mentre tornava in sala da pranzo a tempo di record, portando con sé una scodella di gelato e trascinandosi dietro una sedia dalla cucina. Fece il giro del tavolo e incuneò la sedia tra Brick e Steel.

Loro due si guardarono e si spostarono per farle spazio.

"Non mi ha lasciato lui. L'ho sbattuto fuori di casa." La donna mosse il cucchiaio in cerchio attorno al tavolo, stringendo gli occhi. "Sembra che nessuno di voi mangi il gelato."

Prima che qualcuno di loro potesse risponderle, Mercy sbraitò: "Non noti qualcosa?"

"Sì, un intero gruppo di uomini da smutandamento seduti a un tavolo *senza* mangiare il gelato. Ma, *ehi*, io ho rinunciato agli uomini. A tutti voi. Non mi interessa quanto siete sexy. Quanto siete bravi con la lingua. Io ho chiuso!" Londyn si infilò un cucchiaio bello pieno in bocca e chiuse gli occhi come se stesse avendo un orgasmo. "Porco cane, che bello."

Sì, lo era. Brick la guardò mentre infilava di nuovo il cucchiaio nella montagna di gelato e se lo portava alla bocca. I suoi occhi erano incollati alle labbra di lei che si aprivano e alla lingua che usciva. Poi il cucchiaio scomparve di nuovo, gli occhi di Londyn si chiusero ancora una volta e lei fece "mmh."

Mmh. Già. Cazzo.

La mano gli cadde in grembo mentre si chiedeva se le

piacesse ingoiare il cazzo quanto il gelato. Anche se, a giudicare dalla sua figura sinuosa, il gelato doveva piacerle parecchio.

Il grido di "Non ci sono donne!" di Mercy strappò Brick alla sua fantasia gelatosa.

"Cosa?" chiese Londyn mentre il cucchiaio ormai vuoto usciva dalla sua bocca.

"Quello che a quanto pare non hai notato, Londyn, è che non ci sono donne del cazzo sedute a questo tavolo."

Lei sollevò le sopracciglia. "Beh, ci sono io." Mentre la bocca di Mercy si apriva e gli altri si sporgevano sulle sedie per assistere allo spettacolo, Londyn interruppe qualsiasi cosa lui stesse per dire. "Comunque, dov'è mia sorella?"

"Con il resto delle donne, al suo posto."

Le sopracciglia sollevate di Londyn calarono pericolosamente e lei lasciò cadere il cucchiaio nella ciotola con un tonfo. "Al suo posto?"

Brick incrociò le braccia sul petto e si sedette. Era meglio del porno. Più divertente del locale per soli uomini degli Heaven's Angels.

Era...

"Cosa cazzo ci fai qui, Londyn? Il tuo uomo ti ha finalmente cacciata a calci in culo?"

"Sai che *il mio uomo* non mi ha sbattuta fuori. Lo sai che *io* l'ho cacciato a calci in culo." La donna lasciò cadere la ciotola sul tavolo e un po' di gelato finì sul braccio di Brick.

Anche lei se ne accorse. "Scusa." Lanciò un'occhiata al tavolo. "Non ho un tovagliolo." Poi si chinò, offrendogli una visione perfetta delle sue tette, e gli leccò via il gelato sciolto dal braccio.

Un momento.

Lei gli leccò via il gelato sciolto dal braccio.

Chi faceva cose del genere?

Ma quella lingua calda e umida sulla pelle...

Merda.

"Perché?"

Cosa? Mercy le stava chiedendo perché aveva leccato il braccio di Brick?

"Parris non te l'ha detto? Lui mi ha picchiata."

Una corrente elettrica si diffuse nella stanza, crepitando attorno al tavolo. La donna, la cui bocca era di nuovo piena di gelato, sembrava non rendersi conto di ciò che aveva appena provocato.

"Che cosa avevi fatto?"

Londyn stava leccando il dorso del cucchiaio come un gatto si leccava la zampa.

Le dita di Brick si contrassero vicino al suo uccello.

"Perché pensi che io abbia fatto qualcosa?" sbuffò la donna, per poi scrollare le spalle con una smorfia. "Gli ho sparato."

Le schiene si rizzarono. Le mascelle si serrarono. Gli sguardi scivolarono sul tavolo. Quella linguetta sulla pelle e sul dorso del cucchiaio fu subito dimenticata.

Londyn aveva detto...?

"Gli hai sparato," ripeté Mercy, in un tono più spaventoso del normale.

"Beh, sì." La donna prese fiato e disse di getto: "Prima gli ho dato un calcio nelle palle, poi gli ho sparato."

"Ci stai prendendo per il culo?" brontolò Steel a bassa voce. Brick non era sicuro se l'uomo fosse colpito o incredulo.

"Ti ha picchiata una volta e tu gli hai sparato."

"Una volta basta e avanza."

Dall'altra parte di Brick, Hunter emise un lungo "*Caaaazzo*," lasciando ricadere la testa tra le mani.

Il volto di Mercy divenne tempestoso. E ce ne voleva per fargli quell'effetto. Era seriamente incazzato. Di solito, quell'uomo sfiorava lo zero assoluto quando era arrabbiato; non si scaldava.

Londyn si chinò in avanti, puntando il cucchiaio verso il centro del tavolo. "Okay, ecco cosa è successo..."

Tutti – tranne Mercy, che sollevò lo sguardo verso il soffitto e lo tenne lì – si chinarono in avanti, completamente assorti.

"La serata di poker è finita," mormorò Mercy.

"Oh, no. Cazzo, no. La situazione si sta facendo interessante," annunciò Brick. Non sarebbe andato da nessuna parte finché non avesse saputo quello che era successo.

"Okay, allora..." iniziò Londyn, ignorando lo sguardo terrificante che Mercy stava lanciando nella sua direzione. "Pensavo che fosse la mia anima gemella."

"Brick incontra una nuova anima gemella ogni volta che scorre a destra," disse Hunter.

Brick lo ignorò e tenne gli occhi sulle labbra di Londyn mentre lei prendeva fiato per continuare il racconto.

"E invece era tutt'altro. Perché non si possono avere due anime gemelle."

"Chi lo dice?" chiese Steel, stando al gioco.

"Lo dico io," sbottò Londyn.

Brick sentì un lungo sospiro da *cerchiamo di non commettere un omicidio* proveniente dall'altro capo del tavolo. Ignorò anche quello.

"Non si può avere una seconda anima gemella quando si è sposati con la prima."

Brick scosse la testa, confuso.

Londyn si girò a guardarlo direttamente e cominciò a parlare, come se lui fosse l'unico interessato alla sua storia. Brick non staccò gli occhi da lei per guardarsi attorno e vedere se era vero. Perché, 'fanculo agli altri, lui voleva sentirla e lei aveva una macchia di gelato sul labbro inferiore.

E, *porca puttana*, lui voleva leccarla via, proprio come lei gli aveva leccato il braccio.

Ma, visione altrettanto bollente, la lingua di Londyn guizzò fuori e spazzò via la macchia.

"Tu quale sei?" chiese lei, con gli occhi stretti fissi su di lui.

"Brick."

"Non ti ho mai incontrato prima, vero?"

"No."

"Mi sarei ricordata di te," affermò Londyn.

Prima che lui potesse chiedere il perché, Steel la incalzò: "*Dicevamo*, hai scoperto che la tua anima gemella era sposata."

"Non solo era sposato, ma aveva anche una famiglia. Io sono stata la cazzo di amante! Per anni! E non l'ho mai saputo."

"Quindi... lui ha usato quella come tattica di fuga quando ha capito che eri una pazza furiosa e ha deciso che preferiva avere a che fare con sua moglie?"

Londyn lanciò un'occhiata a Mercy. "No, non l'ha usata per niente. L'ho scoperto per caso."

"Poi lui ti ha dato uno schiaffo?"

"In realtà mi ha dato un manrovescio."

"Perché?" chiese Mercy con un altro sospiro impaziente.

"Perché io gli ho tirato addosso una lampada e l'ho colpito in faccia, spaccandogli un sopracciglio."

"Aspetta," disse Brick, con un tono più umoristico del dovuto. "Scopri che lui è un cane traditore. Gli apri la zucca con una lampada. Lui ti dà un manrovescio. Tu gli rimescoli le palle e poi gli spari. Ho capito bene?"

"Ci sei andato vicino," disse lei con la bocca di nuovo piena di gelato.

"La polizia ti sta cercando?" L'ultima cosa che tutti loro

volevano era che la polizia si avvicinasse alla In the Shadow Security o al complesso di proprietà del Dirty Angels MC. Avrebbe potuto significare guai.

"Perché dovrebbe?"

Cristo. Quella donna faceva sul serio? "Perché hai sparato a un uomo?"

Londyn agitò una mano in aria. "Era solo un graffio. Un colpo di avvertimento."

"Avvertimento di cosa?" chiese Brick, senza riuscire a trattenere il divertimento dalla voce.

"Di non picchiarmi mai più. *E* di fare i cazzo di bagagli, andarsene da casa nostra e tornare da quella dannata moglie."

"Porca miseria," borbottò Walker sottovoce. Non fu l'unico.

"Sai almeno come si spara con una pistola?" chiese Brick, trovando tutto ciò molto più divertente di una partita di poker.

Londyn sollevò una spalla mentre il cucchiaio raschiava il fondo della ciotola quasi vuota. "Punti e premi il grilletto."

"E fin qui," disse ridacchiando Brick.

"Dimmi, se hai cacciato quello stronzo traditore e donnaiolo, perché cazzo sei qui?" ringhiò Mercy.

"Perché non voglio più vivere a New York da sola. Mi ero trasferita lì solo per lui. Sarei tornata a casa a Las Vegas, ma grazie a te, ora Parris ora vive qui. Quindi... eccomi."

"Eccola," annunciò Ryder ad alta voce, con una risata di accompagnamento.

"Per una visita," disse Mercy. "Uno scalo breve prima di riprendere il volo."

Londyn lasciò cadere il cucchiaio nella ciotola e la spinse via. "Finché non deciderò il da farsi."

Le labbra di Mercy si appiattirono. "In un motel."

Gli occhi azzurri si strinsero sull'uomo grande e grosso

seduto in fondo al tavolo. "Dubito che mia sorella voglia che io stia in un motel quando ha una casa bella grande qui."

"Insieme a quel grande e splendido anello che porta al dito, di cui a quanto pare ti sei dimenticata prima."

"Oh, è un vero anello di fidanzamento? O un anello di *accontentamento*?"

"Rissa non è incontentabile come te," disse a denti stretti Mercy.

"Bene." Londyn si alzò di scatto, prese un bicchiere di plastica vuoto, girò attorno al tavolo e prese la bottiglia accanto a Mercy. "Scusate se sto attraversando un periodo difficile e sono *incontentabile*. Aspetterò Parris altrove."

"In motel," urlò Mercy alle sue spalle mentre Londyn usciva di corsa dalla stanza. Quando Brick non sentì il rumore dei tacchi, capì che la donna era rimasta a piedi nudi.

Abbassò la testa e vide i tacchi di lei sotto il tavolo. Erano fottutamente sexy. Non aveva idea di come facessero le donne a camminare con scarpe del genere, ma non gli importava.

Poi immaginò Londyn distesa sul suo letto, con i capelli biondo scuro sparsi sul cuscino e gli occhi azzurri puntati su di lui, con addosso una vestaglia di pizzo nero che abbracciava tutte le sue curve e quei cazzo di tacchi rossi.

Sì, cazzo.

Sollevò lo sguardo dalle scarpe a Mercy e decise di percularlo ancora un po'. "Dovresti essere un po' più solidale con la tua futura cognata."

"Vai pure a consolarla."

Brick si alzò.

Mercy gli puntò un dito contro. "Seduto, cazzo. Tieni giù le mani da lei. È ubriaca e c'è il rischio che sia suscettibile al tuo fascino da cazzone."

A quanto pareva, Mercy non aveva parlato sul serio prima.

"Sarebbe il suo tipo!" disse ridendo Steel, dando una pacca sulla schiena a Brick.

"Rissa mi ucciderebbe. Dopo aver ucciso te. Quindi siediti, cazzo."

"Ma..."

"Siediti, cazzo!" gridò Mercy. "Non pensarci nemmeno."

"Pensavo avessi detto che la serata di poker era finita," disse Brick.

"Lo è. Lo era. *Merda, merda, merda*," gridò Mercy, per poi passarsi una mano nei capelli. "Ho bisogno di un cazzo di drink e lei si è portata via il whisky."

Brick si chinò e prese una lattina dalla sua confezione da sei di Iron City. "Birra?"

"Non bevo quella brodaglia," brontolò Mercy.

"Come vuoi," disse Brick. Aprì la lattina e si fece scivolare la birra in gola. I suoi occhi si posarono sulla porta da cui Londyn era scomparsa. "Giochiamo a poker o abbiamo finito?"

"Poker," dissero contemporaneamente Steel, Hunter e Walker. "Stasera siamo senza donne, quindi dobbiamo approfittarne."

"Amen, cazzo," disse Ryder. Si sedette e si accese un sigaro. "E chissà quando sarà la prossima occasione. Donne e bambini complicano la vita."

"Tu non hai ancora dei figli," disse Hunter. "Sono l'unico seduto a questo tavolo ad avere dei figli."

"Figlio," lo corresse Steel.

Hunter sorrise.

Walker gli diede una pacca sulla schiena e rise. "Cominciavo a pensare che stessi sparando a salve, vecchio mio. Congratulazioni."

"Stiamo arrivando al punto che giochiamo a poker solo quando le donne sono tutte a un baby shower," si lamentò Steel.

"Finché quelle della sorellanza continuano a rimanere incinte, dovrebbe capitare abbastanza spesso, cazzo," brontolò Mercy.

"Insisto che il club dovrebbe aprire un fottuto asilo nido," affermò Ryder, guardando il fumo che risaliva verso il soffitto dalla punta del suo sigaro.

"Presto avranno bisogno di un distretto scolastico tutto loro," disse Steel.

"Amen anche a questo, cazzo," rispose Ryder.

"Z parla di aprire un asilo nido del club," disse Mercy, scuotendo la testa. "Un cazzo di strip club e un asilo nido. Non nello stesso edificio. Per fortuna."

"Beh, probabilmente anche le spogliarelliste di Moose ne avrebbero bisogno."

"Tutti noi potremmo averne bisogno," disse Hunter.

"Parla per te," affermò Mercy.

"Okay, io e Frankie potremmo averne bisogno."

"Cristo santo, ci stiamo trasformando in donne del cazzo! Possiamo giocare a poker, fumare sigari e grattarci le palle come gli uomini che siamo?"

Si udirono alcuni grugniti in risposta allo sfogo di Mercy e Brick iniziò a mescolare il mazzo che era rimasto abbandonato davanti a lui. "Do io le carte, stronzi. Puntate."

Capitolo due

Brick uscì dalla porta d'ingresso con le due birre rimaste appese agli anelli di plastica agganciati alle dita. Con l'avvicinarsi del Giorno del Ringraziamento, faceva abbastanza freddo da permettergli di vedere la condensa del suo fiato mentre guardava Walker e Ryder attraversare il prato per raggiungere le loro case, nello stesso cul-de-sac. Hunter, invece, imboccò il marciapiedi buio, illuminato di tanto in tanto dalla luce di un lampione, dato che abitava a un paio di strade di distanza.

Steel gli diede un pugno sulla schiena e sbuffò: "Bella partita. Grazie per la donazione in favore della nostra nuova casa."

Lo sguardo di Brick andò automaticamente al lotto vuoto a destra della casa di Ryder. Steel e Kat avrebbero costruito lì la loro casa. Appena una settimana prima avevano comprato il lotto dal DAMC, usando il denaro della vincita dell'ultimo incontro di Kat; una volta arrivata la primavera, avrebbero iniziato a costruire. Rimaneva un solo lotto vuoto nel vicolo cieco sulla sinistra della casa di Mercy.

Diesel diceva che c'era il nome di Brick sopra, quando lui sarebbe stato pronto.

Brick non aveva problemi con il suo attuale appartamento. Aveva preso in affitto la vecchia casa in città del vice-presidente dei Dirty Angels, Hawk, che era grande abbastanza per lui. Aveva un'enorme camera da letto padronale, perfetta per intrattenere le signore. E Brick non doveva preoccuparsi di cancelli telecomandati, muri di cemento e codici di sicurezza per farle entrare dalla porta principale. E nemmeno per farle uscire.

Dentro facilmente. Fuori facilmente.

Il telefono di Steel squillò e lui lo guardò. "Kat è a casa. Questo significa che il baby shower è finito. Vuol dire anche che Rissa arriverà presto e scoprirà che sua sorella ha invaso inaspettatamente Shadow Valley."

"A meno che non lo sapesse già," disse distrattamente Brick mentre fissava il lotto buio e vuoto alla sua destra. Il *suo* lotto. Un lotto che non era sicuro di volere e di cui forse non avrebbe mai avuto bisogno.

"Credi che lo sapesse e lo abbia tenuto nascosto a Mercy?" Steel scosse la testa. "Ne dubito. Mercy ha detto che Londyn è impulsiva, quindi posso immaginare che sia una sorpresa totale. Tuttavia, se la sorella di Kat decidesse di presentarsi alla porta di casa nostra, io mi incazzerei da morire."

"Sì, ma quelle due non sono legate come Rissa e Londyn."

"Giusto. Devo andare a casa a fare le coccole alla mia Kitty Kat." Steel sorrise. "Ciao, allora." Rivolse un cenno a Brick e si diresse verso la sua Jeep, parcheggiata accanto al TUV di Brick. Anche se la Wrangler personalizzata di Steel non era piccola, era comunque una nana rispetto al carro armato Rezvani di Brick.

Perché più grande voleva sempre dire meglio. Giusto?

Cazzo, se è vero.

Un fucile più grande. Un veicolo più grande. Un cazzo più grande.

Brick sbuffò, scosse la testa per i suoi pensieri da stronzo e salì sul suo *tactical urban vehicle*. Come la sua camera da letto, anche quello era perfetto per rimorchiare.

Brick aspettò che Steel si allontanasse e premette il pulsante di accensione del suo carro armato, lasciando che il brontolio del motore gli rimbombasse nel petto.

"Devi avere l'uccello davvero piccolo."

La Glock 19, che Brick teneva in una fondina sotto il sedile, fu nella sua mano e puntata verso il sedile posteriore e la fronte dell'intruso prima ancora che l'ultima parola venisse pronunciata.

Il suo cuore ricominciò a battere quando si rese conto che il suo obiettivo non era una minaccia. O almeno non una di quelle che lo avrebbero ucciso.

"Vuoi spararmi?" chiese Londyn.

"Dovrei." Brick abbassò la pistola e si voltò, infilando la Glock nella fondina. "Per aver scassinato il mio veicolo."

"Non l'ho scassinato. Non era chiuso a chiave. A differenza della Jeep."

"Eri a un crampo dalla morte, Londyn." Brick si voltò di nuovo verso la donna, anche se era nascosta nell'ombra del sedile posteriore.

"Dubito che tu abbia mai crampi alle dita. Parris ha detto che sei un cecchino. Scommetto che hai le mani davvero ferme."

"*Ero* un cecchino."

Londyn scoppiò in una risata. "Certo."

Rissa stava parlando a vanvera? "Cosa ti ha detto?"

"Nessun segreto, se è questo che ti preoccupa. Solo informazioni generali. Ma ho un'idea di quello che fate voialtri... Non sono stupida."

Se era come la sorella, non era stupida per niente. Solo che a volte faceva cose stupide. Ma in fondo lo facevano tutti. Per esempio, Brick non l'aveva buttata fuori dal suo veicolo a calci nel sedere non appena era si era rivelata. Soprattutto dato che lei aveva bevuto.

Non solo biascicava leggermente, ma trascinava le *u* per chilometri. Tuttavia, da quel poco che Brick scorgeva dal punto in cui era seduto, non sembrava ubriaca fradicia.

"Perché sei nel mio carro armato?"

"Questo è un carro armato? Ho visto i carri armati nei film e questo non ci assomiglia."

"È il nome del veicolo."

"È a prova di proiettile come l'auto di Mercy?"

Brick amava il suo carro armato, ma non gli era piaciuto staccare l'assegno per acquistarlo e il modello antiproiettile costava il doppio. "No."

"Avete verificato?"

"Londyn, cosa ci fai sul mio sedile posteriore?"

"Mercy non mi vuole dentro e sto aspettando che Parris torni a casa." La dichiarazione si concluse con una tirata di naso.

Oh, cazzo.

"Sono solo..." *Sniff, sniff.* "Sono..."

Ma vaffanculo. Brick non era abituato ad avere a che fare con donne emotive. Non rimaneva mai abbastanza a lungo perché diventassero emotive. Lui aveva incontri, non relazioni.

C'era troppa varietà là fuori per limitarsi a un solo tipo. Era sicuro che la monogamia diventasse noiosa in fretta.

Un'altra tirata di naso soffocata lo riportò alla donna nel

suo veicolo. Che *non* era una delle sue, ricordò a se stesso. "Hai finito la bottiglia?"

Un "forse" sommesso lo raggiunse.

Brick sospirò, impiegò ben due secondi per decidere cosa fare, quindi scese dal posto di guida e aprì la portiera posteriore. Salì dopo aver dato una rapida occhiata alla casa nel cui vialetto si trovavano e Londyn si affrettò a fargli spazio.

Mentre chiudeva la portiera posteriore del lato del guidatore, Brick lanciò di nuovo una rapida occhiata alla casa, avvertendo una leggera stretta al buco del culo. Sarebbe morto nel suo amato veicolo?

Doveva solo tenere le mani a posto. Tutto lì. Facile.

La donna ci aveva dato dentro alla grande, anche se non era completamente ubriaca di whisky. Dato che Brick non la conosceva, non era sicuro di quale fosse il suo livello di marinatura attuale. Ma a prescindere da tale livello, lui non aveva intenzione di morire quella sera. Là fuori c'era un sacco di figa molto meno pericolosa.

Ma, *diamine,* marinata o no, Londyn era sexy da morire. Anche nella luce fioca del sedile posteriore.

"Sei ancora a piedi nudi?"

Il viso di lei si voltò verso di lui; la fronte si aggrottò. "Cosa?"

"Hai lasciato le..." *fottutamente sexy,* "... scarpe sotto il tavolo. Ne hai messo un altro paio?"

"No."

"Fa un freddo cane qui fuori. Hai freddo ai piedi?"

"Un po'."

Brick si allungò per raggiungere la console della parte anteriore del suo TUV e alzare il riscaldamento. "Entrerai in casa una volta che Rissa sarà arrivata?"

"Sì. È solo che non sopporto... *lui* in questo momento. Non capisce."

Brick trasalì per il pizzico di piagnisteo che c'era in quelle parole. "Quello che non capisce è perché ti sei trasferita dall'altra parte del Paese per un tipo conosciuto online."

"Sono stata con Kevin per anni."

"Sì, ma non lo conoscevi prima di andare a vivere con lui." E a quanto pareva, nemmeno dopo. Ma non era il momento di farglielo notare.

La donna gemette. "Lo so, lo so! Pensavo che la mia vita si stesse mettendo in carreggiata. Pensavo che finalmente sarei stata felice. Lui diceva tutte le cose giuste. Pensavo..." La donna scosse la testa. "Perché te lo sto raccontando?"

"Perché sei seduta nel mio veicolo e ti piace parlare?"

Lei tirò su col naso, sospirò e si passò una mano sugli occhi. Si girò sul sedile per guardarlo in faccia. "Mia sorella è la donna più forte che io conosca. È stata rapita, cavolo, e poteva morire e non ha pianto nemmeno una volta quando me l'ha raccontato. E io me ne sto qui a frignare per un uomo. Un cazzo di uomo. Uno stronzo che mi ha fatto credere che mi amava e che io fossi la sua unica e sola. E non lo ero. Non lo sono mai stata."

"Londyn–"

"Ho bisogno di mia sorella. Ho bisogno di capire cosa devo fare. Non ho un altro posto dove andare e lei è tutto quello che mi è rimasto."

L'ultima parte suonava dolorosa e cruda, e provocò una strana sensazione nel petto di Brick.

Era come se quasi... gli importasse.

Eh.

Non era sicuro di come interpretare quella sua reazione. Forse era solo un caso.

"Come hai detto tu, Mercy è solo un vecchio brontolone. Ignoralo. Sono sicuro che non gli dispiacerà che tu ti fermi per qualche giorno."

"Sei davvero gentile."

No, non lo era. Se fosse stato gentile, non avrebbe pensato di toglierle quel vestito di dosso e di farle cavalcare il suo uccello sul sedile posteriore come una ragazza ubriaca su un toro meccanico.

Entrambi sobbalzarono quando un colpo alla finestra li spaventò.

"È meglio che tu abbia l'uccello nei pantaloni, cazzo," sentirono prima che la portiera si spalancasse e apparisse il volto sfregiato di Mercy. "Entra in casa, Londyn."

"Non mi vuoi lì."

"Di sicuro non ti voglio sul sedile posteriore con Brick."

"Perché? Sembra simpatico."

Brick sorrise.

Fino a quando Mercy non sferrò il colpo di grazia. "Anche Kevin lo sembrava."

BRICK FECE SCORRERE il dito a sinistra, gemette alla vista della foto successiva e passò di nuovo il dito a sinistra. Presto avrebbe dovuto trovare una nuova applicazione: stava esaurendo le opzioni su quella attuale. Erano tutte o qualcuna a cui aveva già dato una botta o qualcuna a cui non l'avrebbe data nemmeno con l'uccello di Steel.

E l'incontro della sera prima era andato spaventosamente male.

La foto e la presentazione per cui Brick aveva scorso a destra si erano rivelate false.

O meglio, non erano proprio false, ma la foto era stata sicuramente datata. E la presentazione era una vera e propria stronzata.

La bionda sexy che lui si aspettava di trovare al luogo d'incontro pubblico?

Non era così sexy.

O così bionda.

E Brick dubitava persino che fosse una donna.

Per fortuna, lui l'aveva vista prima che lei vedesse lui e aveva fatto rapidamente dietrofront, per poi inviarle un messaggio in cui si scusava per essere mancato all'appuntamento, adducendo un'immaginaria emergenza di lavoro.

Alzò la testa dal telefono e si chiese perché nessuno intorno al tavolo stesse parlando.

Aspetta. Forse lo avevano fatto e lui non aveva prestato attenzione.

Cazzo.

Hunter stava dicendo: "Allora, il cliente a cui hanno ucciso la figlia..."

"Presumibilmente," precisò Mercy.

"Presumibilmente ucciso," si corresse Hunter. "Dicevo, il genero omicida..."

"Presunto omicida," insistette Mercy.

"Il genero presunto omicida."

"Ora sappiamo che fine ha fatto," riferì Walker.

"E, sorpresa delle sorprese..." aggiunse Hunter con piglio drammatico.

"È andato a convivere con una donna," ipotizzò Steel.

Walker puntò un dito verso Steel. "Bingo. Non solo è andato a convivere con una donna – meno di sei mesi dopo che sua moglie è rimasta *accidentalmente* uccisa – ma hanno comprato una cazzo di casa enorme nove mesi fa."

"Enorme," gli fece eco Hunter.

"Ci ha messo poco," brontolò Diesel.

"Non proprio. Lui l'ha *presumibilmente* uccisa un paio di anni fa, ma si è messo con l'altra sei mesi dopo," specificò

Hunter. "E poi si sono trasferiti fuori dallo Stato. Immagino per sfuggire ai sospetti della famiglia della moglie."

"Comunque, solo sei mesi per sostituirla? Non c'è da stupirsi che paparino pensi che si tratti di un crimine e non di un incidente," mormorò Ryder.

Walker annuì. "Le indagini hanno dimostrato che si è trattato di un incidente e non di un omicidio. I detective non hanno individuato nulla che provasse il contrario e nemmeno il medico legale. Quindi, per loro, il caso è chiuso."

"Giusto, ed è per questo che papà Warbucks ci paga un sacco di soldi per scoprire la verità." annunciò Diesel. Era appoggiato al muro della loro "sala riunioni," con le braccia robuste incrociate sul petto e senza bambine in vista. D'altra parte, non gli piaceva parlare di lavoro davanti alle figlie, se non era necessario.

Soprattutto non di lavori sporchi come quello.

"Ha detto che cosa farà con le informazioni che troveremo?" chiese Brick.

Diesel grugnì e scosse la testa. "Le passerà agli sbirri."

"Noi dobbiamo solo indagare?" Brick era un po' deluso di non avere l'occasione di rispolverare il suo MK-11.

"Per ora sì," disse Mercy.

Beh, quel cazzo di lavoro era appena diventato molto poco interessante. "Okay, allora, a chi tocca l'incarico? E dove si svolgerà?"

"In un posto caldo," dichiarò Mercy.

"Cazzo. Vegas?" Steel brontolò e si afferrò il cavallo dei pantaloni. "Le mie palle sono ancora disidratate da quel caldo maledetto."

"Siamo a novembre, coglione. Non fa più caldo," disse Diesel.

"No, là fuori le palle stanno basse di giorno e poi si nascondono di notte. È un casino."

"Beh, comunque non è Las Vegas, cazzo," urlò Diesel a Steel. "Porco cazzo. State diventando un branco di fighette di merda. Piagnucolate troppo. Tirate fuori le palle o andatevene."

Lo sguardo di Brick si spostò sulla stanza, notando che anche le sopracciglia degli altri si erano inarcate. "Jewelee si è fatta legare le tube, quindi so che non sei incazzato perché lei è di nuovo incinta."

"Ho quattro femmine in casa e non ho bisogno di avere altre sei fottute femmine in questa stanza. Mi state rendendo fottutamente irritabile."

"Okay, va bene," disse Brick, battendo le mani nel tentativo di riportare tutti in carreggiata. "A chi tocca l'incarico e dove si svolge?"

Walker si spostò sulla sedia. "L'incarico richiederà un po' di tempo, dato che si tratterà soprattutto di sorveglianza e di lavorare sotto copertura. Abbiamo trovato una casa in vendita che nessuno vuole due civici più in là, così abbiamo convinto i venditori ad affittarcela temporaneamente e a lasciarla arredata. Hanno accettato al volo, visto che hanno due mutui accesi. Chiunque andrà potrà sistemarsi lì. Dovrà osservare, entrare in contatto e fare amicizia con la coppia. Fare qualche ricognizione. Conoscete tutti la procedura. Raccogliere prove e, una volta che ne abbiamo abbastanza, levarsi di torno."

"Quanto tempo è *un po'*?" chiese Ryder aggrottando le sopracciglia.

"Immagino almeno un paio di settimane. Forse un mese. Magari di più, a seconda di ciò che si troverà o non si troverà," rispose Walker.

"Cazzo," gemette Steel.

Gli occhi di Diesel si spostarono su di lui e le sopracciglia scure si abbassarono.

Steel sollevò i palmi delle mani e sorrise.

"Penso che dovrebbe toccare a una coppia." Tutti gli occhi si posarono su Walker. "Nel quartiere in cui vivono quei due ci sono soprattutto coppie e famiglie. Anche benestanti. Penso che un single o anche due di noi che entrano ed escono da lì potrebbero attirare attenzioni indesiderate. E penso che una coppia sarebbe in grado di fare amicizia con loro più facilmente."

"Una coppia... Ti aspetti che coinvolgiamo le nostre donne? Che le trasciniamo con noi in un lavoro?" chiese Ryder. "Se è così, allora Steel e Sarah Connor sarebbero la scelta migliore."

"Cazzo, fratello," gemette Steel, scuotendo la testa.

"Che c'è? È un complimento, non un insulto," affermò Ryder. "Kat è una tosta. Potrebbe gestire un lavoro come questo."

"Non possiamo farlo noi," ha detto Steel. "Kat ha due incontri nelle prossime settimane. Si sta preparando per quelli e io ho intenzione di andare a entrambi con lei. Questo significa che siamo fuori."

"Anche noi siamo fuori, perché Frankie è incinta e non ho intenzione di coinvolgerla in questo genere di cose finché lo è," annunciò Hunter.

"Ed Ellie ha bisogno di Frankie per far decollare la Fondazione Walker. Per questo motivo, anche noi siamo fuori," annunciò Walker.

"Rimangono Mercy e Rissa, o Ryder e Kelsea," disse Brick con sollievo, contento di essere fuori dai giochi. La sorveglianza era la tipologia di lavoro più noiosa di tutte.

"No, non è vero," brontolò Mercy, sorprendendo tutti.

"Come no? Dubito che il capo voglia prendersi questo incarico," disse Steel, girando la testa verso Diesel.

"Non lui. Brick."

Alle parole di Mercy, Brick sollevò di nuovo lo sguardo

dal telefono, dove aveva appena fatto scorrere il dito a sinistra per dieci volte di seguito. Non era ancora riuscito a trovare un appuntamento per la serata. "Io? Non sono in coppia; sono single. Hai appena detto che dovrebbe farlo una coppia."

"Non è necessario che sia una vera coppia. Uomini e donne vanno sempre sotto copertura insieme fingendo di essere una coppia," gli ricordò Mercy.

"Quale donna conosciamo che possa gestire un'indagine come questa, oltre a Kat? E che sarebbe anche disposta a mettere in pausa la propria vita, magari per un mese?"

"Se non di più," ricordò Walker a Brick.

Brick girò la testa verso Mercy quando questi non rispose. "Oh, no."

Non era la cicatrice a sollevare dall'angolo del labbro di Mercy. No, cazzo, non lo era. Quello era un cazzo di sorriso vero e proprio.

"Col cazzo. So che la vuoi fuori da casa tua–"

"Sì, è passato un mese. È una merda."

"Come possono due donne sexy che vivono in casa tua essere una merda?" chiese Brick. "È la fantasia perfetta! Soprattutto con due sorelle."

"Perché probabilmente lui vuole soffocarne una, ma non con il cazzo," disse Steel, per poi scoppiare a ridere.

"Questo prenderebbe due piccioni con una cazzo di pallottola. Uno, facciamo fare a Londyn la parte di tua moglie, e due, la facciamo uscire da casa mia. E in più, lei adora parlare, quindi sarebbe perfetta per fare amicizia con l'assassino e la sua donna."

Assassino.

"Alla faccia del presunto," mormorò Brick.

"Presunto assassino," si corresse Mercy.

"Rissa sarà d'accordo nel mettere in pericolo sua sorella?" a Ryder.

"A questo punto, sì. Lei è–"

"Un ostacolo ai vostri intermezzi romantici?" concluse Steel per Mercy, sogghignando.

Mercy si accigliò. "Mette i bastoni tra le ruote."

"In che senso?" chiese Brick, trattenendo a sua volta un sorriso.

"Che muova il culo e si guadagni da vivere facendo questo lavoro, visto che ora come ora non fa altro che stare davanti alla TV e mangiare tutto il nostro dannato gelato." Gli occhi argentati di Mercy inchiodarono Brick al suo posto. "Questo non significa che dobbiate andare a letto insieme. Hai capito? Non ho bisogno che quella si installi a casa mia perché tu l'hai delusa. In conclusione, tu terrai il cazzo lontano da lei e io le dirò la stessa cosa."

"E io cosa cazzo dovrei fare in quelle settimane?"

"Le seghe," suggerì Steel accanto a lui.

Eh no. Brick avrebbe trovato un'alternativa. Non poteva farsi monaco per un mese o più. "Rissa e Londyn non dovrebbero essere d'accordo?" chiese Brick, che non gradiva affatto l'intero scenario. "E io?"

"Tu? Cazzi tuoi. Non ti piace? Sai dov'è la cazzo di porta," disse Diesel, puntando un dito verso la suddetta porta. "Alle donne ci penserà Mercy." Diesel si chinò sul tavolo, appoggiandovi le nocche e incrociando lo sguardo di Brick. "Papà Warbucks ha detto di aver sentito che siamo i migliori. Non roviniamoci la reputazione, stronzo." Ciò detto, l'omone uscì a passo pesante.

Steel batté le mani. "Bene, sono contento che la questione sia stata risolta." Si alzò dalla sedia e lasciò la stanza in fretta e furia.

Tutti gli altri uscirono dopo di lui.

"Aspettate! Non mi avete detto dove si svolge il cazzo di incarico!" urlò alla stanza vuota.

Capitolo tre

"L'ascella sudata dell'inferno. Ecco il luogo dell'incarico," borbottò Brick mentre trasportava le borse e una lunga custodia rigida – che Londyn immaginava contenere un'arma lunga – sul portico della casa a due piani.

Lei si fermò nel vialetto accanto alla Ford Explorer a noleggio e fissò la loro residenza temporanea. Era dannatamente enorme.

Almeno per lei.

La casa che lei e Kevin avevano a Syracuse era grande la metà e quella in cui era cresciuta a Las Vegas non era molto più grande.

D'altra parte, Parris aveva una casa fantastica a Las Vegas. Con la piscina e tutto il resto. Alla quale aveva rinunciato. Per stare con Mercy.

Londyn aggrottò le sopracciglia. Era felice che sua sorella fosse felice, ma non capiva come potesse essere attratta da un uomo freddo e chiuso come quello.

Si chiese se quella casa avesse la piscina. Ci sperava, perché aveva messo in valigia il costume e lì faceva un caldo torrido, anche a novembre. Tuttavia, sperava anche di starci, nel costume, dopo che per un mese aveva svuotato il frigorifero e la dispensa di Parris.

Quell'"incarico" non sarebbe potuto arrivare in un momento migliore e lei aveva accettato subito quando Mercy glielo aveva proposto, nonostante le obiezioni di Parris. In primo luogo, quel lavoro le dava uno scopo, di cui lei aveva un gran bisogno. In secondo luogo, doveva uscire dalla depressione.

E tre, stava per fare cose toste con un figo tosto.

Guardò il figo in questione mentre frugava nella tasca dei pantaloni cargo alla ricerca delle chiavi di casa, notando che aveva un culo davvero, *davvero* bello.

E non era nemmeno la sua qualità migliore.

Ma gli uomini sexy con armi grandi e veicoli ancora più grandi di solito avevano un micropene. Londyn non sarebbe rimasta sorpresa se avesse scoperto che l'uomo compensava proprio per quel motivo.

E comunque, Mercy – e Parris non di meno – li avevano avvertiti di tenere le mani a posto. Un bel po' di volte, in realtà, il che, a dire il vero, aveva cominciato a diventare offensivo.

Tuttavia, non ci sarebbe stato alcun problema, dal momento che lei aveva giurato di non andare più con un uomo. Mai.

Erano tutti cani bugiardi e traditori.

Quello che aveva appena aperto la porta ed era entrato, probabilmente, non era diverso.

Così, per le due settimane successive, lei e Brick avrebbero "interpretato" una coppia sposata nel tentativo di accedere alla vita e alla casa di uno dei vicini.

Anche quello non avrebbe dovuto essere un problema, visto che lei aveva interpretato un piccolo ruolo in una recita alle medie. Quanto poteva essere difficile fingere di essere la moglie di McFigo?

Certo... Forse la gente non avrebbe creduto che uno come Brick stesse con una come lei. Forse si aspettavano che stesse con una in forma alla GI Jane, una come Kat, la ragazza di Steel.

O una dolce e innocente come Ellie, che non affogava i suoi dispiaceri in algidi prodotti caseari.

Merda.

"Hai intenzione di startene lì sotto il sole cocente?" sentì dire dall'interno buio della casa.

"Il mio bagaglio," mormorò lei.

"Prendilo e andiamo. Ho appena acceso il condizionatore per raffreddare questa cazzo di sauna. Devo chiudere la porta perché succeda."

Londyn strinse le labbra e fissò il portellone posteriore aperto del SUV. Se avesse saputo che avrebbe dovuto portare dentro le valigie da sola, non ne avrebbe prese così tante.

Chi voleva prendere in giro? Certo che l'avrebbe fatto.

Come a Parris, le piacevano i bei vestiti e le scarpe. E le borse. E tutto il resto.

Non aveva bisogno di molte cose, purché fossero di qualità.

Si acciglò guardando i bagagli. Avrebbe dovuto chiedere se era prevista una paga per il lavoro. Aveva bisogno di più vestiti, visto che la maggior parte dei suoi li aveva lasciati a New York, quando aveva messo insieme qualche valigia in fretta e furia e si era imbarcata su un aereo per Pittsburgh senza pensarci troppo.

E ora eccola lì. In una comunità residenziale in Florida. Con un uomo di nome Brick.

Era un nome strano da dare a un figlio. Chissà se era una

tradizione di famiglia. Forse l'uomo aveva un fratello che si chiamava Mortar.[1]

Soffocò una risatina quando notò McFigo che si dirigeva verso di lei, con un'espressione accigliata, una goccia di sudore che gli scendeva lungo la tempia e un alone che cominciava a formarsi sul collo della maglietta.

L'uomo si fermò sul retro del veicolo con le mani sui fianchi stretti, guardò attentamente le valigie e poi guardò allo stesso modo lei. "Non si faranno spuntare le gambe e non entreranno in casa da sole. Di solito, spostare i bagagli richiede uno sforzo fisico."

McFigo si era trasformato in McStronzo.

Sospirando, Londyn prese una valigia e la trascinò fuori dal veicolo e sul vialetto prima di prenderne un'altra.

"Quattro valigie," borbottò. "Che roba inutile."

Londyn sospirò. "Me l'hai detto quando sei venuto a prendermi a casa; quando le hai caricate sul tuo carro armato e quando abbiamo fatto il check-in all'aeroporto. Me l'hai ripetuto anche mentre aspettavamo al nastro dei bagagli. Credo di esserci arrivata. Non tutti riescono a far stare tutto il necessario in un borsone, uno zaino e una custodia per fucile."

"È uno zaino."

Londyn levò gli occhi al cielo. "È uno zaino mimetico."

Non le sfuggì la smorfia di lui e lo sguardo fisso sulle sue scarpe. "Chi viaggia con i tacchi?"

"Ci risiamo? Come ti ho detto un'altra dozzina di volte, qualcuno a cui piace fare bella figura." Brick fece un'altra smorfia. "E non dirmi che agli uomini non piace avere un bell'aspetto." Londyn agitò una mano per indicare l'uomo dalla testa ai piedi. "Basta guardarti. Sono sicura che ti sei fatto il culo per avere quel corpo."

"Devo essere in forma per il mio lavoro."

"Stronzate. C'è forma fisica e forma *fisica*. Lo fai per attirare le donne. Sei come una pianta carnivora. Ti fai bello per attirarci e poi, *bam*, diventiamo il tuo pasto."

L'uomo finalmente sorrise, il che lo fece sembrare ancora più bello. *Dannazione.* "Mi trovi attraente?"

Londyn sbuffò, prese le maniglie di due valigie e cominciò a trascinarle verso la casa.

Finché non si ruppe quasi il collo quando uno dei tacchi si spezzò. Mani grandi, non indicative di un micropene, la afferrarono per i gomiti e la tirarono in piedi e contro un petto largo e troppo caldo.

Mentre lei riprendeva fiato e il cuore tornava a martellarle nel petto, lui la lasciò andare come se si fosse ustionato.

"Merda. Quelle scarpe mi sono costate una piccola fortuna."

"Sono inutili," brontolò l'uomo, affrettandosi a frapporre dello spazio tra loro.

"Beh, adesso sì!" Imprecando, Londyn si tolse i tacchi e li infilò nella tasca anteriore della valigia. "Porca miseria, il vialetto è bollente!"

"Spero che tu abbia portato con te qualcosa di diverso dai tacchi," disse Brick mentre la seguiva all'interno, trasportando le due valigie rimaste.

Lei esitò nell'atrio buio e fresco, lasciando che gli occhi si adattassero, mentre lui chiudeva la porta. "Sandali e infradito. Questo posto ha una piscina?"

"Non ne ho la più pallida idea, perché non siamo in vacanza."

"Ma dobbiamo pur interpretare il nostro ruolo, no? Siamo una coppia sposata. Innamorati persi. Che si fanno gli occhi dolci l'un l'altro. Che non riescono a tenere le mani a posto."

L'uomo inarcò un sopracciglio all'indirizzo di Londyn. "Abbiamo promesso di tenere le mani a posto."

"Sai cosa voglio dire."

Lui grugnì e la oltrepassò, lasciando i propri bagagli nell'atrio accanto alla roba di Londyn. Lei lo seguì fino alla cucina in fondo alla casa, dove l'uomo aprì lo sportello del frigorifero.

"Qualcuno deve fare la spesa," disse Brick all'interno del frigorifero apparentemente vuoto.

"Vuoi dire che la casa non è stata rifornita di cibo e bevande?"

L'uomo sollevò la testa e chiuse la porta del frigorifero. "Che bella battuta."

Lei sorrise. "Ti farò una lista."

"Ti aspetti che vada io a fare la spesa?"

Londyn sollevò un sopracciglio. "Non rientra nelle tue competenze?"

"Sono competente nel farmi consegnare la spesa a casa. C'è una app specifica."

"Ti farò una lista di beni di prima necessità."

"Tu cucini?"

Londyn fece una pausa nel cammino verso la portafinestra che conduceva sul retro della casa. Si passò le mani sui fianchi. "Ti sembra che non sappia cucinare? Come pensi che mantenga questo fisico?"

"Ho sentito dire che è merito del gelato."

Londyn soffocò una risata e proseguì il cammino verso la porta scorrevole in vetro. Scostò le tende che la coprivano e sorrise di sollievo. "C'è la piscina," annunciò.

Sobbalzò quando il calore dell'uomo le raggiunse la schiena.

"Difficile non notarlo," mormorò.

Sì, era difficile.

"Tu nuoti?" chiese lei, ora distratta dalla presenza

dell'uomo così vicino alle sue spalle. Aveva un odore dannatamente buono. Appetitoso.

Porca miseria.

"Sto a galla," rispose lui, allungando una mano oltre la sua per sbloccare la porta e aprirla. L'osceno calore esterno li colpì immediatamente come un muro.

Londyn uscì al seguito dell'uomo. "Ooooh. È enorme!"

Il passo dell'uomo vacillò e lui le rivolse un sorriso accecante da sopra la spalla.

Accidenti, quel sorriso. Come poteva un uomo essere così dannatamente bello?

Ho rinunciato agli uomini. Ho rinunciato agli uomini. Ho rinunciato agli uomini.

Persino ai cecchini ex-Navy SEAL, super sexy e diabolici.

Londyn serrò le palpebre quando si rese conto dell'errore che aveva commesso. *Ah, merda. Ho chiesto a un SEAL se sa nuotare. Che scema.*

Si diresse verso la piscina olimpionica interrata, mentre l'uomo andò alla cucina esterna coperta, che aveva una griglia incorporata e quello che sembrava un forno per la pizza in mattoni.

"Credo che ordinerò delle bistecche," annunciò Brick.

"Datti da fare. Ho fame."

Rientrarono in casa per ripararsi dal caldo e passarono i venti minuti successivi a ordinare la spesa al Publix più vicino. Dopodiché, fecero il giro della casa, constatarono che non mancava nulla e andarono a dare un'occhiata al piano di sopra.

Dopo essersi divisi in cima alle scale, entrambi entrarono e uscirono dalle quattro camere da letto più piccole per poi convergere sull'enorme suite padronale in fondo al corridoio, che occupava l'intero secondo piano del garage a tre posti.

Il bagno interno era il sogno di ogni donna. Doppio lavandino, vasca idromassaggio, doccia enorme con un soffione a pioggia gigantesco e anche un soffione a getto manuale, che poteva essere il migliore amico di una donna. Era anche splendidamente arredato, con luci soffuse sopra gli ampi specchi per far fare bella figura a chiunque, anche alle tre del mattino dopo aver bevuto mezza bottiglia di tequila e aver camminato nella vergogna per mezzo chilometro.

Londyn decise seduta stante che quella stanza era sua. Brick poteva prendere una delle altre camere in fondo al corridoio, visto che probabilmente era abituato a dormire su una branda in una tenda.

I loro sguardi si incrociarono mentre entrambi dicevano "mia" nello stesso istante.

Londyn si acciglió. Anche Brick lo fece.

Lei serró la mascella. Lui fece lo stesso.

Porca miseria. Forse avrebbero dovuto contendersi la stanza a braccio di ferro.

Brick la guardó con improvviso sospetto quando lei sbuffó per il suo stesso pensiero. "Cosa c'è?"

"Se fossi un gentiluomo, mi lasceresti la camera da letto principale."

"La parola chiave è *se*."

Lei ci riprovó. "La signora non dovrebbe avere la prima scelta?"

"Che stronzate sessiste sono queste? Voi donne volete pari diritti solo quando vi fa comodo. No, non hai la prima scelta."

"Allora non aspettarti che cucini io. Sempre per la questione dei *pari diritti*."

Brick scrolló le *ampie* spalle. "Ci sono una griglia e una caffettiera. Io sono a posto."

"Un uomo non può vivere solo di bistecche e caffè."

"Non so grigliare solo le bistecche. Non morirò di fame."

Accidenti. "Ce la giochiamo alla morra cinese?"

"La stanza è grande. Possiamo dividerla."

Londyn uscì dal bagno con l'uomo alle calcagna e indicò il letto matrimoniale. "C'è un letto solo."

Brick riuscì a mantenere un'espressione seria quando chiese: "Che lato vuoi?"

"Tu vuoi il lato in una delle altre stanze."

"Dovremmo essere una coppia sposata, Londyn. Prima, quando eravamo di sotto, hai detto che dovevamo comportarci come tali."

"Dobbiamo per caso far visitare ad altri la camera da letto matrimoniale? E comunque, io ho rinunciato agli uomini, compreso lo stare sveglia ad ascoltarli russare."

"Io non russo."

"Come fai a saperlo? Se russi vuol dire che stai dormendo e non te ne rendi conto. Inoltre, abbiamo promesso di tenere le mani a posto," gli ricordò.

"Ci riuscirò se lo farai anche tu."

Poteva essere un insulto o una sfida. Lei sperava che fosse la seconda, ma comunque... non era sicura di voler accettare. Guardò con bramosia il bagno alle spalle dell'uomo. Quello in fondo al corridoio non era mica uguale. Quella camera da letto aveva anche un salottino, allestito come un angolo lettura con tanto di poltrona reclinabile. *E* aveva una cabina armadio, a differenza delle altre stanze.

Sospirò. "Preferirei la morra."

"Non credi di riuscire a tenere le mani a posto?"

Londyn strinse le labbra e passò lo sguardo su di lui da cima a fondo. Dalla testa piena di capelli scuri – Kevin aveva i capelli radi e un principio di calvizie – agli occhi azzurri e alla barba sexy lungo la mascella cesellata, fino alle spalle muscolose e al ventre piatto – a differenza della pancetta di

Kevin, che amava mangiare quanto lei. Fece scorrere gli occhi sulla vita magra e cinturata di Brick, sui fianchi stretti e sulle cosce spesse e muscolose che riempivano i pantaloni cargo dal motivo mimetico.

E quel culo.

Quell'uomo aveva un sedere che sarebbe stato difficile non toccare.

Quando lei sollevò lo sguardo, vide che le labbra di Brick erano curve in un sorriso malizioso e che quegli occhi attenti non si erano persi nulla. Come lei che si leccava le labbra mentre lo guardava.

Quell'uomo era sexy da morire e lo sapeva. Senza dubbio sfruttava il fascino a proprio vantaggio.

"Ce la faccio a non toccarti," mentì lei.

Il suo sorriso si espanse e il calore si propagò dal centro di lei fino all'*altro* suo centro.

"Destra o sinistra?"

Merda. "Una delle altre stanze."

"Quindi hai mentito," disse lui con aria sicura, inclinando la testa e guardandola con un barlume di divertimento negli occhi azzurri.

"Sinistra," le sfuggì dalle labbra prima che potesse trattenersi.

Sorridendo, Brick annuì. "E sinistra sia. Lavandino a sinistra, lato sinistro del letto, metà sinistra della cabina armadio."

Londyn ne sarebbe pentita.

Oh, quanto se ne sarebbe pentita.

Quell'uomo aveva "donnaiolo" scritto in faccia.

E lei aveva la sensazione che avrebbe interpretato quel ruolo fino in fondo.

Sì, Londyn stava per perdere a quel gioco a cui non avrebbe dovuto giocare. Non era troppo tardi per cambiare idea e scegliere un'altra camera da letto, ma lei non era il tipo che si arrendeva.

Inoltre, aveva la sensazione che Brick l'avrebbe presa per il culo – e non in modo piacevole – se avesse ceduto.

Il che significava che lei era decisa a non cedere. Kevin l'aveva sempre accusata di essere testarda.

Lei non lo aveva mai smentito.

Dopo che avevano consegnato la spesa, Brick aveva annunciato: "Per prima cosa, dobbiamo dare un'occhiata al vicinato. Se quegli altri sono fuori, ci presenteremo. Altrimenti, quando andrò a correre la mattina, mi assicurerò di passare proprio davanti a casa loro. Se dopo un paio di giorni non li avremo incontrati per caso, faremo in modo di andare a presentarci. Diremo che vogliamo conoscere tutti i vicini."

Avevano un piano e lo stavano mettendo in atto poche ore dopo essere atterrati in Florida.

Londyn aveva tirato fuori dei pantaloncini, dei sandali e una camicetta senza maniche da indossare per la passeggiata. Per fortuna si trattava di abiti che si adattavano a quel quartiere altoborghese fuori da Ft. Myers. Londyn non era ricca, ma sapeva approfittare degli sconti.

"Possiamo farlo dopo mangiato? Forse, per allora, l'inferno si sarà raffreddato di qualche centinaio di gradi."

"No."

No. Quel *no* era stata l'unica risposta.

Londyn cominciava a pentirsi della rapidità con cui aveva accettato quel "lavoro." Probabilmente non retribuito e foriero di un sacco di bruciori di stomaco. Per non dimenticare le notti agitate.

O l'abbondante tempo da trascorrere in intimità con il soffione manuale della doccia.

Ma la soddisfazione per il breve e autoritario "no" di Brick era dovuta al fatto che l'uomo stava per morire di caldo mentre camminava accanto a lei in quel quartiere ben curato, con addosso quei maledetti pantaloni e stivali mimetici.

Bisognava ammettere che Brick non calzava per nulla all'ambiente.

Inoltre, l'uomo aveva insistito perché si tenessero per mano mentre camminavano. Peccato che gli sudasse il palmo.

In tutto ciò, Londyn aveva avuto una conferma: le mani di Brick non erano piccole. E mentre camminavano con disinvoltura, fingendo di piacersi molto, lei aveva notato che nemmeno i suoi piedi erano piccoli.

Forse il suo uccello non era poi così micro...

"Non hai dei pantaloncini?" chiese sottovoce.

"Per correre e allenarmi," borbottò l'uomo.

"Camminare è allenarsi," disse lei.

Si sentiva lo sguardo dell'uomo addosso e alzò gli occhi. Non che dovesse alzarli molto. Era piuttosto alta per una donna, anche con i sandali. "Cosa c'è? È vero!"

"Camminare è un piacevole passatempo, non un allenamento."

"Beh, non sono d'accordo, visto che stai sudando come se avessi appena corso la maratona." La semplice maglietta color bronzo dell'uomo aveva ora un enorme anello di sudore intorno al collo e anche il tessuto all'altezza delle ascelle era fradicio.

"Questo è il parco giochi del diavolo," mormorò.

"Sii contento che siamo a novembre e non a luglio."

"Chi ha deciso che questo è un buon posto dove vivere?"

"Qualcuno che odia la neve." Londyn si rese conto che avevano fatto il giro di due isolati e stavano tornando indietro. "Non capisco. Un assassino non dovrebbe nascondersi?"

"Non se la morte di quella che hai ammazzato è stata

dichiarata un incidente. E se sei un figlio di puttana sicuro di sé."

Vero. "Qual è la loro casa?"

"Vedi la nostra casa?"

La nostra casa.

Come se fossero una vera coppia o qualcosa del genere.

"Sì, quella che probabilmente costa una fortuna in aria condizionata."

"Due case più a sinistra."

Londyn cominciò a contare. Una. Due. Un'altra casa troppo grande per due sole persone. "L'assicurazione sulla vita deve aver pagato bene."

"Un paio di milioni."

Londyn incespicò, arrestando il cammino di Brick. "E nessuno si è allarmato?"

"Perché pensi che il padre ci abbia assunto? Era come un'enorme bandiera rossa che sventolava. La polizza precedente era di cinquecentomila dollari."

"Probabilmente ne hanno speso buona parte per quella casa." Le case della comunità recintata dovevano costare sul milione l'una, se non di più. Non era certo un quartiere per chi non voleva dare nell'occhio.

Quindi Brick aveva ragione: o quell'uomo era troppo sicuro di averla fatta franca o era innocente.

"Ne dubito. Forse una piccola parte per l'acconto. Ma credo che sia finanziata fino all'orlo."

"Perché?"

"Lui è un operatore."

"Un operatore?"

"Di borsa. Transazioni a breve termine. Trading giornaliero. Cose così. Probabilmente, sta usando la maggior parte di quei soldi per giocare in borsa, sperando di guadagnarne ancora di più. Il problema è che il mercato azionario è come il gioco d'azzardo: puoi vincere molto o puoi perdere tutto."

"Cosa fa invece la donna che si è accasata con il vedovo in lutto?"

"Secondo me fa dei gran bocchini."

Londyn lo fermò di nuovo. "Cosa?"

Brick sorrise. "Non so cosa faccia perché non sappiamo chi sia. Da quello che abbiamo scoperto, la casa e le auto sono a nome di lui. Sarà compito tuo farla diventare la tua nuova migliore amica e scoprire tutti gli elementi."

"Gli elementi," gli fece eco lei.

"I dettagli."

"Guarda che avevo capito. Non sono mica scema!"

Lui abbassò la testa e le strinse le dita con le sue, *molto* più grandi. "Londyn..."

"Sì?"

"Mi fai morire, cazzo."

Lei sbatté le palpebre. Era un'affermazione bizzarra. "Lo prendo come un complimento."

"Fai bene."

Poi Brick le strinse la mano, spingendoli di nuovo in avanti.

"Non sono fuori," sussurrò. "Nessuno sano di mente è fuori, tranne noi. Per ottimi motivi."

"Ho due occhi, piccola. Lo vedo."

Quell'uomo l'aveva appena chiamata... "Piccola?"

"Siamo sposati, ricordi? Mi sto esercitando."

Kevin l'aveva sempre chiamata "tesoro," cosa che lei odiava perché la faceva sentire come se fossero una coppia di ottantenni. Ora si rendeva conto che probabilmente lo faceva per non chiamarla accidentalmente con il nome della moglie. O viceversa. *Stronzo.* "Come ti devo chiamare?"

"Stallone."

Londyn rischiò di inciampare quando scoppiò a ridere. "Brick..."

"Sì?"

"Mi fai morire."

"Lo prendo come un complimento."

"Fai bene, stallone."

Entrambi cominciarono a camminare più velocemente nella corsa all'aria condizionata, dato che la loro prima missione era stata un fallimento.

"Dobbiamo inventarci una storia," dichiarò l'uomo quando finalmente le lasciò la mano per aprire la porta d'ingresso. "Tipo da dove veniamo e perché ci siamo trasferiti qui e–"

La mano sinistra di Brick attirò la sua attenzione mentre questi apriva l'elegante porta d'ingresso. "Le fedi."

L'uomo esitò sulla soglia, lanciandole un'occhiata da sopra la spalla, con le sopracciglia alzate in segno di perplessità.

Lei lo spinse dentro. "Le fedi. Non ne abbiamo. Potrebbe suscitare sospetti."

"Cazzo," mormorò l'uomo mentre si chiudeva la porta d'ingresso alle spalle. "Non ci avevo pensato."

"Nessuno di voi ci ha pensato, a quanto pare, perché nessuno di voi è sposato. Compreso il vostro capo, che ha messo incinta la sua... la sua *vecchia,* o come la chiama lui, tre volte."

"Un pezzo di carta non cambia i sentimenti."

"Ceeerto. Proprio come Parris e Mercy."

"Non criticare la loro relazione. Funziona."

"Se lo dici tu."

Lei fece per superarlo, ma lui la fermò afferrandole il braccio. "Pensi che un certificato di matrimonio migliori una relazione?"

Brick non aveva torto. Anzi. "A quanto pare no. Grazie per avermi ricordato quanto sono stato stupida."

La presa sul braccio di lei si allentò, ma non svanì. "Non lo sapevi."

"Avrei dovuto."

"In che modo?"

"Col senno di poi, c'erano molti segnali."

"Non li hai visti per quello che erano."

"O li ho ignorati," ribatté lei.

"Hai detto che volevi essere finalmente felice."

Sì, ma non era tutto. "Volevo solo qualcuno che mi amasse," sussurrò Londyn. All'improvviso, il bruciore agli occhi divenne insopportabile e sentì un singhiozzo formarsi nel petto.

Non sarebbe crollata di nuovo.

Non di nuovo.

Kevin, quel bastardo, non meritava più tempo di quello che lei gli aveva già concesso.

Ma era troppo tardi.

"Devi lasciarmi andare," disse con decisione, tirando il braccio. "Se non lo fai, tra poco avrai a che fare con una donna in lacrime e in preda all'emozione."

"Londyn," esordì dolcemente Brick.

"Per favore. Mi sento già una stupida e se mi vedi piangere mi sentirò peggio ancora."

"Londyn..."

Cristo. Un attimo prima l'uomo era un furbacchione, quello dopo era gentile.

Lei strattonò di nuovo il braccio e Brick la lasciò andare.

Tenendo il viso distolto, Londyn disse: "Mi cambio e vado a fare una nuotata." Almeno avrebbe potuto nascondere le lacrime in una grande vasca d'acqua.

Senza più guardare l'uomo, salì al piano di sopra.

Capitolo quattro

Brick giaceva a letto, chiedendosi come diavolo avrebbe fatto a tenere le mani a posto. Il pomeriggio prima aveva guardato nuotare Londyn per mezz'ora dall'interno della casa e quando era uscito per grigliare le bistecche, lei aveva un asciugamano avvolto intorno al corpo ed era rannicchiata su una sedia a sdraio.

Durante la cena, Londyn non aveva quasi detto una parola e aveva mangiato il cibo che lui aveva preparato, così Brick non aveva insistito.

Quando lui si era messo comodo per guardare il Monday Night Football, lei era salita al piano di sopra e non era più scesa.

Biasimava se stessa per le proprie scelte di vita. O almeno per una scelta in particolare.

Brick capiva fin troppo bene.

Voltata la testa, studiò il modo in cui i lunghi capelli biondo scuro della donna si stendevano sul cuscino. Gli occhi azzurri erano chiusi e, dopo essere rimasta sveglia per quasi tutta la notte, Londyn era finalmente crollata.

Brick lo sapeva perché... Londyn russava

Anche se non era un rumore fastidioso, era bastato comunque per svegliarlo. Soprattutto perché lui non era abituato ad avere compagnia durante la notte nel suo letto.

In effetti, non aveva mai ospitato nessuna per la notte.

Una visitatrice temporanea? Sì. Un'inquilina a lungo termine? No di certo.

In realtà, era strano svegliarsi con un corpo caldo accanto. Ma se proprio doveva esserci qualcuno, Londyn non era una cattiva scelta. Soprattutto dopo che lui l'aveva vista in costume da bagno. Anche se era un costume intero, metteva in risalto tutte le sue curve, soprattutto quando era bagnato.

Ma ora, sdraiato accanto a lei, Brick lasciò che il suo sguardo vagasse dai capelli al viso rilassato, alle labbra dischiuse, alla linea della gola. Si soffermò sul leggero alzarsi e abbassarsi delle tette più che generose.

Gli ricordava molto Rissa, ma con una differenza sostanziale: Mercy non era legata a Londyn. O almeno, non in un modo che gli avrebbe assicurato una morte lunga e tortuosa.

Quando Brick si era finalmente infilato a letto la sera prima, aveva notato che la donna indossava un top di seta color oro dalle spalline sottili, ma non aveva idea di cosa portasse sotto le lenzuola. Aveva dato una sbirciatina mentre sollevava le coperte per infilarcisi sotto.

Dopo aver visto i pantaloncini di seta abbinati che non coprivano affatto le cosce abbondanti e morbide di Londyn, si era girato su un fianco, rivolto verso di lei.

Era troppo allettante.

Gli indumenti con cui Londyn dormiva gli aveva ricordato che doveva tenere le mani a posto, ma lui sapeva che, realisticamente, non sarebbe stato possibile. Non era sicuro di poter rimanere casto per le due settimane a venire.

Forse avrebbe dovuto cercare un'avventura con una donna del posto. Dire che sarebbe andato a fare una corsa a...

Non importava. Avrebbe trovato una scusa.

Non che ne avesse bisogno. Loro due facevano solo *finta* di essere una coppia.

Ricordò inoltre a se stesso che stavano svolgendo un incarico e che prima sarebbero riusciti a trovare le informazioni necessarie, prima l'incarico sarebbe finito.

Si alzò dal letto e, dato che Londyn aveva ancora gli occhi chiusi e continuava a russare, non si preoccupò nemmeno di andare nella cabina armadio quando si cambiò per la corsa.

Londyn aveva il culo pesantissimo. Le ci era voluta quasi tutta la notte per addormentarsi. Ma quella mattina decise che si era crogiolata abbastanza a lungo nell'autocommiserazione.

Non ne poteva più. Quell'incarico avrebbe dovuto essere un nuovo inizio, un nuovo atteggiamento.

Una nuova Londyn indipendente, senza uomini.

Non c'era bisogno di un uomo per renderla felice. Quello era ciò che diceva a se stessa e ciò che le diceva la sorella sessuologa.

Tuttavia, ironia della sorte, Parris aveva un uomo che la rendeva palesemente felice.

Le sue labbra si appiattirono quando girò l'angolo seguendo il profumo del caffè appena fatto. Un'endovenosa di caffeina sarebbe stata la benvenuta.

Non che avesse bisogno di essere vivace quella mattina: non aveva nessun posto dove andare. Non era sicura di quale fosse il programma della giornata, dato che non aveva idea di cosa facesse una "spia."

Se si trattava di comportarsi come la tipica vicina ficcanaso, lei poteva farcela. Ma aveva la sensazione che Brick le avrebbe chiesto altro. L'uomo voleva stabilire un contatto e ciò avrebbe richiesto qualcosa in più che sbirciare da dietro una tenda.

La cucina era sorprendentemente vuota, la caffettiera piena. Londyn era tentata di prendersi una tazza, ma qualcos'altro attirò la sua attenzione.

Avvicinatasi alla porta scorrevole in vetro, Londyn posò lo sguardo sul grande termometro rotondo appeso alla tettoia della piscina. Segnava una ventina di gradi. Dopo aver vissuto fuori Syracuse, a New York, negli ultimi quattro anni, lei era abituata a un clima più fresco. Anche se il caldo della Florida si sarebbe fatto sentire più tardi, al momento la temperatura era sopportabile.

Il suo sguardo tornò rapidamente alla cosa – o meglio, alla persona – che aveva attirato la sua attenzione.

Un Brick a torso nudo era sul cemento, steso su un asciugamano spesso, che lavorava sugli addominali.

Londyn strinse le labbra. Doveva restare dentro a guardare senza farsi scoprire? Oppure uscire e osservare da vicino?

Era una scelta ovvia. Fuori, lei avrebbe avuto una visuale perfetta. Aprì la porta e uscì, chiudendola il più silenziosamente possibile dietro di sé.

Mentre osservava Brick che eseguiva senza sforzo gli addominali – contando a voce alta, per di più – si rese conto che non era giusto che certe persone fossero così belle per natura. Non per gli addominali definiti, che abbondavano, o i pettorali duri, che si muovevano appena mentre il busto dell'uomo si contraeva a ogni piegamento fino alle ginocchia prima di tornare indietro. Lei sapeva che Brick aveva lavorato duramente per ottenerli. Era per tutto il resto.

Nessuno avrebbe dovuto essere così perfetto.

Fu distolta dai suoi pensieri quando l'uomo disse: "Vieni a sederti sui miei piedi, così faccio più in fretta."

Cosa?

Prima di tutto, come faceva Brick a parlare mentre si allenava? E poi, cos'era che aveva detto?

Londyn si incamminò fino al bordo inferiore dell'asciugamano, poi lasciò che il suo sguardo scivolasse sugli stinchi, sulle ginocchia, sulle cosce robuste e scattanti... sul tessuto setoso che...

Che...

Erano quelli i pantaloncini con cui Brick si allenava? Cos'erano, gli anni Ottanta? Sembravano corti come i pantaloncini del suo pigiama.

Tuttavia, a lui stavano molto meglio. Anche a quell'angolazione. *Diavolo, soprattutto* a quell'angolazione.

Le braccia dell'uomo erano incrociate come quelle di una mummia sul petto nudo e lucido e i suoi occhi catturarono quelli di Londyn mentre si sollevava e si abbassava.

No, se lei avesse tentato di fare gli addominali, sarebbe crollata a terra. Mentre Brick ci riusciva senza il minimo sforzo.

"Ginocchia sui piedi." L'uomo non aveva nemmeno il fiatone!

"Non posso usare le mani?"

Lui si sollevò, si fermò, disse: "No," e tornò giù.

"Ho paura di farti male." Non era certo la donna più leggera che conoscesse. Non era una palestrata magra come un chiodo; c'era il rischio che gli schiacciasse le dita dei piedi.

Brick si sollevò, si fermo, disse: "Non lo farai," e scese di nuovo, aspettando.

Londyn scrollò le spalle e si inginocchiò ai piedi

dell'uomo. Una volta che lei si fu sistemata, lui ricominciò a fare gli addominali, facendola quasi cadere.

"Aggrappati alle mie ginocchia."

Quando lei lo fece, notò che le gambe dell'uomo erano coperte solo da una leggera peluria e che la pelle delle ginocchia era liscia e calda. E ogni volta che lui si sollevava, il suo viso arrivava a pochi centimetri da quello di Londyn.

Inoltre, Brick non aveva mentito: aveva iniziato a muoversi più velocemente. Le contrazioni dei muscoli dello stomaco e la facilità con cui lui contava la affascinavano più del dovuto.

"Settantaquattro."

Settantaquattro?

Non era nemmeno umano.

Su. "Settantacinque," sussurrò Brick mentre il suo viso si avvicinava ancora una volta a pochi centimetri da quello di Londyn. Lei prese fiato.

Giù.

Su. "Settantasei."

Giù.

Londyn sentì una goccia di sudore sulla fronte. Chiunque l'avesse vista avrebbe pensato che fosse lei quella che stava facendo gli addominali. In effetti, le si contraeva il ventre ogni volta che lui si avvicinava.

Le sue dita scavarono nelle ginocchia dell'uomo mentre si teneva stretta e le sue labbra si schiusero. Poi notò una cosa. Qualcosa di diverso dal singolo tatuaggio che aveva notato sulle costole dell'uomo.

"Mi sbagliavo," disse con voce roca.

"Ottantadue. Su?"

"Non sei perfetto." Londyn accennò con il mento all'inguine dell'uomo. "Hai una cicatrice. Proprio lì."

Una sottile linea bianca segnava la parte all'alta dell'interno coscia sinistro dell'uomo. Si vedeva appena sotto il tessuto setoso dei pantaloncini blu.

Ora che l'aveva notato, Londyn non riusciva a distogliere lo sguardo. "Te la sei fatta quando eri un SEAL?"

"Ottantasei. No."

Prima di poterci pensare troppo, lei allungò una mano fra le gambe dell'uomo e percorse con un dito la linea leggermente rialzata.

Il respiro abbandonò bruscamente i polmoni di Brick quando la sua schiena sbatté sul cemento coperto dall'asciugamano. "Londyn..."

Le dita di Londyn erano vicinissime al calore che si irradiava dal monticello ricoperto di seta. Ora non solo Londyn sudava, ma respirava con difficoltà.

La mano di lui afferrò la sua, se la staccò dalla coscia e le strinse forte le dita. "Sei sempre così impulsiva?"

"È una cattiva abitudine," mormorò lei, sollevando lo sguardo dalle loro mani agli occhi di lui.

"Questo non è tenere le mani a posto," le ricordò l'uomo, rimettendo la mano di lei sul suo ginocchio.

"Mi ha semplicemente... attirata. Come te la sei fatta?"

"Posso finire prima gli addominali?" Ciò detto, Brick riprese l'esercizio, finendo quando arrivò a cento.

Un centinaio di addominali.

Non era un uomo, era una macchina.

Il nome di lei mormorato dalla sua voce bassa e profonda attirò l'attenzione di Londyn.

"Sì?"

"Ora puoi toglierti dai piedi."

Lei cercò di alzarsi, ma prima che ci riuscisse, lui aveva nuovamente sollevato il corpo e le aveva afferrato entrambi i polsi, impedendole di allontanarsi. I loro sguardi si incastrarono e nessuno dei due disse una parola per qualche secondo.

Cosa diavolo stava succedendo? Perché, con un semplice sguardo, i capezzoli di Londyn si inturgidivano e la sua fica si stringeva?

Aveva bisogno di liberarsi da qualsiasi cosa fosse la presa di Brick. E non intendeva la presa fisica che lui esercitava sui suoi polsi. "Mercy ha un paio di quelli?"

Lui inclinò la testa e un sorriso gli si allargò sul viso; ogni volta che succedeva, lei doveva riprendere fiato. "La mia ipotesi? Sì, è così. Li abbiamo tutti."

"Ora ho capito. La prossima volta che la vedrò darò il cinque a Parris."

Lo sguardo di Brick si illuminò per un attimo, poi divenne serio e il suo sorriso svanì.

L'uomo le riportò la mano destra sulla propria coscia, dove c'era la cicatrice, facendole scorrere leggermente i polpastrelli lungo la linea che scendeva per una quindicina di centimetri. Quando iniziò a parlare, un brivido la percorse. "Avevo sette anni e mi davo arie da scavezzacollo. Stavo correndo in bicicletta per i boschi e ho cercato di saltare un albero caduto."

"Immagino che non ci sia riuscito," sussurrò lei, ipnotizzata dal modo in cui lui muoveva le sue dita avanti e indietro sulla cicatrice.

Come poteva una storia d'infanzia, nemmeno tanto bella, diventare così erotica?

"No, sono caduto e il pedale mi ha tagliato la coscia."

"Sei stato fortunato a non esserti spaccato la testa."

"Quella è fottutamente dura."

"La tua unica cicatrice risale all'infanzia? Sei sfuggito al servizio militare senza procurartene di nuove?"

"Non è la mia unica cicatrice."

Il modo in cui lo disse la fece uscire dallo stordimento.

"Dove sono le altre?" L'uomo indossava solo dei pantaloncini minuscoli e nient'altro; non poteva nascondere molto.

"Sono invisibili."

Dita spettrali scivolarono lungo la spina dorsale di Londyn e i capelli della sua nuca si rizzarono.

Quando Parris si era messa con Mercy, sua sorella le aveva detto che la squadra della In the Shadows Security era composta da ex-membri delle forze speciali. Aveva anche accennato al fatto che tutti loro erano in qualche modo traumatizzati. Alcuni più di altri.

All'epoca, Londyn non ci aveva badato molto, perché chiunque, non solo gli uomini o le donne che avevano prestato servizio nelle forze armate, poteva subire un trauma. In effetti, molte persone avevano dei problemi.

Ma quando aveva conosciuto Mercy, Londyn aveva capito cosa intendeva Parris. La sua cicatrice, il suo atteggiamento. Non era aperto e caloroso. Quell'uomo non era nemmeno umano, a meno che non stesse guardando Parris.

Tuttavia, l'uomo ancora seduto sull'asciugamano di fronte a lei, che la osservava attentamente, era tutt'altra cosa. E aveva un senso dell'umorismo totalmente opposto a quello di Mercy.

Per quel motivo, lei si chiese quali fossero le cicatrici invisibili di Brick.

Non che fosse suo diritto saperlo. Non lo era. E, *porca miseria*, non si conoscevano nemmeno abbastanza perché lei potesse chiedere. Doveva resistere all'impulso di farlo.

Tuttavia, dovevano imparare a conoscersi, e presto, dato che stavano interpretando una coppia sposata al fine di ingannare un'altra coppia che poteva essere formata da assassini.

Era una cosa seria.

Ma qualunque cosa ci fosse nel passato di Brick, qualunque cosa gli avesse lasciato il segno, non poteva essere sufficiente per temere che lui le facesse del male. Altrimenti, sarebbe stata quella l'obiezione che avrebbe sollevato Parris, non il fatto che l'uomo era un donnaiolo.

Parris aveva inoltre ricordato a Londyn – nelle vesti di sorella preoccupata e non di psicologa – che saltare a letto con qualcuno, in quel momento, sarebbe stato solo un ripiego e avrebbe potuto peggiorare la situazione provocata da Kevin.

Tuttavia, mentre fissava l'uomo che faceva lo stesso, Parris si chiese se "solo sesso" sarebbe stato considerabile un ripiego. Farlo con gli occhi ben aperti, senza aspettarsi una relazione, semplicemente usando Brick come uno sbocco per aiutarla a dirigersi verso il suo nuovo inizio... in un modo divertente e soddisfacente.

Di nuovo, Londyn non era una palestrata, nemmeno lontanamente, quindi non era sicura che un uomo come Brick potesse essere interessato a una donna come lei.

"Peluche," l'aveva chiamata Kevin una volta. Come se Londyn fosse un pupazzo imbottito o qualcosa del genere.

Tuttavia, a Kevin lei piaceva così com'era e lo stesso valeva per molti altri uomini nel suo passato. Ciononostante, nessuno di loro era rimasto. La maggior parte delle relazioni di Londyn era stata di breve durata. Kevin era stato il più longevo e, finché non aveva scoperto la verità, Londyn pensava che sarebbe stato l'ultimo.

Allungò le dita sulla pelle calda dell'interno coscia di Brick, arrestando il movimento che lui stava facendo. "Avevamo detto che avremmo tenuto le mani a posto, ma..."

L'uomo sollevò un sopracciglio.

"Ma abbiamo *firmato* qualcosa?"

Anche la sua risata era... orgasmica. Bassa e dolce, gli illuminava il viso. Il che la spinse a chiedersi quanto fossero profonde le sue "cicatrici."

"Mi piace il tuo modo di pensare." Brick le lasciò la mano sulla coscia e si alzò, trascinandola a sé con l'altra mano.

E quando si trovarono faccia a faccia, lui abbassò la testa verso la sua...

La lingua le sfiorò il labbro inferiore. Stava per baciarla?

Era il caso che lo "sfogo" includesse il bacio?

Baciarsi era una cosa molto... intima.

"Londyn..."

"Sì?"

"Vedo che la tua mente gira come una trottola."

"Mi chiedo se sia una cattiva idea."

"Lo è," confermò Brick con un sorriso. "Ma la vita è piena di cattive idee."

Era sicuramente vero. Ed era il motivo per cui Londyn si trovava in Florida invece che a New York.

Con un uomo di nome Brick.

Sul quale stava facendo ogni genere di pensiero sconcio.

"Non lo dirò a nessuno se non lo farai tu," sussurrò.

"Non devi dire una parola a Rissa."

Londyn mimò il gesto di cucirsi le labbra, girare una chiave e buttarla via.

"Londyn, sul serio, nemmeno un accenno."

"Nemmeno un accenno," gli fece eco lei.

Le palpebre dell'uomo si abbassarono e la sua espressione divenne dolce.

"Te la faresti con me?" Lei si infilò il labbro inferiore tra i denti e aspettò.

Alla domanda di Londyn, l'espressione di Brick cambiò di nuovo, ma questa volta si fece dura. Forse aveva capito male.

Subito dopo, lei aggiunse: "Cioè, non nel senso che te lo sto chiedendo io, intendo se te la faresti con una persona come me?"

L'uomo aggrottò la fronte e inarcò le sopracciglia. "Cazzo, sì."

"Perché ti faresti chiunque?"

Lui fece un passo indietro, accigliato. "Ma ti sei vista?"

"Sì, e ho visto te. È per questo che te lo chiedo. Non sono sicura del perché... Insomma..."

Lui le si avvicinò e le passò il pollice sul labbro inferiore. "Chi ti ha fottuto la testa? È stato Kevin?"

"In realtà, è stata la società. Non conosco nessuna donna che sia perfettamente sicura del proprio corpo. Anche se fa finta di esserlo, nel profondo si preoccupa. Sono troppo grassa? Sono troppo magra? La mia cellulite è un ostacolo? I miei muscoli sono troppo mascolini? Le mie tette sono troppo cadenti?"

"Non c'è niente di sbagliato nel tuo corpo."

"Non mi hai vista nuda."

"Insomma," precisò l'uomo. "Ti ho vista con un costume bagnato e quello non nascondeva molto."

Lei agitò una mano davanti a sé. "Allora, questo non ti scoraggia?"

"Cazzo, no. Se Mercy..." Subito, l'uomo strinse le labbra e digrignò i denti.

Londyn rimase a bocca aperta di fronte a quello scivolone. "Saresti uscito con mia sorella?"

Brick distolse lo sguardo degli occhi azzurri. "Non uscito."

"Oh... capisco. Le avresti dato una botta."

Lo sguardo dell'uomo tornò su di lei. "Tua sorella è sexy da morire."

Londyn la prese come una rassicurazione, visto che... "Ci assomigliamo molto."

"È proprio quello che sto dicendo."

"Immagino che se non fossimo bloccati in questa casa

insieme per il prossimo... chissà quanto... e tu mi vedessi... da qualche parte... ci proveresti con me?"

"Se vedessi la tua foto, scorrerei a destra così forte da slogarmi un dito."

Londyn aggrottò le sopracciglia. "In che senso?"

L'uomo sollevò la testa con aria sorpresa. "Pensavo che avessi conosciuto Kevin su Internet."

"È così. Non c'è stato nessuno scorrimento."

"Beh, ora che sei single, sono sicuro che scorrerai parecchio."

Lei scosse la testa. "Non so nemmeno cosa voglia dire."

Un lato della molto baciabile bocca di Brick si arricciò. "Benvenuta nel mondo degli incontri. Ho molto da insegnarti, novellina."

"Non sono sicura di voler imparare. Devo essere felice di essere single."

L'uomo sollevò una spalla. "Essere single non significa stare da soli."

Il concetto poteva rientrare nella teoria del sesso come valvola di sfogo. "Non sei d'aiuto."

Brick sorrise, le prese la mano e la trascinò verso la porta. "Andiamo. Prima ho bisogno di carburante e di una doccia."

Stava succedendo?

"Davvero? Mi sorprende che un uomo anteponga il cibo al sesso." Soprattutto un uomo che aveva familiarità con il "mondo degli incontri."

"Sono sicuro che tu non voglia che io svenga mentre ti mostro quanto apprezzo il tuo corpo."

In tal caso, mangiare prima poteva essere una buona idea. "Non credo che qualche addominale ti abbia affaticato molto. Non avevi nemmeno il fiatone."

"Non erano solo addominali. Sono andato a correre–"

Lei lo fermò con uno strattone appena entrati in casa. "Aspetta; sei andato a correre *e* hai fatto cento addominali?"

Brick sfoderò il suo sorriso da un milione di dollari. "Hai saltato le cento flessioni."

"Accidenti, devo alzarmi prima," sussurrò Londyn. Inclinò la testa. "Pensavo che avessi detto che saresti passato davanti a casa dei vicini stamattina. L'hai fatto?"

"L'ho fatto. Non li ho visti fuori, perché era presto. Quindi dovremo pensare anche a quello. Ci aspetta una giornata impegnativa."

Le labbra di lei si contrassero, così come le dita di lui. "Sesso e spionaggio?"

Brick le lasciò la mano, si girò verso di lei e le prese il viso, sollevandolo. Ancora una volta quel sorriso era sparito. Londyn ne pianse la perdita.

"Sei sicura di volerlo fare?"

Londyn chiese: "Il sesso o lo spionaggio?"

"Il sesso. Lo spionaggio ti tocca farlo per forza."

"Probabilmente non è la migliore delle idee," rispose sinceramente lei.

"Ne abbiamo già parlato."

"Ma... che male può fare?"

Brick tacque a lungo. E a lei non piacque l'espressione seria che assunse mentre le sfiorava la guancia con il pollice, avanti e indietro. "Quello che è successo con Kevin ti ha colpita duramente; lo si è visto ieri sera. Ti ho vista chiuderti in te stessa. Per quanto mi piacerebbe fare sesso con te, non sono sicuro che tu sia pronta."

"È solo sesso. Non dobbiamo convivere."

"No?" Lui la lasciò e fece un passo indietro, scuotendo la testa. "Non posso credere che sto dicendo di no al sesso. Ma che cazzo!" Si allontanò da lei e si passò le dita fra i capelli.

Da un lato, Londyn era entusiasta che Brick volesse fare

sesso con lei. Dall'altro, era delusa dal fatto che la stesse rifiutando.

Fece un rapido passo indietro quando l'uomo si voltò improvvisamente verso di lei. "Dobbiamo passare le prossime due settimane, se non di più, insieme. Se qualcosa andasse storto, questo lavoro diventerebbe ancora più difficile. Lo capisci, vero?"

"Molti coniugi non si piacciono," gli ricordò lei.

"Non voglio che tu mi odi. Diamoci almeno qualche giorno di tempo prima che tu lo faccia."

"Pensi che fare sesso mi spingerà a odiarti?"

Brick prese visibilmente fiato e lei osservò ogni muscolo del suo corpo farsi duro, come se avesse appena indossato un'armatura. "Forse non ti piacerà sentirtelo dire, e questo potrebbe farti cambiare idea, ma è raro che io faccia sesso con la stessa donna più di una volta."

"Davvero?"

L'uomo scrollò leggermente le spalle. "Sì."

Parris non esagerava quando aveva detto che Brick era un donnaiolo. Lo aveva appena ammesso lui stesso. "Fa un po' schifo. Con quante donne hai fatto sesso?"

La mascella di Brick si strinse e un muscolo si contrasse sulla guancia, il che non era un buon segno. "Con quanti uomini hai fatto sesso?"

Londyn alzò la mano e li contò a mente e sulle dita. Quando ebbe finito, rispose: "Sette," mentre lo osservava. Perché l'uomo sembrava sorpreso? Avrebbero dovuto essere di più? Di meno? Poi capì. Un militare sexy. Il re dello "scorrimento a destra." Le si rivoltò lo stomaco. "Scommetto che per te è una settimana qualunque."

L'uomo non mostrò la minima vergogna nell'ammettere: "Dipende dai miei impegni."

Accidenti. Se Brick stava cercando di farle cambiare idea, di scoraggiare il suo interesse, ci era riuscito. "Hai ragione. Non voglio più fare sesso con te. Grazie per la sincerità."

"Siamo bloccati in questa casa insieme, Londyn, per chissà quanto tempo. Non posso permettere che tu te ne vada nel bel mezzo dell'incarico per qualcosa che ho fatto... o che non ho fatto."

"Pensi che non sia in grado di gestire una botta e via con te?"

"È questo il problema. Non sarebbe una botta e via. Non sei solo una faccia su una app di incontri. Dovrei vederti ogni mattina. Dormi nel mio letto."

"Il *tuo* letto?"

"L'*unico* letto."

"In pratica, stai dicendo che una volta che avremo fatto sesso non vorrai più condividere il letto con me."

"Sto dicendo che potrebbe diventare imbarazzante e che ci tocca convivere."

"Mi hai già convinto a non venire a letto con te, quindi non c'è bisogno di continuare a provarci."

"Sto cercando di convincere me stesso."

Con le labbra serrate, Londyn lo fissò. Probabilmente, Brick non era abituato a rifiutare il sesso. O addirittura a evitarlo. Aveva ragione: forse era meglio non farlo, perché c'era il rischio di combinare un casino. La causa era persa; meglio non insistere. "Per quanto mi piacerebbe che tu rimanessi solo con quei," disse Londyn, agitando una mano davanti a sé, "*pantaloncini*, perché non vai a farti una doccia mentre io inizio a preparare la colazione? Poi potremo pianificare l'offensiva. Magari, mentre mangiamo potrai darmi qualche dritta su come si comporta una buona spia." Londyn si allontanò da lui e andò a prendere una tazza. Sperava che l'uomo avesse preparato del caffè bello forte.

"È facile. Comportarsi in modo naturale, mimetizzarsi e fare domande senza destare sospetti."

"Dubito che sia così facile."

"Devi costruirti un personaggio credibile, che ti permetta di accedere alla casa e alla vita degli altri."

Londyn sbuffò. "Facilissimo, proprio."

"Sii te stessa, Londyn."

"Cioè la donna che si è lasciata ingannare facilmente, che vive nella menzogna e che è troppo sprovveduta per rendersene conto?" Londyn chiuse gli occhi e sospirò. Ecco un'altra causa persa su cui era meglio smettere di insistere. Aveva deciso che doveva voltare pagina e attenersi a quel piano. *Diavolo*, forse avrebbe finito per diventare brava in quella faccenda della copertura e le si sarebbe aperta una carriera del tutto nuova. Probabilmente molto più remunerativa che fare la consulente per l'abuso di stupefacenti. Ci si vedeva benissimo...

Londyn Gregory, rivelatrice internazionale di bugie e inganni.

Avrebbe solo voluto aver scoperto molto prima le bugie e gli inganni di Kevin.

Porca miseria.

Sobbalzò quando udì un "Ehi" sussurrato vicino a lei. Aprì gli occhi e vide Brick in piedi di fronte a lei, con il viso inclinato verso il suo. Come faceva l'uomo a muoversi così in silenzio?

Londyn sollevò lo sguardo per incrociare quello di lui.

"Smettila di rimproverarti per quella storia. Nel momento in cui l'hai scoperto, hai agito." Un sorrisetto arricciò le labbra dell'uomo. "Tirandogli una lampada in testa e poi sparandogli addosso."

"Si meritava di peggio."

"È fortunato che tu non gli abbia aperto un buco in mezzo agli occhi."

"Ci ho pensato, ma ho capito che non valeva la pena andare in prigione. E non credo che starei bene con una tuta arancione. Inoltre, per quanto voglia rinunciare agli uomini, non credo di poter passare dall'altra sponda."

"L'altra sponda?"

"Diventare lesbica. Cioè, ho delle cotte per le donne. Chi non ne ha? Ma tra il dire e il fare..."

"Londyn," gemette Brick. "Smettila. Sono già combattuto. Non mettermi in testa la visione di te con un'altra donna."

"Sei dipendente dal sesso?"

"Se fossi dipendente dal sesso, ora non saremmo qui in cucina. Ti avrei trascinata di sopra non appena hai fatto quell'offerta e..."

L'uomo abbassò lo sguardo e sospirò leggerissimamente.

Lei sapeva benissimo cosa stava guardando. Quando lui aveva parlato di trascinarla al piano di sopra come un cavernicolo arrapato, i capezzoli di Londyn avevano deciso che la cosa sembrava entusiasmante.

In effetti, per una frazione di secondo, il suo cervello aveva dimenticato che probabilmente Brick era andato a letto con 4,2 milioni di donne.

Ma solo per una frazione di secondo.

"Vado a farmi una doccia," mormorò l'uomo, per poi fare un passo indietro. La osservò per benino ancora una volta, poi si voltò e uscì di corsa dalla stanza.

"Inizio a preparare la colazione," urlò lei.

"Dammi almeno venti minuti," sentì gridare in risposta. "No, trenta. Cazzo!"

Londyn sorrise.

Capitolo cinque

"Non abbiamo mai parlato dei nostri ruoli. Abbiamo un lavoro? Andiamo al lavoro tutti i giorni? Io faccio la casalinga?"

Brick guardò accigliato il corpo estraneo che aveva all'anulare sinistro. Sembrava un fottuto cappio. "Sì, fai la casalinga," rispose distrattamente. "Io sono un nerd informatico che lavora da casa."

"Che tipo di nerd informatico?"

Brick riportò l'attenzione su Londyn, che lo stava fissando con le mani appoggiate sui fianchi formosi racchiusi in pantaloncini color bronzo che le arrivavano a metà coscia. Il suo sguardo si sollevò ancora una volta, passando sulla polo rosa acceso che le fasciava le tette e sui bottoni aperti che non lasciavano molto all'immaginazione riguardo a quel petto generoso.

L'aveva convinta a non fare sesso con lui, il che dimostrava che era davvero cretino. "Non lo so. Che razza di nerd informatico lavora da casa?"

Lei levò gli occhi azzurri al soffitto e si picchiettò il dito sul labbro inferiore mentre contemplava la sua domanda. "Un ingegnere informatico, magari?"

"Cazzo, sarò meglio che quel tipo non mi chieda aiuto con il computer. Saremmo fottuti."

Londyn sollevò le spalle e Brick osservò quella scollatura che si muoveva. Proprio come una ciotola piena di budino. *Accidenti*, all'improvviso gli era venuta voglia di budino.

"Se lo farà, tu digli che non puoi fare quello che vuole che tu faccia a casa sua. Inventati una ragione per portare qui il suo computer. Così avrai anche accesso ai suoi file."

"Dubito che abbia segnato *uccidere la moglie* su Google Calendar."

Londyn levò gli occhi al soffitto. "Chi si sarebbe aspettato che si mettesse con l'amante così presto dopo aver ucciso la moglie? Facciamo tutti cose stupide."

Brick guardò di nuovo la fede che aveva al dito. *Sì, è così.*

Per fortuna, era solo una cosa temporanea. Avevano dovuto rimandare il progetto di andare dai vicini per fare un salto al banco dei pegni più vicino a prendere le fedi nuziali. Invece di comprare una fede per lei, visto che non erano riusciti a trovarne una della sua misura, Londyn aveva spostato dalla mano destra alla sinistra un vecchio anello di diamanti che era appartenuto alla nonna. Sarebbe bastato come fede nuziale.

Ma quando Brick si era infilato la semplice fascia d'argento nel parcheggio del banco dei pegni, aveva avvertito una stretta al petto. Proprio come il cappio al dito.

Ora che erano tornati dalle commissioni, Brick era ansioso di andare due case più in là a conoscere il signor Christopher Kramer e quella che, molto probabilmente, era la sua complice.

Mentre erano fuori, Londyn lo aveva costretto a fermarsi

in un negozio dell'usato per comprare dei vestiti che non fossero pantaloni cargo, mimetici o jeans.

Si sistemò per l'ennesima volta i pantaloncini cachi che sembravano decisi a sollevargli e segargli le palle. Non era una sensazione piacevole e lo sfregamento lo preoccupava.

"Smettila di agitarti," disse la donna. "Stai bene e sembri davvero un nerd dell'informatica. O quasi..."

Si avvicinò a lui, afferrò la catenina che Brick portava al collo e tirò fuori le piastrine dalla polo che lui indossava, che non era rosa caldo, ma blu navy. *E meno male, cazzo.* Finzione o meno, non voleva far parte di una di *quelle* coppie.

Quando Londyn cominciò a sfilargli le piastrine, lui le afferrò il polso, fermandola. "Cosa fai?"

"Si vedono sotto la polo. Dovresti essere un nerd dell'informatica."

"Ci sono nerd dell'informatica che hanno fatto il militare."

"Ti assomigliano?"

Brick sorrise. "Forse no."

Strinse i denti mentre lei finiva di sfilargli le piastrine da sopra la testa. Non indossarle lo faceva sentire vulnerabile. Così gliele strappò di mano e le infilò in tasca. Se non poteva portarle al collo, per il momento le avrebbe tenute da qualche parte, sempre sulla sua persona.

Lei inclinò la testa e lo osservò in viso. "Ti mancano ancora gli occhiali. Peccato che non ne abbiamo preso un paio finti mentre eravamo fuori."

"Non mi servono occhiali finti. Ho quelli veri."

Mentre lei lo fissava sorpresa, la bocca di Londyn si aprì e poi si chiuse prima di riaprirsi per chiedere: "Dove?"

"Nel borsone. Porto le lenti a contatto."

Londyn si chinò, avvicinandosi a sufficienza da fargli percepire il suo profumo, e lo guardò negli occhi da distanza ravvicinata. "Accidenti. È vero. Non l'avevo notato. Immagino che il resto di te mi abbia distratta." Si accigliò. "Pensavo che i cecchini dei Navy SEAL dovessero avere una vista perfetta."

"È così."

"Allora come mai porti le lenti a contatto?"

"Invecchiando le cose cambiano, Londyn."

"Anche per te? Non l'avrei mai detto."

"La vista che avevo quando mi sono arruolato a diciotto anni, e anche quando sono entrato nell'addestramento dei SEAL, non è la stessa che ho ora, quasi vent'anni dopo."

"Ti hanno cacciato quando ha cominciato a calarti la vista?"

"No. Me ne sono andato prima che la situazione diventasse abbastanza grave da richiedere l'uso di lenti correttive."

"Ed è per quello che te ne sei andato?"

"No." E lì doveva finire quell'interrogatorio.

"Allora perché–"

"Dobbiamo andare. Ma prima, concludiamo il discorso sulla nostra coppia immaginaria."

Londyn si levò rapidamente la delusione dal viso e tornò alle cose importanti. *Meno male, cazzo.* Perché l'ultima cosa che Brick voleva fare era parlare del motivo per cui aveva lasciato la Marina. Quando prima aveva detto che non voleva che lei lo odiasse, diceva sul serio. E il motivo per cui se n'era andato non l'avrebbe certo entusiasmata.

Londyn batté le mani. "D'accordo, quindi io sono la mogliettina e tu sei il capofamiglia, ingegnere informatico per un'azienda di software brevettato e che non può parlare del suo lavoro."

"Perfetto," mormorò lui, studiandola. A prima vista, qualcuno avrebbe potuto pensare che fosse un po' svampita e impulsiva, ma stava rapidamente dimostrando il contrario.

Ma sarebbe stato meglio se si fosse comportata in quel modo con i vicini. "Ho bisogno che tu faccia un po' più la svanita."

"Svanita?"

"Come se avessi la testa vuota. Tutta apparenza e niente cervello."

"Perché?"

"Perché così sarà più facile sviare le domande che ti verranno poste o rispondere con frasi senza senso. Inoltre, potrai fare delle domande ai nostri cari vicini ed è probabile che loro giustificheranno le più indiscrete dicendosi che tu non ci arrivi."

"Dovrei essere scortese?"

"No. Siamo gente benestante e tu sei solo un mio accessorio."

Londyn sbuffò. "Non avrei mai pensato di *poter* essere un accessorio."

"Londyn, tu ti sottovaluti." Perché lei avesse difficoltà a capirlo, Brick non lo sapeva.

La donna sorrise e lui sbatté le palpebre per quanto si era illuminata per un semplice complimento. *Porca miseria*, perché cazzo l'aveva convinta a non fare sesso con lui?

"Da quanto tempo siamo sposati? Siamo due sposini che non sopportano di stare separati?"

"No, credo che dovremmo presentarci come una coppia più stagionata."

"Dobbiamo conoscere il colore preferito dell'altro? La canzone preferita? E un'abitudine che detestiamo?"

"Nessuno ti chiederà qual è il mio cazzo di colore preferito."

Londyn sollevò le spalle. "Non si sa mai."

"Allora scegline uno. Lo stesso vale per l'abitudine. Dobbiamo andare lì prima che si faccia troppo tardi."

"Bene. Prendi gli occhiali."

Annuendo, Brick si voltò e salì di corsa i gradini, non gradendo il fatto che i pantaloncini cachi gli si infilarono nello spacco del sedere quando lo fece.

Si tolse le lenti a contatto, cosa che faceva di rado, e inforcò gli occhiali prima di tornare al piano di sotto.

Gli occhiali, la polo, i pantaloncini, quelle scarpe da deficiente...

Quando raggiunse l'atrio, sentì un sussulto. Si girò e vide Londyn che lo fissava. "Ti pareva che eri sexy da morire anche con gli occhiali."

Lui finse di accigliarsi. "Davvero?"

"Lo sai che è così. Non fare il finto tonto. Ma non sembri comunque un nerd dell'informatica."

"Dovrà bastare."

"Vero. E poi, devi essere abbastanza bello da meritarti di avere *me* come accessorio."

Lui scosse la testa e rise. "Bene." Le tese la mano. "Pronta?"

Londyn mise la mano nella sua e annuì. "Pronta."

Brick le strinse le dita e mormorò: "Facciamolo."

"Hoorah!"

"No. Per... Cazzo... no."

"Lascia che sia io a parlare," borbottò sottovoce Brick dopo aver suonato il campanello. La mano di Londyn stringeva così forte la sua che c'era da stupirsi che non gli avesse ancora rotto le dita. "Allenta la morsa."

"Sono nervosa."

Grazie al cazzo.

"Non esserlo. Sii te stessa," le disse ancora una volta Brick.

"Merda. Non abbiamo deciso da quanto siamo sposati—"

Troppo tardi: un lato della doppia porta d'ingresso si aprì verso l'interno e un uomo alto, sulla trentina, con i capelli castano scuro, gli occhi scuri e la fronte aggrottata apparve all'ingresso.

Brick fece un sorriso amichevole, ma prima che potesse salutare l'uomo, Londyn esclamò: "Ciao! Ci siamo appena trasferiti un paio di porte più in là."

Ma che cazzo.

"Sono—"

Brick strinse la mano di Londyn con una forza tale da farla squittire. "Questa è mia moglie... Gertrude." Lei ricambiò la stretta con altrettanta forza. "E io—"

"Mio marito Seamus."

Brick si strozzò.

Le sopracciglia scure dell'uomo si abbassarono. "Posso esservi utile?"

"Noi—"

Brick interruppe Londyn. "Gertie voleva conoscere tutti i vicini e voi siete la nostra prima tappa. Speriamo di non disturbare."

L'uomo li osservò, gli occhi castano scuro che si sofferma-rono su Londyn più a lungo di quanto piacesse a Brick.

Per quanto la cosa gli desse fastidio, avrebbe potuto sfrut-tare quell'interesse.

Christopher Kramer si sporse dalla porta e guardò verso la casa che avevano affittato. Vi accennò con il mento. "Avete comprato quella casa?"

"Sì."

"Non vi ho visti trasportare i mobili."

"Non l'abbiamo fatto. L'abbiamo comprata già arredata, perché abbiamo venduto da poco la nostra vecchia casa, che era molto più piccola e—"

"Ne abbiamo presa una più grande, visto che il lavoro di Seamus va tanto bene," concluse Londyn con un sorriso. Fece scivolare un braccio intorno alla vita di Brick e gli accarezzò il ventre coperto dalla polo. "Sono tanto orgogliosa di lui. È un gran lavoratore."

Brick abbassò la testa per dare a Londyn un bacio sulla fronte. "Grazie, pasticcino."

Lei sussultò contro il suo fianco.

Ancora una volta, lo sguardo di Kramer si posò su Londyn e vi rimase quando disse: "Benvenuti nel quartiere. È tranquillo e vorremmo che rimanesse tale."

Porca miseria.

"Oh, sì. Beh, non abbiamo figli, quindi non faremo rumore... A meno che Seamus non sia particolarmente arrapato." Londyn coronò l'affermazione con una risatina da svampita e un'altra pacca sullo stomaco. "Ma prometto di contenere il mio entusiasmo a un basso ruggito."

"La imbavaglierò se necessario." Quando il commento attirò l'attenzione di Kramer su Brick, lui gli fece l'occhiolino con aria complice. "Da quanto tempo vivete qui?"

"Meno di un anno."

"Anche voi siete arrivati da poco?" chiese Londyn con uno strillo di gioia, saltellando leggermente sulle punte dei piedi. Spalancò gli occhi e chiese: "Avete conosciuto gli altri vicini?"

"No, ognuno si fa gli affari suoi."

"Oh, beh, a Seamus e a me piace avere ospiti. Siccome ora abbiamo la piscina e una bella zona cucina esterna, abbiamo intenzione di invitare gente più spesso. Ci piacerebbe che lei e... sua moglie...?"

"La mia ragazza," precisò Kramer.

"La sua ragazza vi uniste a noi," concluse Londyn.

Bel colpo.

"Anzi, mi piacerebbe conoscerla. Quando ci siamo trasferiti, mi è dispiaciuto lasciare i miei amici, ma vedo questo cambiamento come un'occasione per farmene di nuovi. Amici più al nostro," Londyn si chinò verso Kramer e abbassò la voce, "al nostro livello, se capisce cosa intendo." Gli fece un occhiolino esagerato.

L'occhiolino, insieme al sorriso, aprì un po' di più l'espressione di Kramer. "Capisco. Si vuole sempre circondarsi di persone di successo e con la stessa mentalità."

"Lei di cosa si occupa?" chiese Brick, avvicinando di nuovo Londyn al suo fianco prima che lei leccasse il braccio a Kramer.

"Del mercato azionario. Lavoro nel trading."

Brick emise un basso fischio. "Deve essere davvero bravo per avere una casa del genere. Potrebbe darmi qualche dritta. Ho del denaro da investire. Al momento stagna in un conto a basso interesse."

Kramer inarcò un sopracciglio all'indirizzo di Brick. "Che lavoro fa?"

"Sono ingegnere informatico."

Lo sguardo di Kramer si spostò di nuovo su Londyn. "E lei?"

Londyn abbassò la testa e lo guardò timidamente attraverso le ciglia. "Io sto a casa e mi occupo di Seamus."

Gli occhi di Kramer si illuminarono come il cielo durante il finale dei fuochi d'artificio del 4 luglio.

Brick passò un braccio intorno alle spalle di Londyn e la strinse forte, premendo le labbra sulla sua tempia e mormorando: "Il mio pasticcino si prende cura di me."

"E la sua ragazza?" chiese Londyn, accarezzando di nuovo l'addome di Brick.

"Barb lavora da casa come editor."

"Oooh!" gridò Londyn, saltellando di nuovo. "Che tipo di editor? Per una rivista?"

"Si occupa di narrativa."

"Devo conoscerla!" esclamò Londyn, fingendo di essere super entusiasta. "Adoro leggere. Magari ha curato alcuni dei miei libri preferiti."

"Può darsi," borbottò Kramer.

"È in casa?" chiese Londyn.

Brick le conficcò le dita nella spalla. Non voleva che Londyn insistesse troppo con Kramer. Quell'uomo non li aveva nemmeno invitati a entrare e probabilmente non lo avrebbe fatto, quindi dovevano andarci piano.

"No."

L'espressione di Londyn si intristì. "Oh, che peccato." La donna voltò la testa verso Brick. "Tesoro, magari potremmo invitarli a cena questa settimana. Mi piacerebbe fare nuove amicizie. Soprattutto con qualcuno con cui posso parlare di libri."

Brick la guardò, sorrise e guardò Kramer. "Assolutamente. A me piace grigliare. Scusi, non ho capito il suo nome."

"Chris... Chris Kramer."

Brick tolse il braccio dalle spalle di Londyn e tese la mano a Kramer. "Seamus Ramsey."

Kramer gli strinse la mano. "Nome interessante, Seamus."

"È un vecchio nome di famiglia. Allora, ci vediamo domani sera a cena?"

Kramer esitò solo per qualche istante prima di abbassare la testa e dire: "Passeremo dopo la chiusura del mercato azionario. Dobbiamo portare qualcosa?"

"Solo voi stessi," disse Londyn, strizzando l'occhio.

Che cos'era quell'ammiccamento del cazzo?

"Siamo d'accordo. Va bene, pasticcino, è ora di lasciare

che quest'uomo torni ai suoi affari. Lo abbiamo disturbato abbastanza e abbiamo altri vicini da conoscere."

"La prego, dica a Barb che non vedo l'ora di incontrarla," disse Londyn, per poi prendere prese la mano di Brick.

Kramer annuì e chiuse la porta.

"Seamus?" sussurrò inferocito Brick mentre strattonava Londyn giù dalla scalinata e cominciava a trascinarla in casa.

"Gertrude? Ti sembro una Gertie? È un nome da mucca!"

"Sempre meglio di Seamus."

"Perché non possiamo usare i nostri veri nomi?"

"Siamo sotto copertura! E Londyn non è esattamente un nome comune."

"Allora avresti dovuto avvertirmi, così avrei scelto un nome più appropriato! E comunque, *pasticcino?* Chi parla così?"

Brick scrollò le spalle. Aprì la porta d'ingresso e spinse dentro la donna, sbattendo la porta dietro di sé. "Un nerd dell'informatica."

"Sono uscita con un nerd dell'informatica e lui non mi ha mai chiamata pasticcino."

Prima che lei potesse entrare in casa e allontanarsi da lui, Brick le afferrò il polso e la tirò fino a farle appoggiare la schiena alla porta d'ingresso.

Si avvicinò tanto da far sfiorare i loro indumenti e avvicinò il viso a quello di lei. "Sei stata brava," disse con dolcezza.

Lei gli rivolse un sorriso smagliante. "Certo. Ho un talento naturale. Dovrei fare l'attrice."

Un lato della bocca di Brick si sollevò. "Quello che è naturale è ciò che il vecchio Kramer stava adocchiando."

"Cioè?"

Lui indicò con il mento il petto di Londyn. "Le tue tette."

Lo sguardo di Londyn scese fino alla scollatura e risalì. "È una cosa buona?"

"Il suo palese interesse può aprirci altre strade, nel caso ne avessimo bisogno."

Lei fece una smorfia. Brick doveva ammettere che era piuttosto carina. "Quello uccide la moglie, va a vivere con la fidanzata e poi adocchia altre donne, il tutto in quanto tempo? Neanche due anni? È disgustoso quasi quanto i 4,2 milioni di donne con cui sei andato a letto."

Brick ritrasse di scatto la testa. "Non sono andato a letto con 4,2 milioni di donne."

"Okay, allora con quante?"

Cristo, quella donna. "Non ho tenuto il conto."

"Già, perché se avessi tenuto il conto segnando delle tacche sulla testiera del letto sarebbe sembrato che un castoro se la fosse mangiata. Ma questo vuol dire anche che non puoi dire con certezza che non fossero 4,2 milioni. Speriamo che tu l'abbia incartato per bene quando te le sei fatte, stallone."

"Lo faccio sempre, pasticcino. E mi sottopongo a controlli regolari."

Lei strinse le labbra mentre lo osservava. Brick aveva entrambi i palmi piantati sulla porta, ai lati della testa di lei. Londyn stava riconsiderando l'idea di andare a letto con lui? Perché lui ci sperava proprio.

"Ti ho detto che sei sexy con quegli occhiali?"

Brick abbassò la testa finché le sue labbra non furono proprio sopra quelle di Londyn. "Non in questi termini."

Lei gli premette una mano sul petto. "Non ho cambiato idea, è che..."

"È che...?" chiese in un sussurro Brick.

Le dita della donna si strinsero nella sua polo e lei lo spinse in avanti. Le loro labbra si trovarono e prima che lei potesse prendere il controllo del bacio, fu Brick a farlo. Le infilò la lingua tra le labbra, dove entrambe si aggrovigliarono e si assaggiarono a vicenda.

Tolte le mani dalla porta, Brick le infilò le dita nei capelli ai due lati della testa, tenendola ferma e approfondendo ancora di più il bacio.

Un gemito si levò tra loro. Brick era abbastanza sicuro che fosse di lei e lo prese come un incoraggiamento.

Londyn continuava a stringergli la camicia con una mano, mentre le dita dell'altra mano gli scavavano nella vita. Non lo stava respingendo. No, lo stava avvicinando a sé. Brick prese anche quello come un incoraggiamento.

Le diede quello che lei voleva e premette il bacino contro il suo.

A quel punto, lei ritrasse la testa quanto bastava per porre fine al bacio.

"È un peccato che non faremo sesso," sussurrò con un respiro tremante.

Sì, era davvero un peccato.

L'uccello di Brick pulsava e lui fece di tutto per non strofinarglielo contro. Londyn era calda e morbida, con il viso arrossato. I suoi occhi azzurri erano velati e i capezzoli spuntavano inequivocabilmente sotto la camicia.

Cazzo. Era troppo allettante.

Brick non dubitava che lei volesse fare sesso.

Per essere una persona impulsiva, stava resistendo.

Ma fu smentito quando la mano di lei gli si avvolse attorno alla nuca, facendogli quasi cadere gli occhiali mentre diceva: "Ancora uno."

Si sollevò sulle punte dei piedi e lo baciò di nuovo.

Invece di prendere il controllo, questa volta Brick la lasciò fare. Stava a lei decidere se voleva cambiare idea, non a lui.

Le bastava dirlo.

Lei gli passò la lingua in bocca ancora una volta e poi si tirò indietro, sospirando dolcemente.

Le bastava dirlo.

Mentre Brick aspettava che lo dicesse, fece scorrere il naso lungo la mascella di Londyn e infilò il viso nel suo collo. "Che buon profumo che hai, cazzo."

Continuò ad aspettare.

Fece scorrere le labbra sulla vena pulsante, il cui battito dimostrava che lei voleva la stessa cosa che voleva lui.

Ma Londyn continuò a tacere.

Lo avrebbe ucciso, cazzo.

Se non avesse ceduto. Se non lo avesse respinto.

Tenuto in sospeso.

Lui non avrebbe insistito. Mai.

La voleva? Cazzo, sì.

Voleva che lei corresse da Rissa dopo? Cazzo, no. Avrebbe creato tensioni all'interno della squadra.

Doveva essere lei a dire di sì. A dire che lo voleva.

E come avevano già discusso, entrambi avrebbero dovuto accettare di mantenere il segreto.

Ma ora erano semplicemente lì. Londyn, con le spalle alla porta, che gli fissava la gola. E lui, ancora premuto contro di lei, con l'erezione che si afflosciava di più a ogni momento.

Era strana la sensazione che Brick aveva provato quando Kramer aveva mostrato interesse per Londyn. Era naturale che lui volesse proteggerla. Soprattutto da un uomo che molto probabilmente aveva ucciso sua moglie. Ma c'era dell'altro.

Dal momento in cui Londyn aveva varcato la soglia durante la partita a poker, qualcosa in lei lo aveva attirato.

Era stato attratto da Rissa quando Mercy l'aveva portata a casa a Shadow Valley un paio di anni prima. E all'inizio aveva creduto che la sua attrazione nei confronti di Londyn fosse dovuta al fatto che lei gli ricordava Rissa. Ma da quando era arrivato in Florida il giorno prima, si era reso conto che c'era qualcosa di più.

L'impulso a baciarla ancora una volta lo travolse. Era un'altra sensazione sconosciuta e sorprendente. Anche se a volte Brick baciava le donne con cui usciva, non aveva mai sentito il *bisogno* di farlo. Un bacio di saluto, un bacio d'addio, qualche bacio durante l'"appuntamento."

Questo era diverso. Brick voleva che lei si lasciasse andare contro di lui. Voleva ascoltare di nuovo i rumori che lei aveva emesso con i primi due baci. Voleva sentire le dita di lei che gli affondavano nella carne mentre lo attirava più vicino a sé perché voleva la stessa cosa.

Anche tutti quei desideri gli erano estranei.

Il problema era che fino a poco più di un mese prima, Londyn era innamorata di un altro uomo. Un uomo che l'aveva tradita.

E lui sapeva che questo le aveva fatto del male.

Non voleva ferirla anche lui. E darle una botta mentre si stava riprendendo dal trauma avrebbe potuto farlo. Il che, di nuovo, avrebbe potuto creare tensioni nella squadra. Mercy si sarebbe incazzato e anche Rissa. Mercy la prendeva sul personale se qualcuno faceva arrabbiare la sua donna, il che la rendeva una situazione da evitare a tutti i costi.

Ciò significava che Brick non avrebbe dovuto baciare di nuovo Londyn.

Quindi, non lo fece. Invece, fu lei a baciarlo di nuovo.

Le dita di Brick si arricciarono fra i capelli di lei, stringendoli con forza, mentre le dita di Londyn gli stringevano il viso. E dopo qualche secondo, lei fece esattamente quello che lui sperava: si rilassò contro di lui. Brick la premette più saldamente contro la porta per tenerla in piedi e, in quella situazione, non c'era dubbio che lei sapesse quanto lui la desiderava. Perché l'uccello di Brick era di nuovo duro.

Londyn gemette nella sua bocca e, *cazzo*, quanto avrebbe voluto prenderla in braccio, portarla di sopra e spogliarla.

Voleva vederla senza il costume da bagno. Senza il pigiama di seta. Senza la polo rosa acceso e i noiosi pantaloncini kaki.

Desiderava esplorare e assaggiare ogni centimetro di lei. Affondare nel suo calore umido. Ascoltarla gridare mentre godeva. E voleva sentirla tremolare attorno a lui quando lo faceva.

E se avesse fatto tutto ciò?

Avrebbe potuto restarci fottuto.

Non l'aveva trovata su Tinder, né su Fling, né su altre applicazioni per rimorchiare. Dove il sesso era solo una transazione tra due persone che cercavano la stessa cosa.

Ciao. Scopare. Arrivederci.

Nessun legame. Nessun obbligo di sedersi dall'altra parte del tavolo e fare colazione con quella persona. Nessuna spiegazione da dare ai conoscenti.

Semplice.

Londyn non sarebbe stata semplice.

La vibrazione nella tasca fu una buona sveglia. Brick si staccò a malincuore da Londyn, i cui occhi erano fuori fuoco, le labbra gonfie e il rossore delle guance ancora più accentuato.

Non ci sarebbe voluto molto per convincerla a proseguire.

Brick tirò fuori il telefono e diede un'occhiata al nome del chiamante.

Sì, lo squillo del telefono era stato un'ottima sveglia.

Mercy lo stava chiamando.

Meno male, cazzo.

Capitolo sei

Londyn emise un sospiro sommesso. Dava le spalle a Brick e stava cercando disperatamente di ignorare il calore che le scorreva nelle vene. Ma i suoi pensieri continuavano a tornare ai baci contro la porta di prima.

Durante quei baci, lei aveva vacillato riguardo all'idea di incoraggiarlo ad andare oltre.

Era come un tiro alla fune nella sua testa. O come se il diavolo sulla spalla destra la invogliasse a essere birbante, mentre l'angelo sulla spalla sinistra la incoraggiasse a fare la brava.

Ma poi era squillato il telefono e Brick si era allontanato per rispondere alla chiamata in privato. Londyn era andata di sopra, si era messa in costume da bagno e aveva fatto qualche vasca per rinfrescarsi. Ciò l'aveva aiutata a superare la cena e il resto della serata, mentre lei leggeva e lui giocava al telefono guardando la TV.

Forse aveva "scorso a destra" e cercava un incontro locale. Londyn non riusciva a immaginare che rimanesse a lungo in astinenza.

Era andata a letto prima di lui, ma era troppo agitata per dormire. Una volta sentiti i passi dell'uomo, si era girata e gli aveva dato le spalle, sperando di non essere tentata di continuare quello che avevano iniziato al piano di sotto.

Entrambi sapevano che era una pessima idea.

Ma entrambi lo volevano comunque.

Forse Londyn non avrebbe mai più avuto la possibilità di andare a letto con qualcuno che assomigliasse a Brick. Lui poteva essere il suo unicorno.

E se, per il resto della sua vita, le fossero toccati in sorte solo altri Kevin? Non che ci fosse qualcosa di sbagliato in un Kevin, purché non conducesse una doppia vita, ma non era un Brick.

Londyn immaginava che gli uomini sognassero di andare con un "dieci" almeno una volta nella vita. Perché le donne non potevano sperare lo stesso?

Quella poteva essere la sua unica occasione. Un'occasione che lei non poteva lasciarsi sfuggire.

Non era necessario che lo sapesse nessuno.

Nessuno tranne loro.

Erano due adulti consenzienti, no?

Tutta quell'indecisione sessuale era più stressante dell'idea di fare la conoscenza di un assassino e di spiarlo.

Con un altro sospiro, Londyn rotolò supina e girò la testa per studiare l'ampia schiena nuda di Brick, il modo in cui le coperte si drappeggiavano sui suoi fianchi e sulle sue lunghe gambe.

Rotolò di nuovo, questa volta su un fianco, fronteggiandolo. Allungò timidamente la mano e fece scorrere con delicatezza le dita lungo la profonda rientranza della spina dorsale.

Muscoli. Tutto in lui era puri muscoli. Quando Londyn

arrivò alla parte bassa della schiena, le due fossette sopra il sedere, appena visibili sopra le coperte, la incuriosirono.

Premette delicatamente il polpastrello del pollice contro una di esse, stupendosi di come si inserisse perfettamente nella piccola depressione.

Brick si mosse, si irrigidì e mormorò un "No."

Lei non poteva vederlo in faccia, quindi non era sicura se fosse sveglio o dormisse. Ma prima che Londyn potesse toglierle la mano, lui cominciò a ripetere la parola in continuazione, alzando ogni volta la voce, finché non emise un ultimo, sofferente "No, porca miseria," prima di zittirsi.

Lei gli tolse la mano dalla schiena e si girò per dargli di nuovo le spalle. Non era sicura se l'uomo fosse sveglio e le stesse dicendo che no, non voleva che lo toccasse, o se stesse avendo un incubo.

Ma in ogni caso, quello fu uno spruzzo d'acqua gelida e un buon promemoria per ricordarle ancora una volta che fare sesso con lui era una pessima idea.

Londyn scese dal letto e andò a dormire in una delle camere libere, dove le tentazioni sarebbero state minori.

BRICK RAGGIUNSE l'ultimo gradino e, invece di uscire subito a correre, cambiò direzione e si diresse verso la cucina. Quando si era svegliato sudato la notte prima, Londyn non era più nel letto con lui. Poiché nel bagno padronale la luce era spenta, lui si era alzato ed era uscito in corridoio, chiedendosi dove lei fosse finita.

L'aveva trovata che dormiva in una delle camere libere. Un'altra strana sensazione lo aveva invaso. Delusione. Delusione perché lei aveva abbandonato il suo letto e lui non aveva idea del perché. Anche se avrebbe voluto riportarla al suo posto, non lo aveva fatto.

Magari aveva russato o si era agitato troppo e non l'aveva lasciata dormire.

In cucina, la vide appoggiata al bancone, con indosso quella fottuta camicia da notte di seta che lui avrebbe voluto strapparle di dosso, mentre si portava una tazza di caffè fumante alle labbra.

Gli occhi azzurri della donna corsero a lui, per poi tornare a quello che stava fissando prima.

"Ti sei spostata ieri notte." Brick cercò di mantenere un tono neutro, per fingere che la cosa non lo avesse infastidito.

Londyn bevve un sorso di caffè. "Mmm-hmm."

Era quella la risposta della signorina Chiacchieroni? Solo un *mmm-hmm?* "Perché?"

"Credo che sia meglio così."

"Sia? Non fosse? Vuol dire che è permanente?"

"Finché staremo qui."

"Londyn..."

"È meglio così."

Il suo tono indicava che Brick avrebbe dovuto lasciar perdere. Beh, 'fanculo. "Non mi hai ancora detto perché." Non avrebbe dovuto fregargliene niente del perché. Brick avrebbe dovuto festeggiare il fatto di avere finalmente la grande camera da letto padronale tutta per sé.

E invece, *cazzo*, gliene fregava eccome.

"Mi serve un motivo per non voler dormire nello stesso letto con un uomo che non è mio... con cui non sono in intimità?"

Cazzo. "No." Brick la osservò per qualche secondo e quando lei non disse altro e non lo guardò nemmeno, le chiese: "Perché hai cambiato idea? Volevi quella stanza, quel bagno."

Lei bevve un altro sorso di caffè e continuò a fissarlo da sopra la spalla mentre lui si avvicinava. "Questo è vero."

"Ti propongo un accordo. Puoi avere la stanza tutta per te, se non vuoi condividerla; io mi trasferirò nella camera degli ospiti, ma solo se tu mi dirai il perché."

Londyn abbassò lo sguardo sui piedi nudi, con la tazza di caffè stretta tra le dita.

Lui le tolse con attenzione la tazza e la posò sul bancone, poi le sollevò il mento con l'indice.

Stava arrossendo?

Lo sguardo di Londyn scivolò di lato per evitare quello di Brick.

"Ehi, la stanza è tua. Parlami." Non era quello il modo di cominciare un matrimonio, vero o finto che fosse. "Dobbiamo essere convincenti, Londyn, e tu non sei onesta o aperta con me–"

"Mi hai detto di no."

Brick ritrasse indietro la testa e la fissò in viso. Ora, lei lo guardava negli occhi e la sua testardaggine stava tornando alla ribalta.

"Ti ho detto di no," ripeté Brick, passandosi una mano sul mento.

"Quando ti ho toccato ieri sera."

"Mi hai toccato ieri sera," ripeté, ancora più confuso di prima. "Ehm... sono abbastanza sicuro che mi ricorderei se tu mi avessi toccato, Londyn, cazzo. Anzi, se l'avessi fatto, di sicuro non avrei detto di no."

"Non solo hai detto di no, ma l'hai detto in maniera categorica e più volte."

Durante la notte, Brick si era svegliato sudato dopo uno dei suoi incubi. Lei lo aveva toccato mentre riviveva quel momento che avrebbe voluto dimenticare?

"Se ho detto di no, tesoro, non era a te. Lo giuro. Probabilmente stavo solo sognando."

"Non hai detto di no finché non ti ho toccato."

"È stata una coincidenza."

"Davvero?"

"Vuoi una prova? Toccami ora che sono ben sveglio."

"Avevamo detto che avremmo tenuto le mani a posto," gli ricordò lei, inarcando un sopracciglio.

"Sì, beh, è una promessa che continuiamo a non mantenere."

Londyn non disse nulla per un lunghissimo istante, ma Brick vedeva gli ingranaggi nella testa di lei che si muovevano mentre prendeva in considerazione il suo suggerimento. Fu sollevato quando la tensione sembrò abbandonarla. "Lo sai che hai due fossette proprio sopra il sedere?"

Brick sorrise. "No, fammi vedere dove." Non si preoccupò nemmeno di mentire in modo convincente.

Londyn sapeva che lui stava mentendo, ma stette al gioco.

E, 'fanculo, lei voleva toccarlo, quindi lui non avrebbe detto di no. Col cazzo.

Avrebbe voluto svegliarsi la notte prima, quando lei aveva allungato le mani. Ma potevano sempre recuperare il tempo perduto, se lei era disposta a farlo.

"Girati," sussurrò Londyn, lo sguardo non più assente, ma acceso.

Brick indossava solo le sue "*ranger panties*[1]," o Silkies, dei calzini sportivi corti e delle scarpe da corsa, così Londyn aveva accesso facile a lui. E nel giro di un istante, Brick avrebbe avuto anche un'erezione in bella mostra.

"Girati." Questa volta era più una richiesta sussurrata. E ciò gli fece perdere il sorriso.

Se lui ci fosse stato e lei lo avesse toccato, non sarebbero potuti tornare indietro. Avrebbero finito di giocare al gioco del "non dobbiamo."

'Fanculo.

Brick aveva capito tutto nell'istante in cui erano saliti insieme su quell'aereo.

Sapeva che, nel momento in cui Londyn aveva accettato di condividere quella camera da letto, l'inevitabile si era avvicinato.

E ora l'inevitabile era arrivato.

Lui voleva avere l'opportunità di mostrarle quanto era bella e perfetta.

Basta con i "non dobbiamo."

Doveva solo assicurarsi che lei non lo odiasse in seguito. E se avesse dovuto ingoiare il rospo della monogamia per il tempo che avrebbero trascorso lì, l'avrebbe ingoiato. Era una cosa temporanea, proprio come la fede al dito.

Si voltò lentamente, dando a Londyn la schiena nuda, e aspettò.

A parte i loro respiri affannosi, la cucina era completamente silenziosa. L'attesa che lei lo toccasse faceva battere il cuore di entrambi un po' più velocemente, oltre ad accelerare i loro respiri.

L'aria si spostò quando la donna si allontanò dal bancone. L'uccello di Brick sussultò nei pantaloncini non appena le dita di Londyn toccarono la sua pelle. Lei tracciò un disegno con i polpastrelli lungo la spina dorsale, partendo dalle scapole e scendendo verso il basso...

Verso il basso...

Fino a quando le punte di tutte e dieci le dita non si spinsero dal centro della schiena di Brick lungo i fianchi e più giù, costeggiando l'elastico della cintura.

Lo stava torturando lentamente, quasi con la stessa lentezza con cui gli stava abbassando i pantaloncini. Quanto bastava per scoprire la zona sopra il sedere, dove c'erano le fossette. Londyn allargò le mani sui suoi fianchi e poi infilò i polpastrelli dei pollici in ciascuna rientranza.

"Sei perfetto," sussurrò, proprio come aveva fatto il giorno prima mentre lui faceva gli addominali, prima di vedere la cicatrice.

No. "Se è questo che pensi, allora ti sbagli."

"Quella cicatrice non cancella la tua bellezza."

"Non mi riferivo alla cicatrice, Londyn."

"Ma alle cicatrici che ti fanno fare gli incubi?"

Il suo uccello si gonfiò e si impigliò in maniera sgradevole nei pantaloncini.

I pollici di Londyn premettero più forte nelle fossette. "Vuoi parlarmene?"

Lui aggrottò la fronte. "No."

La pressione svanì e le mani calde della donna risalirono la schiena per poi scendere, sfiorando la parte superiore dei pantaloncini. Brick fece del suo meglio per non girarsi, metterla sul piano della cucina e scoparla lì.

"Ne parli con qualcuno?"

"No." Le cicatrici di Brick erano sempre vicine alla superficie. Non aveva senso portarle alla luce quando tutto quello che lui voleva fare era seppellirle ancora più a fondo. Se possibile, dimenticare quel momento del cazzo. Quella decisione. Quell'istante che aveva cambiato tutto.

Voleva godersi il tocco di Londyn, non ricordare il passato.

Quando si abbassò per darsi una sistemata, lei lo fermò afferrandogli il gomito. "Lascia fare a me."

Lascia fare a me.

Cazzo.

Dopo avergli lasciato il gomito, Londyn gli mise le mani sulla cassa toracica, poi le fece scivolare verso il ventre. Così facendo, premette il petto, senza reggiseno e racchiuso in quel tessuto setoso, contro la schiena di Brick. I muscoli di Brick si tesero sotto le dita esploratrici di lei e lui trattenne il fiato, aspettando che la donna facesse quello che voleva.

Con calma, Londyn gli fece scorrere le mani sugli addominali, sui pettorali, sfiorando leggermente entrambi i capezzoli con le dita. Quando scese di nuovo, i muscoli di Brick si fletterono e si incresparono mentre lei scendeva più in basso... sempre più giù, fino a sfiorare le sue *ranger panties.*

Il respiro di lei batteva un ritmo affannoso contro la pelle della schiena di Brick mentre passava attorno alla sua asta dura. Chiudendo gli occhi, Brick lasciò ricadere la testa in avanti, disperatamente voglioso di abbassarsi i pantaloncini, di sentire il suo uccello nelle mani di lei.

Non voleva che ci fosse nulla fra di loro.

"Mi sbagliavo," sussurrò lei a voce abbastanza alta perché lui la sentisse.

"Sul fatto che sono perfetto?" sussurrò Brick, cercando di non gemere mentre con una mano lei gli palpava le palle e con l'altra lo accarezzava attraverso il tessuto setoso.

"Sul fatto che hai un micropene."

Brick spalancò gli occhi. "Cosa?"

"Mi dispiace di aver dubitato della tua virilità."

Stava scherzando? Brick era duro come una roccia, il suo uccello pulsava sotto le dita di Londyn e gocciolava anche. Non era il momento di scherzare.

La perdonò quando la sua lingua calda gli leccò la spina dorsale e gli succhiò la nuca.

Purtroppo, il suo uccello era ancora in una posizione scomoda. Quando lui cercò di nuovo di aggiustarlo, lei gli allontanò la mano con uno schiaffo.

"Ci penso io," mormorò contro la sua pelle.

Giusto, ci pensa lei.

Brick fece per ribattere, ma chiuse rapidamente la bocca quando i pantaloncini vennero abbassati. E una volta che il suo uccello fu libero, lei ci "pensò."

La mano di Londyn scivolò lungo l'asta di Brick, accarezzandola, stringendola. Brick chiuse di nuovo gli occhi e affondò leggermente in avanti, seguendo il ritmo lento e costante di lei.

"Londyn," gli uscì di bocca con voce gracchiante.

La lentezza e la costanza potevano essere ottime cose, ma Brick aveva dormito con Londyn nelle ultime due notti e non avevano fatto sesso nemmeno una volta. Il che, per lui, era un record. Un record che non era entusiasta di aver raggiunto. Quindi, la lentezza e la costanza erano una tortura in quel momento.

Il suo bacino sussultò mentre il pollice di lei passava attorno alla punta, spalmandovi sopra del liquido seminale, lucidandola, prima che lei glielo avvolgesse ancora una volta nel pugno.

"Cazzo," gemette Brick. "Londyn..."

Poi lei se ne andò. Intorno a lui rimase solo aria. Brick sentì profondamente la mancanza del calore di Londyn, della sua pelle, della sua mano...

Finché lei non gli si mise di fronte. Era di nuovo rossa in viso, ma non per l'imbarazzo. Lo sguardo deciso, o forse vorace – Brick non riusciva a decidere quale dei due fosse – nei suoi occhi gli fece fremere l'uccello. I capezzoli della donna erano due perle dure che premevano contro la stoffa sottile della camicia da notte, che era ampia, ma aderente nei punti giusti.

E *porca miseria* se quella visione non gli faceva venire l'acquolina in bocca.

Quando Brick allungò la mano per sfiorare con i pollici le punte, lei si scostò cadendo in ginocchio.

Sul pavimento della cucina.

In ginocchio, cazzo.

Lui le infilò le dita nei capelli e le attirò il viso verso di sé. La cosa più difficile che avesse mai detto in vita sua fu: "Non sei costretta a farlo."

"Hai ragione," rispose con voce roca la donna. "Ma voglio farlo."

Mentre lei gli afferrava ancora una volta l'uccello e glielo circondava con la sua bocca calda e umida, lui decise che non avrebbe obiettato.

Brick piegò la testa all'indietro mentre lei gli leccava la punta, per poi prenderlo a fondo nella bocca, con la lingua che roteava intorno alla corona e lungo l'asta.

Le dita di Brick affondarono nel cuoio capelluto di lei. Lui prese fiato e poi lo ricacciò fuori nel tentativo di non tenerle la testa mentre le scopava la faccia.

Perché era quello che era tentato di fare.

Le sue dita si contrassero, il suo petto si strinse mentre lei glielo succhiava con forza e a fondo, una mano che gli circondava la radice dell'uccello come una morsa e l'altra che gli massaggiava delicatamente le palle.

Porco cazzo, lo avrebbe ucciso.

Proprio lì. In questa cazzo di cucina. In Florida.

Quella donna lo avrebbe ucciso con un semplice pompino.

La vibrazione del gemito di Londyn gli fece ricadere la testa in avanti e aprire gli occhi. Fu allora che Brick quasi perse la testa.

Le sue palle si strinsero e la pressione crebbe dentro di lui alla vista della cazzo di bocca di Londyn che si allargava intorno a lui. Lei gli strinse più forte la radice dell'uccello e cominciò ad accarezzarne l'asta lucida con il pugno, mentre con la bocca si concentrava sulla punta.

E, cazzo, quanto si concentrava.

Brick era fottutamente vicino. *Molto* vicino. Quando le scostò i capelli dal viso per guardarla meglio, lei sollevò gli occhi azzurri verso di lui.

Era finito.

Morto.

A causa di una donna che aveva promesso di non toccare.

"Londyn," avvertì con un basso gemito.

Londyn doveva dargli retta o avrebbe avuto la bocca piena.

Ma invece di allontanarsi, la donna schiuse le labbra e tirò fuori la lingua. Quando lui venne, il suo bacino scattò in avanti, dipingendo quella lingua rosa con il suo sperma.

E quando Brick ebbe finito, quando si fu svuotato del tutto, lei chiuse la bocca e gli sorrise.

Porca puttana.

Era vera?

'Fanculo alle promesse. 'Fanculo alla sua coscienza.

'Fanculo a tutto.

La agganciò per le ascelle, la tirò in piedi e la fece indietreggiare fino a quando il suo delizioso retrobottega – che lui era deciso a esplorare – non toccò il tavolo della cucina.

"Spogliati," ordinò mentre finiva di lasciarsi cadere i pantaloncini ai piedi.

"Non abbiamo un preservativo."

"Non ne abbiamo bisogno. Sto per fare colazione."

Lei sorrise. "*È il* pasto più importante della giornata."

Sì, lo era.

"È solo che..."

Quando Londyn esitò, anche lui lo fece. Capì subito qual era il problema. "Tesoro, spogliati. Non me ne frega un cazzo dei tuoi difetti."

"Ho la cellulite e le smagliature–"

"Sei fottutamente bella e voglio vederti nuda."

"Ti piace quella roba, eh?"

"Cazzo, sì. Mi piace un sacco." Non aspettò che lei si togliesse il top; lo fece per lei. "È della gran bella roba." Brick osservò le tettone di Londyn, con i capezzoli proporzionalmente grandi e scuri. E sì, mentre lei abbassava i pantaloncini sulle cosce morbide, abbastanza spesse da avvolgergli i fianchi, lui vide smagliature e cellulite. E non gliene fregava un cazzo, perché lei era molto di più. "Devi smetterla di sminuirti. Io non vedo quei pezzi di te; ti vedo come un tutt'uno. Ma anche in caso contrario, ogni pezzo di te ti rende ciò che sei."

"Perché tu vuoi una cosa sola."

Brick si raddrizzò, lasciando che il suo sguardo si posasse su di lei, completamente nuda, seduta sul bordo del tavolo.

La sua pancia era piatta? Cazzo, no. Le sue tette erano svettanti? Cazzo, no. Aveva spazio tra le cosce? Cazzo, no.

E tutto ciò lo spingeva a desiderarla ancora di più. "Hai ragione. Voglio solo una cosa. Te."

Capitolo sette

L ONDYN NON SAPEVA se potesse fidarsi delle sue parole, perché se poteva… *Woah*. Non si aspettava che parole del genere uscissero dalla bocca di un uomo che sosteneva di preferire le avventure di una notte.

Probabilmente, Brick era un tipo che ci sapeva fare con le parole. Ma, onestamente, il suo aspetto fisico da solo avrebbe fatto cadere le mutande alla maggior parte delle donne. Lei era sicura che non avesse bisogno di impegnarsi molto.

A quanto pareva, non aveva dovuto impegnarsi molto nemmeno con lei. Perché lei era lì, seduta sul bordo del tavolo della cucina, nuda come il giorno in cui era nata.

Alla luce del sole. Senza luci atmosferiche. Niente.

Tutta lei. Tutta Londyn. Senza nulla da nascondere.

Sussultò quando l'uomo le avvolse le braccia intorno alle cosce e la spinse fino al bordo del tavolo, allargandole le gambe e appoggiando i talloni sugli angoli. Dopo averle avvolto le dita intorno al collo, la spinse delicatamente finché la sua schiena non fu appoggiata al tavolo.

Londyn si sentiva come un tacchino il Giorno del Ringraziamento. Soprattutto quando Brick si fermò all'estremità del tavolo, fissandola con attenzione, con gli occhi blu più scuri del normale.

E lo fece con molta calma.

Il pollice di lui passò sulle pulsazioni del collo di Londyn. Una, due volte. Lei non si rese conto di quanto la stesse stringendo finché lui non allentò la presa e le divenne più facile respirare.

Le dita di Brick passarono con leggerezza sull'incavo della gola, tra i seni, sul ventre, e sfiorarono appena la sommità del monticello.

Poi se ne andarono. L'uomo si spostò solo quanto bastava per trascinare una sedia da sotto il tavolo e avvicinarla a sé.

Come se stesse per mangiarsi quel tacchino.

Le cosce di Londyn fremettero e il suo respiro accelerò, i capezzoli si inturgidirono mentre lui si accomodava con calma sulla sedia e la spostava in avanti, tenendo lo sguardo fisso su di lei.

Gli occhi dell'uomo scivolarono da quelli di lei a ciò che gli si parava davanti. Londyn era aperta, già fradicia e prontissima per il suo tocco. Anche se Londyn se lo aspettava, quando quel tocco giunse lei sussultò comunque. Un dito scivolò attraverso la sua umidità, separandola solo per un attimo, poi anche quello sparì.

Londyn sobbalzò di nuovo quando le mani di lui si avvolsero saldamente attorno alle sue caviglie e lui si mise i suoi piedi nudi sulle spalle. "Tienili lì."

Porco cane, l'uomo spensierato e spiritoso era sparito. Dal modo in cui le dava ordini, lei si aspettava che stesse per tirare fuori una ball-gag e delle manette.

A quell'immagine, il tavolo tremò assieme a lei.

Non le piacevano certi giochini, ma quell'uomo avrebbe potuto convincerla a fare qualsiasi cosa.

Il che sarebbe stato stupido.

Londyn strinse gli occhi. Kevin l'aveva convinta a trasferirsi dall'altra parte del Paese per stare con lui. E lei, da brava stupida, lo aveva fatto.

Le labbra premute sulla sommità del suo monticello fecero svanire ogni pensiero di quello stronzo bugiardo. Un alito caldo le percorse la pelle accaldata, poi la punta della lingua dell'uomo la toccò.

Lì. Proprio lì. Sfiorandole il clitoride. Stuzzicandola appena.

Cosa diavolo stava facendo? Stava cercando di ucciderla?

Londyn gemette, tentata di afferrargli la testa e di spingerlo contro di sé per costringerlo a iniziare il pasto.

La testa di Londyn si sollevò di scatto e i suoi occhi si aprirono quando quella stessa lingua scivolò tra le sue pieghe.

Poi l'uomo iniziò a soddisfare seriamente la propria fame.

Le sue dita scavarono quasi dolorosamente nelle cosce di Londyn, tenendola aperta con una richiesta tacita di non muoversi. La barba appena accennata lungo la linea della mascella di Brick le grattava l'interno delle cosce mentre la sua lingua scavava in profondità dentro di lei, facendola impazzire.

Porco cane, Brick era bravo con la bocca. Dannatamente bravo. Sapeva quando succhiare, dare un colpetto, mordicchiare o leccare. Variava la pressione. Era...

Oh.

Il nome di Brick le rimase bloccato in gola mentre lui le attaccava spietatamente il clitoride.

Le cosce di Londyn cominciarono a tremare all'avvicinarsi dell'orgasmo, il calore che vorticava nel suo ventre e il suo nucleo che si stringeva.

E proprio quando pensava di essere vicina a venire, lui si fermò e prese una delle sue pieghe nella sua bocca affamata, succhiandola con forza, prima di fare lo stesso con l'altra.

Poi la attaccò di nuovo al centro, sfiorandole appena il clitoride con la punta della lingua prima di passare i denti sul nocciolo sensibile.

Per quanto si aspettasse l'orgasmo che stava maturando, Londyn non si aspettava l'intensità di quello che la squarciò, partendo dal clitoride e diffondendosi verso l'esterno.

Batté coi palmi sul tavolo mentre i suoi fianchi si sollevavano, spingendo contro la bocca di Brick. Ma lui non si spostò. Anche quando lei tornò a terra, cavalcando le onde fino alla fine, cercando di riprendere fiato e i suoi pensieri sparsi...

Lui rimase.

Un alito caldo le lambì la carne gonfia e sensibile. L'uomo le baciò un interno coscia e poi l'altro prima di sollevare la testa.

Londyn si inclinò quanto bastava per vedere le sue labbra lucide, gli occhi concentrati su di lei. E quando lui si alzò, non le sfuggì che era pronto a fare di più.

Anche lei.

"Com'era la colazione?"

Un lato della bocca di Brick si sollevò. "Buonissima, cazzo."

Lei accennò con il mento alla sua erezione. "Hai ancora fame?"

L'uomo avvolse le dita intorno alla base e strinse, facendo sporgere le vene ancora più del normale. "Cazzo, sì."

Le parole le si bloccarono in gola e si schiarì la voce per chiedere: "Che cosa hai intenzione di fare?"

Brick si passò lentamente la mano lungo l'uccello, poi si

chinò sul tavolo, tra le sue cosce, fino ad avere il viso proprio sopra il suo.

Quando le labbra di Londyn si schiusero, quelle di Brick si abbassarono e lui rivendicò la sua bocca. Lei sentì il sapore di se stessa sulle labbra e sulla lingua dell'uomo, che si intrecciò con la sua per qualche secondo, prima che lui si allontanasse.

La delusione per il fatto che lui aveva interrotto il bacio così presto scomparve rapidamente quando le labbra di lui le scivolarono lungo la mascella e giù per la gola fino all'incavo. Brick allontanò il viso dal suo collo e lo sostituì con una mano. Le sue dita calde e lunghe si avvolsero intorno alla parte anteriore della gola di Londyn mentre lui scendeva più in basso, non più baciando o leccando, ma mordendo.

Morsi penetranti partirono da entrambe le clavicole, scendendo lungo il petto, finché ogni morso giocoso si trasformò in un affondo intenso dei denti nella carne. Londyn non poteva sapere per certo se lui le stesse lasciando dei segni, perché la testa dell'uomo le bloccava la visuale, ma lo sentiva. Proprio quando pensava che sarebbe arrivato al punto in cui lei avrebbe dovuto dirgli di fermarsi, lui mollava la presa e si spostava in un altro punto lungo le curve dei suoi seni, dove ricominciava.

Non erano solo i morsi a farle pensare che Brick avesse un lato un po' particolare, ma anche la pressione che esercitava sul suo collo. Non le toglieva l'aria, ma la sua presa era abbastanza stretta da farle sentire quello che stava facendo.

Londyn si chiese fino a che punto si sarebbe spinto.

Si chiese fino a che punto lei lo avrebbe lasciato fare.

Fino a quel momento, le era piaciuto tutto quello Brick che stava facendo e quello che aveva fatto.

I denti di lui che raschiavano bruscamente la punta del capezzolo la fecero gridare e sollevare la schiena dal tavolo.

Quando lui affondò i denti intorno all'areola e morse ancora più forte, lei mugolò e gli afferrò la testa.

Non ne poteva più.

Ma, assurdamente, voleva comunque di più.

"L'altro," riuscì a dire.

Lui sollevò la testa solo per una frazione di secondo, poi fece lo stesso con l'altro capezzolo. Il respiro le uscì di colpo e lei gemette. Quell'uomo stava tirando fuori il lato perverso che era in lei. E, incredibilmente, Londyn adorava ogni secondo.

"Ancora," esortò; la parola le uscì un po' forzata a causa della pressione sulla gola.

Lui la accontentò volentieri.

"Tutto quello che vuoi, basta che tu lo dica," mormorò Brick contro la curva del suo seno, che bruciava per i morsi.

I capezzoli di Londyn erano così duri che le facevano male.

Qualsiasi cosa volesse, diceva lui, bastava che lo dicesse. Non le era mai piaciuto chiedere: aveva sempre dato per scontato che gli uomini sapessero cosa voleva una donna.

Forse si era sbagliata.

"Di più."

La testa dell'uomo si sollevò leggermente e i suoi occhi blu trafissero quelli di lei. "Di più di cosa?"

"Di te."

Con un'espressione seria, Brick si sollevò tra le sue cosce, premendo con forza le dita sulle ginocchia e allargandole ancora di più. "Resta dove sei. Non muoverti. Non coprirti. Non nasconderti da me."

Va bene. Londyn poteva solo supporre che ciò significasse che ne avrebbe avuto di più da lui, ma in modo diverso da come lo aveva già avuto. E ne ebbe conferma quando lui si girò e se ne andò.

Completamente nudo.

Porca miseria. Quelle fossette sexy nella parte inferiore della schiena non rendevano giustizia al resto del sedere. Un sedere perfettamente muscoloso, scolpito da corsa, flessioni, addominali e chissà cos'altro.

Londyn aveva per caso vinto alla lotteria degli uomini? Aveva fatto jackpot? Aveva vinto un bingo da paura? Doveva aver vinto *qualcosa* perché tutto ciò accadesse.

Trattenne il respiro quando lo sentì correre su per i gradini.

Correre. Su. Per. I. Gradini.

Nudo. Con un'erezione.

Doveva far male.

E a lei dispiaceva essersi persa lo spettacolo.

Ma fece in modo di non perdersi il ritorno di Brick. Splendidamente nudo. Con l'erezione che ondulava selvaggiamente a ogni passo lungo e deciso verso di lei.

Tra le dita, l'uomo portava il motivo per cui era corso al piano di sopra. Il necessario per andare oltre.

Mentre lui si ergeva all'estremità del tavolo, lei si prese i seni in mano e fece scorrere i pollici sulle punte appuntite. Ancora una volta, esse desideravano il tocco di Brick, la sua bocca e i suoi denti. Ma la voglia dentro di lei era molto più forte. Aveva bisogno di lui anche lì.

Non desiderava così tanto un uomo da...

Sempre.

Pur avendo amato Kevin, non si era mai bagnata così tanto per lui. Non lo aveva mai desiderato al punto di pensare di poter morire se non lo avesse avuto.

Forse perché quella mattina si erano presi del tempo per arrivare all'evento principale. Non si trattava della tipica situazione in cui ci si infilava a letto, si faceva sesso e poi ci si addormentava.

O forse era perché Brick sapeva cosa stava facendo.

Il sesso con Kevin non era stato male. Era confortevole.

Nulla di ciò che Brick aveva fatto fino a quel momento era stato esattamente confortevole. Anzi, era vero il contrario. L'uomo aveva saggiato i suoi limiti. Non molto, ma abbastanza da farle capire che c'era ancora tanto da esplorare. Che lei aveva molto da imparare su se stessa. Anche a trentatré anni. Anche dopo essere stata con sette uomini.

E siccome non avrebbe avuto la possibilità di esplorare tutto quello con Brick nel breve tempo che avevano a disposizione, Londyn avrebbe fatto del suo meglio per trovare in futuro l'uomo giusto che intraprendesse quel viaggio con lei. Non si sarebbe più gettata a capofitto in una relazione perché pensava che, a quel punto della sua vita, avrebbe dovuto essere già arrivata.

Non si sarebbe più accontentata perché credeva fosse giunto il momento di accontentarsi.

Brick era la prova che accontentarsi non era cosa da tutti. Lui preferiva un buffet al consumare lo stesso pasto una sera dopo l'altra.

Il detto "la varietà è il sale della vita" poteva essere vero anche per quanto riguardava i rapporti sessuali? Forse Londyn avrebbe dovuto chiedere una consulenza a sua sorella sessuologa.

Lo strappo dell'involucro del preservativo la riportò al presente. Brick abbassò leggermente la testa per un singolo istante prima di sollevarla di nuovo e catturare i suoi occhi mentre arrotolava il preservativo fino alla radice spessa.

Come poteva quella semplice azione farle venire i bollori?

Una volta terminato, lei si aspettava che l'uomo facesse un passo avanti. Che si mettesse in fondo al tavolo. Che la prendesse nello stesso modo in cui l'aveva presa mentre "mangiava." Ma lui la sorprese allontanando la sedia e sedendovisi sopra.

"Londyn."

Lei si sollevò sugli avambracci quando lui pronunciò il suo nome. La voce dell'uomo, più roca di quella che era abituata a sentire, le fece venire la pelle d'oca sulla pelle accaldata.

Porca miseria. Era incredibilmente bello.

E, naturalmente, sembrava non solo spontaneo, ma anche a suo agio, nonostante fosse seduto nudo su una sedia da cucina. "Vieni qui."

Quelle due parole, due semplici parole e il modo in cui lui le aveva pronunciate, provocarono un'inondazione.

Lei sapeva cosa voleva. "Ti aspetti che ci stiamo su quella sedia?"

Non solo la voce di lui era più roca del solito, ma anche quella di Londyn lo era.

"Vieni qui." Ancora una volta, era una richiesta, non un suggerimento.

Tuttavia... "La sedia..."

"Se sei preoccupata, sei abbastanza alta da non dover appoggiare tutto il tuo peso su di me."

Vero. "Guarda che, se si rompe, io ti cado sopra," ammonì Londyn. "Potresti morire."

"Non si romperà."

"Ma..."

"Dimostrami che mi sbaglio."

Dannazione. La sicurezza di Brick era dannatamente sexy. Mentre lei era sicura che la sua esitazione non lo fosse.

Ma perché esitava? Al diavolo. Se Brick fosse rimasto schiacciato a morte, beh, conosceva il rischio quando si era seduto su quella sedia e l'aveva invitata a unirsi a lui.

"Se insisti," borbottò Londyn, fingendo che quello che stava per fare fosse un sacrificio quando invece era tutt'altro.

Lui le tese la mano e lei ci pensò su solo per un attimo prima di prenderla. L'uomo la aiutò a scendere dal tavolo fino a mettersela di fronte.

Era una sensazione stranissima, stare nuda in cucina. Per tutta la vita, Londyn non aveva mai ostentato il suo corpo. Si spogliava solo quando ne aveva bisogno. Docce, cambi d'abito, sesso. E a volte nemmeno allora.

Aveva imparato a nascondere o a camuffare le parti di sé che più odiava.

Ma il modo in cui Brick la guardava in quel momento scacciava ogni istinto di coprirsi.

"Cazzo, quanto sei bella," mormorò lui, stringendole la mano e attirandola in avanti.

Anche quelle parole, che sembravano autentiche, aiutarono.

"Ma ti sei visto?" sussurrò lei.

Lui sorrise e inclinò la testa verso il suo grembo. "Già. Vedo che sono duro per te."

Okay, non era proprio romantico, ma era comunque molto sexy.

L'uomo si mise la mano che teneva la sua sulla spalla e aspettò.

Londyn inspirò lentamente dal naso ed espirò silenziosamente dalle labbra socchiuse. Poi si mosse.

Mettersi a cavalcioni delle cosce di Brick si rivelò inizialmente difficile, perché non solo lui le aveva grosse, ma teneva anche le ginocchia divaricate e i piedi piantati sul pavimento.

Le mani dell'uomo le tenevano i fianchi mentre lei si spostava per sistemarsi. Per sistemar*li*. Poi i polpastrelli di Brick fecero pressione su di lei, forse per incoraggiarla. O per dirle di sbrigarsi.

Ma lei non aveva intenzione di affrettare i tempi. Avrebbe assaporato ogni dannato secondo.

Brick era il suo unicorno e quella sarebbe stata la cavalcata della sua vita.

"Londyn... quando vuoi, prima che tu mi uccida davvero, cazzo, e non per il crollo della sedia."

Londyn deglutì l'apprensione per il passo irreversibile che stavano per compiere. Un passo che non avrebbero potuto cancellare se le cose fossero andate male. "Sei sicuro che sia una buona idea?"

"Allineami." Ancora una volta, una richiesta e non un suggerimento.

Ecco la risposta.

Lei chiuse gli occhi solo per un istante prima di riaprirli e incontrare quelli di lui, che sembravano concentrati assolutamente su di lei. Quando notò un tic alla mascella di Brick, lei capì che quella doveva essere una tortura per lui. Si mise tra loro, avvolse un paio di dita intorno al suo sesso caldo e duro e, una volta che lei ebbe la punta proprio dove doveva essere, lui la spinse giù per i fianchi.

Londyn si assicurò di appoggiare i piedi nudi sul pavimento di piastrelle, per avere il controllo totale della profondità e della velocità, prima di abbassarsi con calma fino in fondo. A poco a poco lui la riempì, la allargò. E più lui lo faceva, più lei aveva voglia di cavalcarlo selvaggiamente. Di prendere quello che voleva da lui, usando il suo uccello per godere.

Fece fatica a rimanere ferma una volta che lo ebbe completamente dentro. Le sue palpebre si chiusero tremolando mentre assaporava quella sensazione di pienezza. Di contatto con un'altra persona. Una cosa che le mancava e che desiderava ardentemente.

Un colpo secco su una natica le fece spalancare gli occhi e la bocca.

"Se resti ferma lì, finirai di nuovo su quel tavolo e perderai tutto il controllo che ti sto dando in questo momento."

Ma tu guarda.

Le stava *dando* il controllo. Ciò significava che di solito preferiva tenerlo per sé. Il che, dopo quella mattina, non avrebbe dovuto sorprenderla. L'effetto che le fece, invece, fu di farle girare la testa al pensiero di lasciarsi andare completamente e lasciargli fare tutto ciò che voleva con lei.

Qualunque cosa.

Quel pensiero avrebbe dovuto spaventarla; invece la eccitava.

Era tutto davvero assurdo. Davvero inaspettato.

Londyn aveva creduto che Brick fosse un tipo alla mano. Non intenso come Mercy. Ma forse si sbagliava *di grosso*.

Usando le dita dei piedi, si sollevò lentamente, avvertendo la sensazione di lui che scivolava attraverso la sua umidità fino a quando non fu quasi fuori. Poi Londyn si abbassò di nuovo, con calma, apprezzando ogni frazione di centimetro finché non ci fu più nulla da prendere. Si sistemò sulle ginocchia dell'uomo, appoggiando un po' più di peso, ormai così a fondo in lui da non poter andare oltre.

Spingendosi di nuovo con le dita dei piedi, Londyn cominciò ad alzarsi e ad abbassarsi, aumentando il ritmo, lasciandosi andare il più possibile e al tempo stesso mantenendo il controllo.

Il suo respiro divenne affannoso e accelerò mentre cavalcava sempre più velocemente, finché le dita di Brick non le affondarono nei fianchi, tenendola ferma contro il suo grembo come se stesse esagerando.

E così, invece, Londyn si strusciò contro di lui, poi

dondolò avanti e indietro, assicurandosi di toccare tutti i punti giusti. Le sfuggì un rumorino e la testa le cadde all'indietro mentre iniziava a strusciarsi ancora più forte.

Quella posizione portava l'uomo così a fondo da risultare quasi scomoda, ma lei non ne aveva mai abbastanza. Aveva bisogno di più.

"Chiedimelo di nuovo," ringhiò Brick.

La testa di Londyn ricadde in avanti e lei esitò. "Cosa?"

"Chiedimi di nuovo se è una buona idea."

Lei non poteva dargli torto. Se poi se ne sarebbero pentiti, non lo sapeva. Ma ora?

Quella era stata la migliore decisione che lei avesse mai preso. O quasi.

"Scopami finché non vieni. Poi prenderò io il controllo."

La ruvidità della sua voce la fece quasi venire seduta stante. Quasi. Quello che fece fu farla serrare intorno all'uomo, il che a sua volta strappò un verso a lui e fece sì che le sue dita scavassero ancora più forte nei fianchi di Londyn, per fare in modo che non potesse muoversi.

Dopo qualche istante, Brick mollò la presa e lei fu di nuovo libera di muoversi, con un ritmo accentuato dal loro respiro veloce. Aveva entrambe le mani piantate sulle spalle di Brick e le usava come leve insieme ai piedi sul pavimento.

E poi giunse il momento. Il secondo orgasmo di quella mattina. Londyn gridò mentre le dita dei suoi piedi si arricciavano contro le piastrelle e il suo nucleo si contorceva intorno a lui.

"Cazzo, lo sento," gemette lui contro il suo collo. "Lo sento tutto. Quanto sei fradicia, cazzo."

L'uomo staccò il viso dal suo collo e la baciò con forza, tenendola ferma sulle ginocchia e sfregando contro il suo clitoride sensibile. Lei ansimò nella bocca di Brick e lui disse contro le sue labbra: "Tocca a me."

Toccava a lui.

Senza alcun preavviso, l'uomo le afferrò una manciata di capelli sulla nuca e li tirò all'indietro, facendole esplodere fuochi d'artificio lungo il cranio. Le infilò di nuovo il viso contro il collo, ma questa volta piantò la bocca contro la gola arcuata di Londyn, succhiando e raschiando in quello che sembrava un punto vulnerabile. Contro il centro di quelle pulsazioni che non avevano rallentato nemmeno lontanamente. E che ora, con quello che lui stava facendo, non lo avrebbero fatto di sicuro.

Con un braccio agganciato alle natiche di Londyn, Brick incastrò la mano fra loro due, afferrò il capezzolo e se lo rigirò fra le dita, poi cominciò a sollevarsi dalla sedia, spingendo l'uccello duro nelle profondità di lei.

Se voleva che lei venisse di nuovo, ci sarebbe riuscito. Quello non era un modo delicato di fare l'amore. Si trattava di una scopata cruda e violenta. Ogni volta che l'uomo spingeva verso l'alto, grugniva contro la pelle umida di lei.

E non passò molto tempo prima che l'accumulo di un altro orgasmo prendesse il sopravvento. Non appena ciò avvenne, lui si risistemò sulla sedia e le lasciò andare i capelli.

I loro sguardi si incontrarono e si intrecciarono e lui fece un piccolo sorriso. Che si perse rapidamente quando lei gli strinse forte l'uccello e sorrise a sua volta.

"Vuoi giocare? Giochiamo."

Santo cielo, quelle parole la fecero sciogliere.

L'uomo le liberò sia il capezzolo che il sedere e le portò una mano alle labbra, senza mai distogliere lo sguardo di lei.

Succhiò il medio, il più lungo delle dita, fino in fondo alla bocca, lo rigirò e lo sfilò bagnato.

Londyn si era dondolata leggermente avanti e indietro sulle ginocchia di Brick dopo aver superato l'ultimo orgasmo, ma il suo ritmo si interruppe quando entrambe le mani scomparvero dietro di lei e il respiro le si mozzò perché lui le schiaffeggiò un lato del sedere così forte da farle sentire bruciore. Lui le divaricò entrambe le natiche e lei sentì il dito umido scivolarle lungo la piega, soffermandosi, toccando, per poi ruotare e premere verso l'interno.

Nemmeno quello avrebbe dovuto sconvolgerla.

Lei adorava giocare col suo buchetto e solo un paio degli uomini con cui era stata in passato erano stati abbastanza audaci da farlo, il che la sorprendeva.

Più lui la stuzzicava in quel punto, più lei si appoggiava a lui con forza, strappandosi un mugolio. Era passato molto tempo dall'ultima volta che qualcuno le aveva dedicato attenzioni in quel punto.

E anche quello le mancava.

Ma lui non le stava dando abbastanza. Non le stava dando quello che lei voleva.

"Sì," sussurrò. "Sì, per favore."

"Di più?"

"Sì."

"Quanto di più?"

"Tutto."

Spingendosi sulle punte dei piedi, Londyn si staccò da lui, dandogli lo spazio per trascinare il dito attraverso la sua umidità prima di appoggiare di nuovo l'estremità del dito sul buchetto di dietro.

"Tienilo lì. Dammi tutto." Lei si mise tra loro, allineò l'uccello dell'uomo, lo tenne in posizione e, quando si riabbassò, rilassò l'ano abbastanza da permettergli di infilare un dito dentro.

Dio, ora Brick la stava riempiendo da tutte e due le parti.

Quell'esperienza le era mancata, ma lei non si era resa conto di quanto fino a quel momento. Kevin non aveva voluto nemmeno prendere in considerazione l'idea e lei non aveva idea del perché. Così, con rammarico, aveva fatto senza.

Ma ora Brick era disposto a fare cose che altri non avrebbero fatto.

"Londyn," gemette l'uomo contro la sua gola. Si spostò nel punto in cui la spalla di lei incontrava il collo e succhiò la pelle con forza tale da lasciare il segno.

"Brick, scopami."

Si spinse verso il basso per assecondare ogni spinta di lui verso l'alto, cavalcando il suo dito e il suo uccello allo stesso tempo.

Ma aveva bisogno di altro ancora. Aveva bisogno di tutto.

Afferrandogli il viso e staccandolo dal collo, gli prese la bocca. Entrambi gemettero mentre lui prendeva il controllo del bacio, interrompendolo solo quando entrambi ebbero bisogno di riprendere fiato. Lei sussurrò contro le sue labbra: "Di più."

Lui tirò indietro la testa e le scrutò il viso con un'espressione cauta. "L'hai già fatto?"

"Adoro il sesso anale."

Tutto il corpo dell'uomo sussultò e i suoi occhi azzurri si allargarono, strappandole un sorriso. "Porca puttana, donna, chi sei?" mormorò. "Sarebbe meglio avere del lubrificante."

"La prossima volta."

I loro occhi si fissarono a vicenda e lui, dopo averla guardata bene in viso, le rivolse un brusco cenno con la mano. "Dammi la bocca."

Lei lo fece. E durante l'assalto con la lingua, lui le infilò un secondo dito dentro.

Londyn apprezzava che l'uomo fosse gentile e facesse attenzione. Ma la sensazione mentre lo cavalcava era incredibile, finché non vennero entrambi.

Dopo l'ultimo grugnito, l'ultima pulsazione dell'uccello,

l'ultima ondulazione dell'orgasmo, lei si accasciò contro il petto di Brick, liscio e caldo, umido e nudo. Accostando la bocca all'orecchio di lui, sussurrò: "La migliore. Colazione. Di sempre."

La risata di lui vibrò in lei mentre le dava un'ultima strizzata alle natiche e le piantava un bacio sulla tempia. "Ho la sensazione che il brunch sarà ancora più buono."

Capitolo otto

BRICK GIRÒ l'angolo e si fermò quando vide Londyn china davanti al forno.

Cazzo, sì.

Aveva già preso quel culo. E non vedeva l'ora di farlo di nuovo. Il fatto che lei si piegava in quel modo e lo tentava non lo aiutava a essere paziente. Ma non potevano passare la giornata a letto, per quanto entrambi lo desiderassero, perché presto sarebbero arrivati gli ospiti.

Ospiti che erano il motivo per cui loro erano in quella casa a Ft. Myers. La ragione per cui si trovavano in Florida e per cui convivevano.

Non per il sesso, per quanto fosse buono. Non per scoprire quanto fosse perversa Londyn.

Era perché avevano un lavoro da fare.

E Brick aveva bisogno che qualcuno gli inchiodasse il concetto sulla fronte. O sulle palle.

Londyn si raddrizzò e posò una teglia di quelli che sembravano biscotti su una griglia di metallo. Si tolse il guanto da forno e lo lanciò sul piano della cucina prima di lanciare un'occhiata alle proprie spalle nella direzione di Brick.

I capelli biondo scuro della donna erano ammucchiati sulla testa, ma non erano in ordine. Erano un disastro sexy, con ciocche sciolte che ricadevano intorno al viso arrossato. Brick dovette presumere che quel rossore fosse dovuto al calore del forno e non al suo incontrollabile desiderio di scopare di nuovo in cucina.

I suoi piedi avevano una mente propria mentre attraversava la cucina.

Londyn non si mosse. Non si voltò. Ma i suoi occhi azzurri erano fissi su di lui mentre si avvicinava e un sorrisetto le arricciava l'angolo delle labbra.

Labbra che lui voleva vedere di nuovo avvolte intorno al suo cazzo. E presto.

Si avvicinò a lei, premendole il petto contro la schiena, e la circondò con le braccia. Le palpò entrambe le tette attraverso la maglietta rosa che lei indossava, saggiandone il peso tra le mani, mentre le baciava il collo prima di mordicchiarlo per lungo.

"*Mmh*. Che buon profumo che hai, cazzo."

Alcune ciocche di capelli gli solleticarono la guancia quando lei inclinò la testa per consentirgli di accedere meglio alla linea delicata che stava piluccando. "È alla vaniglia. Ne metto sempre un po' quando cucino. Adoro il suo profumo."

"Mi fa venire fame."

"Non abbiamo tempo per soddisfare i tuoi appetiti insaziabili."

"Non ti ho sentito dire di no prima. Perché se l'hai fatto, me lo sono perso fra tutti quei gemiti, i lamenti e le grida del mio nome!"

Lei inclinò la testa in avanti, con il corpo che tremava per una risata silenziosa. "Devo smetterla di dirti quanto sei perfetto, perché sei già abbastanza pieno di te."

"Eri tu quella piena di me," sbuffò lui. "Ti fa male?"

Lei scosse la testa, poi la appoggiò alla spalla di Brick. "No. Era passato un po' di tempo dall'ultima volta, ma sto bene."

Brick era stato con molte donne nel corso degli anni e, poiché per la maggior parte si trattava di avventure, di solito non proponeva il sesso anale. Esso richiedeva più tempo e preparazione di quanto lui fosse disposto a investire. D'altra parte, non lo rifiutava quando era la donna a chiederlo. Quelle che lo facevano di solito lo adoravano e avevano molta esperienza. Con loro Brick non doveva andarci piano e stare attento.

Dopo aver fatto una vera colazione, quella mattina, si erano spostati al piano di sopra per lavorare sul "brunch." Anche se lei sosteneva di adorare il sesso anale, Brick si era preso il suo tempo con lei.

E, *diamine*, non solo Londyn amava il sesso anale, ma sapeva anche cucinare i biscotti. Esisteva una donna più perfetta di quella?

La donna fra le sue braccia continuava a sorprenderlo.

Brick appoggiò il mento sulla spalla di lei e sbirciò la teglia. "Ti prego, dimmi che quelle sono gocce di cioccolato e non uvetta."

"Quale individuo sano di mente mette uva avvizzita nei biscotti?"

"Cazzo, donna, mi hai appena rubato il cuore."

Dopo essersi girata tra le sue braccia, Londyn infilò una mano tra di loro per afferrargli l'uccello attraverso i jeans. "Non voglio il tuo cuore. Voglio solo questo."

"Poi sarei io quello insaziabile."

Lei inarcò un sopracciglio al suo indirizzo. "Ti lamenti?"

Brick sorrise. "Col cazzo. Mi sa che è meglio fare il pieno di carboidrati a cena."

"Buona idea, marinaio. Ne avrai bisogno."

"Perché abbiamo sprecato due notti?" mormorò sottovoce Brick.

La donna crollò una spalla. "Perché stavamo cercando di fare i bravi."

"Non siamo stati solo bravi, siamo stati fantastici," annunciò Brick prima di baciarle la punta del naso e lasciarla andare.

Se fosse rimasto lì, avrebbe spazzolato una mezza dozzina di biscotti e poi l'avrebbe scopata sul pavimento, in mezzo alle briciole.

Dovette frapporre una certa distanza. Ma, sfortunatamente, quella distanza lo rese ancora più consapevole di ciò che lei aveva addosso.

Oltre alla maglietta rosa con scollo a V che metteva in risalto le sue curve, Londyn indossava pantaloncini grigi di cotone morbido che le aderivano alle cosce. Non era bassa e aveva le gambe lunghe e lisce. Si prospettava la necessità di trascorrere dell'altro tempo insieme, più tardi, quella sera.

Ma non era il momento, visto che Kramer e la sua donna stavano per venire a cena. Brick doveva preparare le bistecche e pensare a tutto il resto del cibo che avrebbero servito alla coppia.

Girando intorno a Londyn, afferrò uno dei biscotti caldi dal vassoio prima che lei potesse schiaffeggiargli una mano. Infilò il biscotto fra i denti e si diresse verso il frigorifero.

Si mangiò velocemente il biscotto caldo, che era buonissimo. Morbido e cremoso, con le gocce di cioccolato ancora calde e dolci sulla lingua di Brick. Come Londyn.

Lui gemette mentalmente a quel pensiero che gli ricordava i tempi in cui era un ragazzino con gli ormoni impazziti.

Dopo aver tolto le quattro bistecche rimaste dal frigorifero, le portò sul bancone per condirle.

"È probabile che lo vedrai comunque, quindi te lo dico subito: ho sistemato il fucile con il mirino telescopico nella camera degli ospiti in fondo al corridoio. È su un treppiede, quindi stai attenta. Anzi, stai proprio lontana da quella stanza. Il fucile è carico."

"A che ti serve?"

"Quella stanza ha la vista migliore sul cortile di Kramer. Da lì potrò fare un po' di sorveglianza. Da quello che ho potuto vedere, il loro cortile è molto simile al nostro."

Al nostro.

Personale, non generale. Come se stessero costruendo una vita insieme, non solo recitando una parte.

Un semplice lapsus.

"Dubito che passino molto tempo là fuori."

Lui scrollò le spalle. "Quando sono sul retro, posso tenerli d'occhio. E posso anche guardare in una delle loro finestre. Purtroppo, la casa accanto blocca la visuale sulle altre."

"Non sarebbe più facile sorvegliare la loro casa mettendo delle cimici?"

"Lo sarebbe, se avessimo l'attrezzatura con noi. Ma non ce l'abbiamo e io non sono un esperto di cimici."

"Di cosa sei esperto?"

"Uccisione di insetti."

"Una specie di disinfestazione."

Altroché. "Qualcosa del genere."

Londyn guardò l'orologio del microonde sopra i fornelli. "Devo cambiarmi prima che arrivino."

"Sei bellissima così come sei."

La donna si portò automaticamente una mano alla sommità del capo e non fu la sua bocca a sorridere, ma gli occhi. "Sono un mostro."

"So che è solo una grigliata all'aperto, ma se devi proprio cambiarti, mettiti figa. Non parlo di un vestito costoso o di perle e tacchi. Parlo di *figaggine estrema*." Non appena lo disse, Brick si pentì di quelle parole, che avevano trasformato l'espressione di Londyn in sospettosa.

"Perché?"

Lui si allontanò per cercare le spezie in uno degli armadietti. "Fallo e basta. Voglio prendere Kramer all'amo."

"Aspetta. L'esca sono io?"

"Credo di sì. Ma lo sapremo meglio dopo stasera, se collaborerai."

"Devo flirtare con lui? Davanti a Barb? È un po' volgare."

Brick finì di salare un lato delle bistecche e girò la testa per guardarla. "No, non con lui."

Londyn squittì: "Con Barb?"

Lui sbuffò e macinò pepe nero fresco sulla carne. "Con me."

"Dovrei flirtare con te? Con mio marito?"

Brick mise giù il macinino e si girò, appoggiando il fianco al bancone. "Londyn, fidati di me. Una moglie che flirta con il marito, mostrando a tutti quanto è felice e innamorata, quanto ha ancora voglia di saltargli addosso dopo anni di matrimonio, fa sì che chiunque abbia un cazzo funzionante la desideri. È fottutamente eccitante. Tutti noi vogliamo una donna che non resiste al suo uomo dopo dieci anni."

"Dieci anni?"

"Sì, siamo sposati da dieci anni."

"Mi fa piacere che ci siamo chiariti."

Brick rise. "Fidati di me."

"Sei sicuro che la mia seduzione nei tuoi confronti non vada solo a tuo beneficio?"

"Oh, ne beneficerò anch'io." Ma Londyn sarebbe stata il formaggio nella trappola per catturare Kramer.

Purtroppo, lui stesso stava sentendo il magnetismo di quella trappola. Era raro che volesse andare a letto con una donna per più di una volta. Due volte era il suo consueto limite.

Tre volte? Mai.

Tre volte lo rendevano più di un semplice incontro casuale, lo rendevano una "situazione." E le "situazioni" tendevano a diventare complicate.

Brick era un idiota per quello? Scrollò mentalmente le spalle. Aveva sempre chiarito che non stava cercando una relazione a lungo termine. E nemmeno a breve termine. La sua presentazione su tutte le app affermava che cercava solo "una bella serata." Meno il divertimento e l'amicizia.

Niente conversazioni profonde, niente condivisione di storie personali, niente fiatella mattutina o addii imbarazzanti.

Niente di tutto ciò. Lui non era fatto in quel modo.

Tuttavia, doveva esserglisi accavallato qualche circuito, perché quella sera avrebbe insistito perché Londyn tornasse nel loro letto. Il suo letto. *L'unico* letto. *Porca miseria.*

Sperava che, dopo le attività e le scoperte di quella mattina, lei non avrebbe rifiutato.

Non poteva più dire di no, giusto?

Stava ancora parlando? La sua bocca si muoveva, ma lui non aveva idea di cosa stesse dicendo, perché era distratto. Stava pensando al prima e al dopo. E soprattutto a ciò che Londyn indossava in quel momento. Non avrebbe dovuto essere sexy. Erano solo pantaloncini di cotone e una maglietta.

Ma probabilmente la donna non aveva idea di come quei pantaloncini grigi abbracciassero le curve del suo sedere e delle sue cosce.

Brick scosse la testa per schiarirsela, si sforzò di staccare lo sguardo da Londyn e si voltò verso le bistecche nel tentativo di raccogliere le cellule cerebrali disperse. Appoggiate le mani sul bordo del piano, abbassò la testa e chiuse gli occhi, incapace di scacciare il ricordo. Quello in cui lui era affondato nel suo culo e lei lo incitava a gran voce a prenderla più forte.

Non l'aveva fatto.

Non perché temesse di farle male, ma perché non voleva esplodere in trenta secondi netti.

Così, con la scusa del non farle del male, se l'era presa comoda, godendosi ogni fottuto secondo, desiderando che non finisse mai. Ma tutte le belle cose finivano, prima o poi.

Non "belle," ma ottime. Perché sentire e guardare le reazioni di Londyn...

Cazzo.

Era stato fantastico. Più che ottimo.

Spettacolare.

Tra quei pantaloncini, la pressione dei capezzoli contro il cotone sottile della maglietta e quei capelli che Brick avrebbe voluto stringere nel pugno, il tutto sommato al ricordo, il sangue gli corse all'uccello. Brick strinse la mascella. "Londyn, vai di sopra e fai quello che devi fare. Altrimenti, condirò te invece di queste bistecche."

Anche lei lo ammonì, ma la sua voce uscì un po' più sommessa di quella di Brick. "Non mangiare i miei biscotti."

Lui aveva sulla punta della lingua l'idea di dirle che più tardi avrebbe mangiato il suo, di biscotto. Ancora una volta, gli tornò in mente quando era un adolescente in preda ai turbamenti ormonali.

Sollevò la testa quando lei uscì dalla cucina, allontanando la tentazione di tutto ciò che era lei dalla sua portata. Proprio come quei biscotti caldi appoggiati sul bancone.

Ai biscotti, Brick poteva resistere.

A Londyn non era così sicuro.

———

BRICK OSSERVÒ KRAMER dal bordo della sua bottiglia di birra mentre se la portava alla bocca. La stava bevendo da un po' ed era disgustosamente calda, ma voleva dare l'impressione di bere quanto il loro nuovo vicino.

Più Kramer beveva birra, più era probabile che si sciogliesse. E anche se stava iniziando a farlo, l'uomo aveva un bastone bello lungo su per il culo quando si trattava di interagire con Brick. Non altrettanto quando interagiva con Londyn.

Avevano mangiato, avevano fatto passare il vassoio di biscotti e, dato che il caldo della giornata si era un po' attenuato, ora si rilassavano all'aperto accanto alla piscina interrata, sotto il portico che si estendeva sulla zona della cucina all'aperto dove Brick aveva cucinato le bistecche.

L'umidità infernale gli aveva cementato lo scroto alla coscia sinistra nei pantaloncini kaki del cazzo che aveva indossato prima del loro arrivo. Si era anche tolto le lenti a contatto e aveva indossato gli occhiali per recitare ancora una volta al meglio la parte del nerd informatico.

Londyn aveva fatto come lui le aveva suggerito, *meno male*, e si era vestita con pantaloncini neri corti e aderenti che facevano sembrare il suo sedere il perfetto parco giochi di un uomo e mettevano in mostra una quantità generosa di cosce morbide. Indossava anche una camicetta rossa senza maniche che non lasciava dubbi su quanto fossero grandi le sue tette. In effetti, i bottoni si tendevano un po' quando si muoveva, cosa che faceva spesso. Se uno di essi si fosse staccato, avrebbe potuto cavare un occhio a qualcuno. Meno male che Brick indossava gli occhiali "di sicurezza."

Lei aveva mormorato un paio di volte, quando solo lui poteva sentirla, che le sudavano "spaventosamente" le tette e che non vedeva l'ora di togliersi quei "maledetti" vestiti.

Anche lui non vedeva l'ora.

Ma in quel momento stavano giocando ai buoni vicini. Anche Londyn aveva fatto un ottimo lavoro per attirare l'attenzione di Kramer. Tuttavia, Brick si chiedeva se quel lavoro non fosse *troppo* buono, visto che Kramer ignorava la sua stessa donna. Brick temeva che, se la cosa fosse diventata troppo evidente, Barb si sarebbe arrabbiata e avrebbe trascinato Kramer a casa per l'uccello, interrompendo la serata.

Come volevasi dimostrare, quando Brick gli faceva delle domande per iniziare una conversazione tra vicini, Kramer rispondeva distrattamente, perché era troppo impegnato a scoparsi Londyn con gli occhi.

A differenza di prima, la "moglie" di Brick ora era truccata. Si notava appena, se non fosse stato per il rossetto rosso acceso, che si abbinava alla camicetta e gli faceva desiderare che lei fosse in ginocchio a succhiargli l'uccello. O per gli occhi fumé, che le davano un'aria fottutamente sensuale.

Anche se le attenzioni che Kramer rivolgeva a Londyn lo infastidivano un po', faceva tutto parte del gioco e Brick sapeva che quella notte lei sarebbe venuta a letto con lui.

Nascose il sorriso dietro la bottiglia mentre inghiottiva una sorsata di birra calda.

Le donne si sedettero vicine sulle sdraio, bevendo vino e chiacchierando come se si conoscessero da sempre. Brick le tenne d'occhio per assicurarsi che Londyn non rivelasse nessuno dei loro segreti, visto che era al terzo bicchiere.

Li aveva contati.

Ma perlopiù, le due parlavano e ridacchiavano di libri e di altre stronzate femminili, come lo shopping. Anzi, Brick si sentì sollevato quando Barb accettò di passare una giornata con Londyn per mostrarle la zona, pranzare e guardare le vetrine.

La conversazione fra lui e Kramer non era entusiasta come quella delle donne e spesso fra loro cadeva un silenzio imbarazzante. Brick faceva del suo meglio per trovare qualcosa in comune con il bastardo che aveva ucciso sua moglie.

Presumibilmente.

A Brick piacevano il sesso, il poker e sparare alle cose. A differenza di Kramer, non gradiva giocare con le palle su un campo da golf o da tennis.

Una cosa che piaceva a entrambi era il football. Anche se Kramerino propendeva per quello universitario, mentre Brick preferiva la NFL.

Quando gli argomenti di conversazione cominciarono a scarseggiare Brick ricordò all'operatore di borsa che aveva del denaro da investire in maniera proficua, cosa che fece rizzare le orecchie all'uomo e lo fece concentrare su qualcosa di diverso dalle tette di Londyn.

Non era del tutto falso. Brick aveva un bel gruzzoletto da parte, dato che guadagnava cifre oscene facendo lo Shadow e accettando certi lavoretti speciali. Assumere lui – che Diesel chiamava "specialista in operazioni complesse" per non far capire che Brick era un cecchino a pagamento – non era economico.

Brick trattenne uno sbadiglio, dato che Kramer stava ora blaterando di mercati "toro" e "orso," tendenze, IPO, fondi d'investimento e altre cose noiose.

La sua attenzione si spostò di nuovo verso le donne, che avevano le teste vicine e parlavano a bassa voce.

Come se fossero migliori amiche intente a condividere dei segreti.

Era sollevato dal fatto che Londyn riusciva a recitare la sua parte con facilità. Aveva un talento naturale per fingere.

Ah.

Si accigliò.

Aveva finto con lui prima?

Cazzo, no. Impossibile. Se ne sarebbe accorto.

Quando Londyn prese la bottiglia di vino per riempirsi il bicchiere per la quarta volta, lui si schiarì rumorosamente la voce. Poi lo fece di nuovo, per far sembrare che avesse qualcosa incastrato in gola e non che stesse lanciando un segnale.

Londyn lo guardò storto e sollevò la bottiglia, offrendo di riempire il bicchiere di Barb invece del proprio.

"Allora, cosa ne pensi?" La domanda di Kramer ruppe la concentrazione di Brick.

Cazzo.

"Devo pensarci," rispose Brick, rimpiangendo di non aver prestato attenzione.

"Ho visto il tuo sguardo spegnersi mentre parlavo del mercato. Ma investire saggiamente è importante. I suoi soldi stanno stagnando in quel conto di risparmio. Io posso aiutarti."

Lo sguardo di Brick tornò a Kramer, che sembrava molto più rilassato e aperto ora che parlava di soldi.

"Apprezzo l'offerta." Brick non aveva idea di quale fosse l'offerta.

"Posso aprirti un conto di trading online e, una volta depositati i fondi, comprarti delle azioni a lungo termine – alcune non troppo rischiose per iniziare – che paghino dividendi decenti. In questo modo, grazie al reinvestimento automatico dei dividendi, il tuo denaro crescerà più velocemente che in banca. Da lì potrai passare a titoli più aggressivi."

Come no. Col cazzo che quello stronzo avrebbe messo le mani sui soldi di Brick. Inoltre, anche nel caso improbabile in cui si fosse fidato di lui, Brick non avrebbe certo aperto un conto a nome di Seamus Ramsey. Una volta finito il lavoro, non voleva più sentire quel nome.

"Beh, voglio assicurarmi che Gertie possa stare tranquilla, nel caso in cui mi succedesse qualcosa."

Kramer sorrise sinceramente. Brick stava finalmente facendo passi avanti. "Gli investimenti solidi sono un modo. Ma una buona polizza assicurativa è un altro. È meglio diversificare."

Brick vide il varco e infilò la punta del piede nella porta. "Polizza assicurativa?"

"Ma sì, un'assicurazione sulla vita. Con la polizza giusta, tua moglie sarebbe sistemata per tutta la vita."

"Basta che io ci rimetta la mia, di vita," scherzò Brick.

L'uomo non batté ciglio. "Naturalmente, dovresti morire perché lei potesse riscuotere."

Naturalmente. Non era poi un gran sacrificio, no? "Sarebbe un po' scomodo per me, non credi?"

"Le renderebbe il processo di elaborazione del lutto un po' più facile."

Brick si guardò bene dal mostrare la sua vera reazione mentre si spingeva gli occhiali sul naso con il dito medio, come aveva visto fare ai nerd. "Ma davvero."

Kramer si chinò leggermente in avanti. "A me è stato utile quando è morta mia moglie."

Bingo. Lo stivale era ormai solidamente piantato dentro la porta. "Oh, ti faccio le mie condoglianze. Non avevo capito che fossi vedovo."

Kramer agitò una mano come per scacciare la finta compassione di Brick. "È stata dura, ma i soldi hanno reso più facile far fronte alle spese. Tu hai una polizza di assicurazione sulla vita, vero?"

Kramer non solo aveva aperto la porta, ma stava invitando

Brick in casa. Perfetto. "Ehm, certo. Una piccola polizza tramite il mio datore di lavoro."

"E Gertie?"

"No. Lei non lavora." Brick aggrottò le sopracciglia, sperando di dare l'aria dello sprovveduto. "Dovrebbe averne una?"

"Male non fa. Può sempre capitare qualche incidente."

Già, e perché non trarre un beneficio finanziario dallo sfortunato "incidente" del caro estinto?

L'assicurazione sulla vita aveva il suo perché, ma non certo quello di arricchirsi.

"Dovrò informarmi."

Il rumore delle sedie trascinate sul patio di mattoni attirò l'attenzione di entrambi. Le donne si alzarono in piedi e Barb si premette le dita sulle tempie con un'espressione sofferente.

"Va tutto bene?" chiese Brick, raddrizzando la schiena, in stato di massima allerta.

"Ha spesso mal di testa," annunciò Kramer, che non sembrava minimamente preoccupato.

Quando le donne si avvicinarono, Londyn disse: "Accompagno Barb a casa."

Barb chinò la testa. "Mi dispiace di dover andare via prima. È una delle mie solite emicranie. Forse è colpa del vino."

Con le donne in piedi l'una accanto all'altra, Brick vide quanto poco si somigliavano. La donna di Kramer era minuta, con capelli corti e scuri. Anche se era carina, era un po' troppo magra per i gusti di Brick. Non era il tipo di donna per cui lui avrebbe "scorso a destra." Anche i suoi vestiti non erano all'altezza. Indossava pantaloncini di jeans che arrivavano a metà polpaccio, una semplice canottiera di cotone e scarpe da ginnastica bianche.

Visto l'interesse di Kramer per Londyn, Brick era

sorpreso che l'uomo avesse scelto Barb dopo aver perso la moglie. O anche prima. A quel punto, considerava ancora Barb come complice di Kramer.

Forse l'uomo aveva gusti più ampi in fatto di donne rispetto a lui.

"Mi dispiace. È un peccato. Stavamo parlando di affari," disse Brick. "Possiamo parlarne in un altro momento."

"Oh, lui può restare. Io andrò a letto e spererò che mi passi prima del mio appuntamento con la tua adorabile moglie," disse Barb.

Quando la donna trasalì, Londyn le passò un braccio intorno alla spalla, le rivolse un sorriso comprensivo e disse a Kramer: "Posso portarla a casa e assicurarmi che stia bene. Tu resta e finisci la conversazione."

Sì, Londyn aveva un talento naturale in quel campo. Brick cominciava a pensare che non avrebbe potuto scegliere una partner migliore per quel lavoro.

Capitolo nove

Brick non si voltò quando sentì la porta a vetri aprirsi. Invece, tenne gli occhi puntati su Kramer. Che guardava Londyn tornare fuori.

Non c'era da stupirsi.

Alla fine girò la testa e la guardò avvicinarsi. "Sta bene?"

Londyn annuì e rilasciò il labbro inferiore che aveva infilato tra i denti.

Una gattina sexy.

Ecco cosa gli ricordava.

Una cazzo di gattina sexy.

E non doveva nemmeno fingere. Era ovvio che non sapeva che tipo di effetto aveva sugli uomini. Il che lo stupiva moltissimo, soprattutto perché non era una ragazzina ingenua.

Ma forse era proprio l'ignoranza a renderla ancora più sexy.

Non era affatto presuntuosa. Brick ne aveva conosciute tante, di quelle: donne che sapevano di essere sexy e cercavano di sfruttarlo a loro vantaggio. Che fossero davvero sexy o meno, per lui era no. La maggior parte di loro si aspettava che lui si trasformasse in creta nelle loro mani, per plasmarlo secondo i loro desideri.

Col cazzo.

Quello era un altro buon motivo per cui i suoi "appuntamenti" si limitavano a una notte. E nemmeno una notte intera. Poche ore erano sufficienti prima che lui se le levasse di dosso.

Per quanto avesse bisogno di quegli "appuntamenti," respirava sempre più facilmente quando vedeva i fanali posteriori dell'auto o del taxi della donna di turno scomparire nella notte.

Era un professionista nell'inventare scuse sul perché la donna dovesse andarsene proprio nel cuore della notte. Era un vigile del fuoco volontario e aveva ricevuto una chiamata a cui doveva rispondere. Un famigliare malato. Un amico che aveva bisogno di qualcuno che gli pagasse la cauzione.

Era anche bravo a simulare telefonate o messaggi di emergenza.

Era persino capitato che pagasse il figlio dei vicini per fare quelle telefonate nel cuore della notte. Ma il ragazzo era inaffidabile e a quanto pareva preferiva dormire piuttosto che avere dieci dollari in più da spendere, quindi Brick aveva sempre un piano di riserva.

Gli occhi azzurri di Londyn sfiorarono per un attimo Kramer prima di tornare su Brick e restarci. Lei sorrise e saltellò praticamente sulle punte dei piedi mentre si avvicinava a loro due. Il suo sguardo era pieno di birbanteria e lui si chiese quale fosse il motivo.

Poi si rese conto che non aveva quasi flirtato con lui per tutta la sera. Era una delle cose che Brick le aveva chiesto di fare. Ora che Barb era fuori gioco, sembrava che fosse lui il suo prossimo obiettivo.

Doveva riconoscerlo: quella cazzo di donna era brava. Diesel avrebbe potuto assumerla ogni volta che avessero avuto bisogno di una donna per un lavoro.

Per non parlare del fatto che Mercy sarebbe stato *contentissimo*, cazzo!

Brick soffocò una risata quando Londyn si fermò accanto alla sua sedia.

Il sorriso che lei gli rivolse sembrava autentico, anche se esagerato. Parve particolarmente frizzante quando gli disse: "Tesoro, venerdì dovrò prendere in prestito la carta di credito. Va bene? Grazie!"

Mentre si chinava per baciargli la guancia e offrirgli una generosa visione delle sue tette, lui le afferrò la mano e le fece perdere l'equilibrio. Lei gli piantò l'altra mano sul petto mentre si aggrappava e si voltava per atterrare con il culo sulle sue ginocchia.

Proprio dove la voleva lui.

Brick le mise una mano possessiva sul ginocchio nudo e mormorò: "Tutto quello che vuoi, pasticcino."

Lei gli agganciò le braccia al collo e si sistemò contro il suo petto. Lui le passò un braccio intorno alla schiena in modo che il suo dito si posasse sulla curva esterna della tetta sinistra e lasciò che l'altro vagasse dal ginocchio lungo il polpaccio liscio come il marmo.

I sandali di Londyn avevano dei cinturini che non solo le avvolgevano le dita dei piedi smaltate di rosso, ma le fasciavano anche le caviglie e parte dei polpacci. Gli ricordavano quelli che indossavano i gladiatori, almeno nei film, ma quelli di lei erano molto più sexy, cazzo. Brick fece scorrere lentamente il dito intorno alla stretta cinghia di pelle nera che serpeggiava attorno al polpaccio. Non gli sfuggì l'occhio di Kramer che lo seguiva come un falco che inseguiva un topo di campagna.

"Avresti dovuto mettere la gonna," disse a bassa voce, ma abbastanza forte perché Kramer se ne accorgesse.

"Perché?"

"Facilita l'accesso." Brick infilò le dita nell'apertura inferiore dei pantaloncini e risalì parzialmente la coscia, accarezzando la pelle. Anche se al momento stava giocando con Kramer, se non fosse stato attento presto gli sarebbe venuta un'erezione. "Venerdì, quando esci con Barb, voglio che indossi la gonna e che non metti le mutandine."

Le guance di Londyn divennero immediatamente rosso fuoco e le sue braccia si strinsero attorno al suo collo. "*Tesooooro,* sono sicura che Chris non vuole sentire questa... conversazione."

"Forse dirà a Barb di fare lo stesso. Mentre lavoro duramente per mantenerti, voglio pensare a te vestita in quel modo quando sei in giro." Brick girò la testa per dare un'occhiata a Kramer. "Quanto sarebbe eccitante? Vero, Chris? Sapere che le nostre donne sono in pubblico vestite in quel modo? Sapere che, quando torneranno a casa, ci basterà piegarle e..."

Londyn gli tappò la bocca con una mano. Brick nascose il sorriso prima di togliersela dalle labbra.

Era troppo divertente, cazzo. Ma non aveva ancora finito.

"Pasticcino, porta una birra a papà."

Quando Londyn aprì la bocca per lamentarsi, notò lo sguardo severo di Brick. Mentre lei chiudeva la bocca, non gli sfuggì il bagliore assassino nei suoi occhi mentre iniziava: "Sì..." prendeva fiato e terminava con un serrato: "Papà."

Brick ricambiò di nuovo il sorriso e le rivolse un'alzata di sopracciglia.

Le diede una palpatina incoraggiante che Kramer non poté notare, poi la lasciò andare. Usando la sua spalla per tenersi in equilibrio, la donna scese dalle sue ginocchia e si mise in piedi. Il colpo secco sul sedere la fece sobbalzare in avanti prima che si voltasse abbastanza da impedire a Kramer di cogliere la sua reazione quando levò gli occhi al cielo.

Non fu una sorpresa che Brick non fosse l'unico a guardare quella carrozzeria che ondeggiava per benino mentre lei entrava.

Kramer si provocò un colpo di frusta quando si voltò di nuovo verso Brick. "Ti chiama papà?"

Oh sì, prendere per il culo Kramer era uno spasso. "Quando è stata cattiva."

Gli occhi marrone scuro dell'uomo si accesero. "In che senso cattiva?"

Brick si raddrizzò sulla sedia, assumendo un'espressione seria. "Le avevo suggerito di fare i brownies. Invece ha fatto i biscotti."

Kramer non si preoccupò di nascondere la sorpresa. "Ma i biscotti erano buoni. I migliori che abbia mai mangiato da tempo. Magari Barb sapesse cucinare così."

Brick si chinò in avanti e prese un biscotto dal piatto vicino. Lo sollevò e lo studiò. "Ma i biscotti non sono brownies, Chris." Brick diede un morso al biscotto e lo ributtò nel piatto con uno sguardo di disgusto.

"Forse avresti dovuto dirle cosa volevi, invece di suggerire."

"I suggerimenti sono un test, amico mio. E lei non lo ha passato. Per questo motivo, verrà punita."

"Le piace... essere punita?" Il bagliore negli occhi di Kramer si fece più intenso.

Aveva abboccato pienamente.

Un sorriso si allargò sul volto di Brick. "Se così non fosse, avrebbe fatto i brownies."

Kramer si raddrizzò sulla sedia, si passò una mano tra i capelli scuri ed esalò un respiro tremolante.

Brick non aveva ancora finito di prenderlo per il culo. "Il segreto di un matrimonio felice è usare la mano ferma, Chris. Non solo mantiene la donna obbediente, ma la rende anche felice. Una donna ha bisogno di qualcuno che la indirizzi, che se ne renda conto o meno."

"Lei mi sembra troppo volitiva per accettarlo."

Brick girò la testa e incrociò direttamente lo sguardo di Kramer. "E questo è meglio ancora. Le piace sfidarmi."

La loro conversazione si interruppe quando la porta scorrevole si aprì e Londyn tornò sotto il portico, portando non solo la birra richiesta, ma anche una nuova per Kramer.

Quando Londyn servì Kramer per primo, Brick si stupì che l'uomo non avesse dovuto asciugarsi la bava dalla bocca prima di ringraziarla. Poi lei si avvicinò a lui.

Brick accettò la birra e notò che non era aperta. Un'altra occasione perfetta. Inclinò il tappo verso Londyn e lei lo fissò per un secondo, senza capire. Lui colse il leggero dilatarsi delle sue narici quando capì e riprese la bottiglia, svitando il tappo a vite prima di offrirgliela di nuovo.

"Brava bambina," sussurrò Brick a voce abbastanza alta perché Kramer potesse sentirlo.

La bocca di Londyn si aprì leggermente e un soffio di respiro le sfuggì.

Porco cazzo. Si era eccitata per quello che lui aveva appena detto?

Lo sguardo di Brick si staccò dalle labbra dischiuse e si posò sui capezzoli svettanti nella camicetta rossa e aderente. Il suo uccello si contorse al pensiero che la recita la eccitasse.

Era ora di concludere la serata e mandare Kramer a casa, in modo che la *loro* serata potesse avere inizio.

Brick prese la mano di Londyn, si portò il palmo alla bocca e ne baciò il centro. "Ora vai a pulire la cucina e preparati per andare," fece una pausa che lasciò Kramer in sospeso, "a letto. Arriverò non appena io e Chris avremo finito di parlare."

Londyn annuì obbediente, anche se lo sguardo nei suoi occhi diceva tutt'altro.

Kramer l'aveva definita volitiva.

Non aveva la minima idea.

Quando Brick le lasciò la mano, lei gli passò le dita sui peli corti e ispidi della mascella, inclinò la testa per osservarlo per un momento, poi si rivolse a Kramer. "Buonanotte, Chris. Spero che Barb si riprenda presto. Non vedo l'ora di passare del tempo con lei venerdì."

"Buonanotte, Gertrude."

Brick vide il corpo di Londyn sussultare a quel nome prima che lei annuisse ed entrasse in casa.

Non appena la porta scorrevole si chiuse alle spalle di Londyn, Kramer disse: "Sei un uomo fortunato, Seamus."

Brick fissò la porta da dove era scomparsa sua "moglie," mormorando: "Verissimo."

LONDYN FISSAVA LO SPECCHIO, trascinando la spazzola tra i capelli con più forza del necessario. Si era struccata, si era lavata i denti e stava aspettando che il suo "papà" venisse a letto.

Gli sarebbe stato bene se lei fosse tornata nella camera degli ospiti in cui aveva dormito la notte prima. Dal canto suo, Londyn si stupiva di avere ancora la lingua attaccata dopo tutte le volte che se l'era morsa.

Papà.

Rabbrividì. Il modo in cui le altre coppie si chiamavano era affar loro, non suo, ma chiamare "papà" l'uomo con cui andava a letto non era e non sarebbe mai stato il suo genere di cosa.

Lasciò cadere la spazzola sul bancone. Le altre coppie?

Loro non erano una diamine di coppia.

Era tutta una recita.

Una farsa.

Si conoscevano a malapena.

Si conoscevano a malapena e lei stava per andare di nuovo a letto con lui.

Anche se il bagno padronale era due volte più grande di quello di New York, le parve improvvisamente stretto quando Brick varcò la soglia della porta aperta.

Non lo aveva sentito salire al piano di sopra o entrare in camera da letto e si chiese a che punto avesse perso la maggior parte dei vestiti. O si fosse messo un paio di pantaloncini lunghi che erano abbastanza larghi in vita da penzolare, esponendo la V di muscoli da sbavo sopra i fianchi stretti.

Londyn si voltò verso lo specchio, in modo che non fosse così evidente che lo stava guardando.

Ma, *oh*, lo stava guardando eccome. Il sottile tessuto setoso di quei pantaloncini aderiva in un modo che la spinse a chiedersi se Brick portasse le mutande. Perché non sembrava affatto contenuto.

Affatto.

E sebbene non fosse del tutto pronto all'azione, lei non poté fare a meno di notare che era semi-duro.

Forse era per via di quel "papà" del cazzo. Forse a lui piaceva quella roba. Ma se si aspettava che lei lo chiamasse così mentre facevano sesso, si sbagliava di grosso.

Anche se... Vedendolo vestito – o svestito – com'era in quel momento, Londyn lo avrebbe chiamato come diavolo voleva, se ciò le avesse garantito un boccone di quella delizia.

Solo che non aveva intenzione di condividere quell'informazione con lui.

"Si può sapere che cosa ti è venuto in mente?" chiese.

"In che senso?"

Oh, stava facendo il finto tonto. "Lo sai benissimo. Fingere di essere una specie di Dom."

L'uomo si mise alle sue spalle, sorrise e sollevò un sopracciglio che lei colse nello specchio. "Chi dice che non lo sono?"

Lei era alta. Ma anche a piedi nudi, lui era molto più alto. E la cosa le piaceva.

Le piaceva anche il fatto che, pur non essendo una donna piccola come Barb, lui, stando dietro di lei, la faceva sentire minuta. Quasi delicata.

"Sei un Dom?"

Lo guardò affascinata quando lui ridacchiò, mostrando i denti bianchi e attirando l'attenzione su quelle labbra che, all'inizio della giornata, le avevano fatto un sacco di cose sconce, ma spettacolari.

"No. Ma è stato divertente fingere che tu fossi roba mia." Le diede una pacca sul culo per sottolineare il concetto.

Questa volta non fu pungente come quando l'aveva fatto davanti a Kramer. Era più un gesto giocoso.

E sì, *porca troia*, le *piaceva*.

I suoi occhi incontrarono quelli di lui nello specchio. E nessuno dei due disse una parola per un lunghissimo istante.

Brick aveva perso quel suo sorriso da far cadere le mutande. "Kramer ce l'ha durissimo per te, Londyn. Il suo interesse per te manterrà il suo interesse per *noi*. Per il resto, siamo come tutte le altre coppie noiose del quartiere. *Tu* gli dai un motivo per volerci frequentare. Quello vuole il tuo culo e noi possiamo approfittarne."

"Non avrà il mio culo."

Le dita di Brick le circondarono la parte anteriore del

collo e il pollice le accarezzò il lato della gola. "No, non lo avrà."

"Non lo avrai nemmeno tu se insisti che ti chiami papà."

Brick sollevò lo sguardo dal punto in cui era fisso sul collo di lei, concentrandosi sulla zona in cui le accarezzava la pelle in corrispondenza del battito cardiaco. "Non voglio essere il tuo papà."

"E questo è bene," mormorò lei, i capezzoli che si inturgidivano per la presa calda, ma ferma, di lui sul collo.

Avvicinandosi, Brick le sfiorò i capelli con il naso e le succhiò il lobo dell'orecchio in bocca. Non ce l'aveva più semi-duro, ora. La sua asta premeva calda e dura contro il fondo della schiena di lei.

"Sei stata brava, Londyn," le mormorò vicino all'orecchio.

"Davvero?"

"Sono rimasto colpito. In un paio di occasioni ho pensato che avresti potuto farmi il culo, ma hai saputo controllarti."

"Sono stata una brava bambina come un cane ben addestrato?"

Non solo lo sentì sorridere fra i suoi capelli, ma vide un assaggio di quel sorriso nello specchio.

La mano che lui le aveva appoggiato sulla pancia scivolò verso l'alto e sfiorò i suoi capezzoli doloranti, poi tornò giù fino al punto in cui la parte superiore del pigiama incontrava la parte inferiore. Il completo che aveva addosso era azzurro come i suoi occhi ed era il suo preferito da sempre. La sensazione di morbidezza sulla pelle nuda la faceva sentire sexy, anche quando dormiva da sola.

Quella notte non avrebbe dormito da sola.

Le dita di lui separarono l'orlo inferiore del top e l'elastico dei pantaloncini e il palmo della mano sfiorò la pelle nuda del ventre di Londyn, facendo contrarre tutto ciò che aveva dentro. Lei sollevò lo sguardo da dove la mano di Brick le stava scatenando un incendio dentro e vide che lui la stava guardando. La guancia dell'uomo era premuta contro la sua testa e il suo sguardo era intenso mentre spostava la stoffa del top più in alto, scoprendo non solo la pancia ma anche le curve inferiori dei pesanti seni di Londyn.

Le prudeva la mano per l'impulso a fermarlo. Non solo erano in bagno, alla luce, ma lei era proprio davanti allo specchio. Londyn stessa era la propria peggior detrattrice e lo sapeva.

Kevin aveva minimizzato le sue insicurezze, ma non aveva mai fatto nulla per aiutarla a superarle. Quando Londyn parlava dei propri difetti, lui si limitava a fare spallucce e a chiederle se voleva che spegnesse le luci.

Lei lo voleva. E lui lo faceva. Problema risolto.

Ma finora Brick non le aveva permesso di nascondersi.

Nemmeno.

Una.

Volta.

Capitolo dieci

A Brick non sfuggì l'attimo in cui il respiro di Londyn si affievolì, né il momento in cui lei si irrigidì.

Era pronto quando la bocca di lei si aprì in segno di protesta. Usò la mano piantata appena sotto il seno per stringerla a sé e l'altra per coprirle la bocca. "Non un solo dubbio, Londyn, non uno. A meno che tu non voglia che ti sculacci fino a farti diventare il culo rosso."

Gli occhi di Londyn, che si erano spalancati quando lui le aveva coperto la bocca, si velarono alla sua minaccia. Lui lasciò cadere la mano di fronte a quell'improvviso cambiamento.

"Sì, ti prego," sussurrò Londyn.

Brick aggrottò la fronte e il suo uccello si contrasse, poiché il suo cervello era un'improvvisa massa di confusione. "Sì, ti prego cosa?"

"Sculacciami."

Cosa?

"Cosa?" Quello di Brick avrebbe dovuto essere un avvertimento, non una promessa. "Tu *vuoi* che ti sculacci?" chiese con prudenza. Forse avrebbe dovuto pulirsi le orecchie mentre era in bagno. Perché, se aveva sentito bene...

"Sì," mormorò lei, con un rossore che le saliva dal petto fino alle guance.

Dannazione. Quella donna continuava a sorprenderlo.

Faceva i biscotti, dava il culo, lavorava bene sotto copertura e ora... si faceva sculacciare.

Brick non aveva ancora verificato quell'ultima ipotesi. Ma se era davvero così...

Lui sorrise.

Lei sorrise.

Se Londyn avesse avuto la stessa sicurezza del suo corpo di quella che aveva di ciò che faceva con quel corpo...

Il sorriso di Brick si appiattì.

Non si sarebbe trasferita dall'altra parte del Paese trenta giorni dopo aver conosciuto un tipo online.

No, avrebbe aspettato il momento giusto e l'uomo giusto che l'avrebbe apprezzata per quello che era, per come era e per quello che voleva.

Proprio come faceva lui.

Proprio come faceva lui.

Ah.

O qualcuno *come* lui. Giusto.

Doveva tornare sul pezzo. Se la donna voleva essere sculacciata, chi era lui per negarglielo?

Ma prima...

Brick finì di sfilarle il top di seta dalla testa. Lo lanciò via e le prese entrambe le tette fra le mani.

Erano belle piene.

Voleva appiccicare la bocca ai capezzoli turgidi, ma voleva anche guardarla allo specchio.

Continuò a impastarle le tette e a sfiorare con i pollici le punte durissime mentre diceva: "Togliti i pantaloncini."

Lei esitò solo il tempo necessario a guardarsi allo specchio, per guardarli tutti e due stretti l'uno all'altro, il petto di lui contro la schiena di lei, poi fece un piccolo cenno – probabilmente a se stessa – e si abbassò i pantaloncini sui fianchi. Il tessuto si impigliò tra le sue cosce e quando lei si chinò per liberarli, lui le afferrò i fianchi e la tirò indietro.

Londyn emise un grido di sorpresa e appoggiò le mani sul bordo del bancone per aggrapparsi ed evitare di spaccarsi la fronte. Mentre era ancora piegata, lui le tirò giù i pantaloncini fino a farli cadere intorno ai piedi.

"Tieniti forte," la ammonì a bassa voce, vedendo sul volto di lei sia la sorpresa che il calore.

Si spostò al suo fianco e, con un'ultima occhiata allo specchio, rivolse l'attenzione al sedere che sporgeva nella posizione perfetta per la "sculacciata" richiesta.

Brick non era un tipo particolarmente originale, ma gli piaceva giocare e alcune cose gli piacevano più di altre. Non avrebbe tirato fuori la corda e la ball gag, i morsetti per i capezzoli o il frustino di cuoio. Ma in passato aveva usato cravatte e foulard per legare le donne su loro richiesta.

Preferiva che le donne avessero le mani e la bocca libere. Soprattutto perché voleva sentire le loro unghie che gli scavavano nella schiena. Gli piaceva quando i denti affondavano nella sua pelle. Adorava essere graffiato, succhiato, leccato e baciato.

E gradiva fare lo stesso.

Gli piaceva anche sculacciare. Di solito lo faceva quando prendeva una donna da dietro, sia alla pecorina che durante il sesso anale. Ma prima, con Londyn, non l'aveva fatto, perché lei era stata sopra di lui quella mattina. Aveva lasciato che fosse lei a controllare il ritmo e la profondità, mentre lui se ne stava sdraiato a godersi la cavalcata.

Ma ora sarebbe stato lui a controllare la forza del suo palmo che incontrava la carne di lei.

Non voleva farle del male; voleva solo farla uscire di testa. La voleva bagnata e infoiata. Voleva che lei stesse a cavalcioni di quel confine tagliente fino a quando non ce l'avrebbe fatta più.

L'uccello gli si bagnò al solo pensiero di lei che lo implorava di scoparla e farla venire.

Sfortunatamente, qualcuno avrebbe raggiunto quel confine prima del tempo e non era Londyn. Brick aspirò aria dalle narici per controllare i suoi pensieri fuori controllo.

Passò leggermente la mano aperta su una natica e poi sull'altra, meravigliandosi di quanto fosse morbida e liscia la pelle di Londyn. E c'era un sacco di carne a cui aggrapparsi, sia che lei gli stesse sopra sia che lui la prendesse da dietro.

E, *cazzo*, gli piaceva anche quello.

"Brick." Il suo nome le tremò sulla lingua e lo stesso tremore la percorse.

"Hai cambiato idea?" *Ti prego, di' di no, cazzo.*

"No. Solo..."

"Solo?"

"Ti prego."

Quel "ti prego" lo attraversò come un fulmine, gli si conficcò nell'intestino e si irradiò all'esterno.

Brick si mise al fianco di Londyn, si chinò e leccò lungo la linea della sua spina dorsale, terminando con un bacio all'apice della sua piega. "Abbiamo tutta la notte," mormorò contro la sua pelle. "Tutta la cazzo di notte."

Alzandosi rapidamente, le colpì il sedere e lo guardò tremolare all'impatto. Lei non si mosse nemmeno. L'unico rumore che le sfuggì fu un soffio d'aria.

Brick la colpì di nuovo, sull'altra natica. Di nuovo, nemmeno il più piccolo movimento al di là del punto in cui la sua mano aveva colpito. Ma questa volta lei emise un gemito. Era basso e lungo e gli fece contrarre le palle.

Il rosso cominciava a sbocciare sulla pelle della donna e Brick girò la testa per dare un'occhiata nello specchio. La testa di lei era abbassata, il viso nascosto tra le braccia allargate.

"Londyn." Il nome di lei suonava roco alle sue orecchie.

La donna sollevò leggermente la testa e i suoi occhi incontrarono quelli di Brick. E ciò che lui ci vide gli piacque. Ogni dubbio di Londyn su se stessa era sparito; rimaneva solo la voglia.

"Guardami."

Lui sollevò la mano e questa volta lei si mosse, ma solo leggermente. Poiché ora lei poteva vedere i suoi movimenti, stava aspettando.

Pregustando.

Era ora di distrarla. "Toccati."

Brick si aspettava resistenza, o almeno un commento sprezzante, ma lei non disse nulla. Invece, si portò la mano alla bocca, leccò due dita in modo lento e sensuale mentre lui la guardava nello specchio, poi se le mise fra le gambe.

Cazzo. Londyn avrebbe potuto benissimo ucciderlo solo con quelle due dita. Proprio come se fossero spade.

Ma ora lui rimpiangeva che lei fosse nella posizione in cui si trovava – piegata con il culo in fuori – perché avrebbe voluto guardare tutto quello che stava facendo. Qualunque cosa facesse per farsi appesantire le palpebre, aprire la bocca e farle tremare il corpo. Anzi, 'fanculo alle sculacciate, Brick voleva guardare Londyn mentre si faceva venire. Non solo la donna in carne e ossa davanti a lui, ma anche quella nello specchio. Un'esperienza a trecentosessanta gradi.

Un'esperienza che gli sarebbe rimasta impressa a fuoco per sempre nel cervello.

Ma lei voleva essere sculacciata e lui doveva almeno fare uno sforzo prima che lei lo costringesse a girarla e a scoparla proprio lì, sul piano del bagno.

Brick deglutì a fatica e cercò di concentrarsi sul sedere di Londyn, dove c'era ancora un po' di rosa, e di assestarle qualche altro colpo con la mano, in modo che lei lo sentisse per un po', soprattutto quando lui le avrebbe appoggiato il sedere sul bordo del piano.

Questa volta, mentre lo guardava, Londyn non indietreggiò e non si mosse quando il palmo della mano di lui le picchiò sul sedere con una forza tale da fargli bruciare la mano.

Porca miseria.

Anche se lui stesso stava superando i suoi limiti, lo fece ancora una volta sull'altra natica, per assicurarsi che il rossore della pelle fosse uniforme. Mentre lui sollevava la mano, quella di Londyn si muoveva più velocemente fra le gambe e quando quella di Brick entrò in contatto con il suo posteriore, lei gridò e sussultò.

Non era per le sculacciate.

Cazzo, no. Le gambe le tremarono durante l'orgasmo, i suoi occhi si chiusero e la sua testa ricadde all'indietro.

Quello sguardo di beatitudine era bellissimo.

Tutto in lei era bellissimo.

Dopo un'ultima occhiata alla sua opera, Brick le afferrò una manciata di capelli, la tirò in piedi e la fece voltare. "Culo sul bancone, gambe aperte."

Londyn non si affrettò a eseguire i suoi ordini. No, fece con calma, stuzzicandolo.

Prima che lei potesse sollevarsi, lui le mise le mani sulla vita e la mise esattamente dove voleva. "Allargati."

Il sussurro della donna era roco. "Dove?"

"Sai dove."

Le ginocchia di lei si allargarono e le sue dita scivolarono a V tra le pieghe lucide e paffute mentre si offriva a lui.

Brick si inginocchiò, seppellendo il viso tra le sue cosce. Non fu affatto gentile.

Il profumo di Londyn era assolutamente femminile. Il suo gusto dava dipendenza.

E Brick si perse in lei mentre la portava ancora una volta al culmine. La stanza si riempì di mugolii e grida e, meglio ancora, di sussurri del suo nome. Le unghie di lei gli graffiarono i lati del cuoio capelluto quando venne di nuovo, dimenandosi contro la sua bocca, spingendosi sulle dita che lui aveva affondato dentro di lei. Lui la aspettò, succhiandole leggermente il clitoride, e quando ogni muscolo divenne liquido, si alzò, lasciò cadere i pantaloncini fino ai piedi e si mise tra le cosce di lei.

Perché era lì che doveva stare.

Tra le cosce calde e morbide che lo abbracciavano, bagnate dall'eccitazione della donna.

Il suo intento era solo quello di baciarla. Per condividere quel sapore che ora riconosceva come quello di lei.

E mentre lo faceva, Brick fece scivolare il suo uccello pulsante lungo l'umidità di lei. Voleva lasciar perdere il preservativo. Non voleva che ci fosse nulla tra loro.

Quel pensiero gli fece rizzare i capelli sulla nuca.

Non aveva mai pensato di prendere una donna senza goldone. Neanche una volta.

Non aveva idea del perché gli fosse venuta quell'idea. Perché con lei sì?

Era stupido.

Imprudente.

E lui lo sapeva bene.

Ma ancora lottava contro il desiderio di spingersi in

profondità dentro di lei. Sentire quel calore umido che lo circondava, attirandolo dentro di sé.

Chiudere fuori tutto il mondo tranne lei...

Le parole successive di Londyn lo riportarono alla ragione. *E meno male, cazzo.*

"Ho fatto un test dopo aver scoperto che Kevin mi tradiva con la sua stessa moglie. Quando è stata l'ultima volta che tu nei hai fatto uno?"

Anche se non era una discussione che Brick voleva avere in quel momento, era una discussione importante.

Londyn gli stava facendo perdere la testa, ma lo stava anche riportando alla realtà.

"Un mese fa."

"E hai..."

Brick abbassò la testa finché non si trovarono a contatto visivo diretto, perché non aveva intenzione di negare. "Sì."

Durò solo un istante. Ma lui la riconobbe.

Delusione.

Anche se l'alternativa non era realistica.

Soprattutto perché lui non aveva mai negato chi fosse o come fosse fatto.

E se lo avesse fatto, lei non gli avrebbe creduto comunque. Brick non aveva nascosto che la sua vita ruotava intorno a due cose.

La sua squadra e le sue avventure.

Come lui l'aveva accettata così com'era, allo stesso modo lei doveva accettare lui.

Ce n'erano state tante prima di lei e ce ne sarebbero state molte dopo, ma in quel momento c'erano solo loro due in quella stanza.

Purtroppo, la stanza in cui si trovavano non aveva preservativi. Per fortuna, la stanza accanto ne aveva. Dovevano solo cambiare letto.

E lo fecero.

SAZIA E SPOSSATA, Londyn si adagiò sul petto duro come un muro di mattoni di Brick, che si alzava e si abbassava rapidamente. La sua guancia premeva sul cuore di lui, che ancora batteva rapido. I suoi occhi erano concentrati non su di lui, ma sulle piastrine a portata di mano sul comodino.

Quelle che lei gli aveva tolto. Quelle che lui si era infilato in tasca perché Londyn aveva la sensazione che non gli piacesse stare senza.

Allungò la mano e, con un dito, le trascinò sul piano di legno lucido del comodino. Quando furono sul bordo, lei ne girò una e lesse le parole stampate.

La maggior parte si spiegava da sé. Il resto era intuibile.

Il pollice di Londyn passò sul nome di lui.

Briggs Ramsey W.

"Ramsey è il tuo nome, non il tuo cognome." Brick si era presentato a Chris Kramer come Seamus Ramsey. Lei aveva pensato che avesse tirato fuori quel cognome dal nulla.

La voce roca dell'uomo rimbombò contro la sua guancia. "Sì."

"Qualcuno ti chiama davvero Ramsey?" Quel nome le sembrava strano sulla lingua. Ma in fondo, non era più strano che chiamarlo Brick.

"No."

Lei sollevò un sopracciglio. "Nessuno?"

"I miei genitori e i miei nonni quando mi mettevo nei guai."

"Come ti chiamavano quando non ti mettevi nei guai?"

La risata profonda di lui la scosse. "Ero sempre nei guai."

Londyn sorrise. "Da dove viene Brick?"

"Vuoi dire dove sono cresciuto?"

"No. Il soprannome."

"Me l'hanno dato durante la scuola per cecchini. Dicevano che ero fermo come un mattone.[1] Da lì, non so come, Briggs è diventato Brick. Mi è rimasto appiccicato." Brick passò pigramente un dito fra i capelli di Londyn sparsi sul suo petto. "Ma è anche una citazione di Licurgo di Sparta: 'È ben fortificata quella città che ha un muro di uomini invece che di mattoni'. Uno dei miei primi osservatori l'ha trasformata in: 'È ben fortificata quella città che ha un muro di Brick invece che di uomini'."

Londyn lasciò decantare l'idea per un momento. "Il che significa che eri così bravo che non c'era bisogno di un esercito per proteggere una città. Bastavi tu."

Lui sobbalzò leggermente sotto di lei. "Il che è una grandissima cazzata."

"Deve pur esserci un fondo di verità."

"Non ho potuto salvare tutti," borbottò l'uomo. Si alzò di scatto, facendola sloggiare dalla sua comoda posizione. "Devo sbarazzarmi di questo." Non appena fu in piedi, si tolse il preservativo. Ma prima di allontanarsi, le strappò dalle dita le piastrine e le strinse con forza. "Mi sento nudo senza. Sono state un pezzo di me per tanto tempo."

"Il servizio militare è stato una parte importante della tua vita."

"*Era* la mia vita. Lo è stato molto tempo, cazzo." Ciò detto, Brick attraversò la stanza e infilò le piastrine nel borsone che si trovava sul pavimento in un angolo. Quando si raddrizzò, buttò sul letto una scatola aperta di preservativi. "Per dopo."

"Quanto dopo?" chiese lei alle sue spalle mentre l'uomo spariva in bagno.

"Lo saprai non appena lo saprò io."

Londyn stava ancora sorridendo quando sentì lo sciacquone del bagno e l'acqua che scorreva nel lavandino. Si girò su un fianco per assicurarsi di avere un'ampia visuale della nudità di Brick quando lui attraversò la stanza per tornare a letto.

Gli occhi dell'uomo erano puntati su di lei e Londyn pensò che non fosse rimasto un centimetro di lei sul quale lui non avesse passato lo sguardo mentre tornava a letto.

Buffo. Per la prima volta in vita sua, non aveva sentito il bisogno di coprirsi.

Lui aveva detto che lei gli piaceva così com'era. Londyn poteva credergli, oppure poteva chiedersi se stessero facendo sesso solo perché erano bloccati insieme in quella situazione e lei era disponibile.

In ogni caso, le piaceva il modo in cui Brick la guardava. Non sembrava forzato o falso. Il suo sguardo si scaldava sempre quando lei era nuda.

Ancora meglio, il suo uccello diventava sempre duro. Forse era un segno che era tutto vero.

Dopo essersi sdraiato supino, Brick infilò un braccio dietro la testa e avvolse l'altro intorno a lei per avvicinarla a sé. Ma prima che l'uomo potesse stringersela al fianco, Londyn toccò il tatuaggio sulla sinistra della cassa toracica di Brick, facendolo irrigidire.

Il tatuaggio era difficile da ignorare, ma lei non aveva ancora fatto domande al riguardo, avendo pensato che si trattasse di un fatto molto intimo.

Eppure... Loro due erano in intimità, quindi forse a Brick non sarebbe dispiaciuto parlarne.

O forse lei ci stava pensando troppo e si trattava semplicemente di un tatuaggio. Ma quello era l'unico segno sul corpo dell'uomo, oltre alla cicatrice della ferita infantile.

Londyn tracciò una volta il bordo esterno e al secondo passaggio chiese: "Sei religioso?"

Al centro della cornice del tatuaggio c'erano lettere e numeri: *Cor 9:27.*

Quando lei e Parris erano piccole, i loro genitori non le avevano mai portate in chiesa, ma persino Londyn sapeva che quello era un riferimento a un passo della Bibbia.

"Da bambino, i miei genitori mi trascinavano in chiesa tutte le domeniche. A volte anche più spesso, a seconda di quanti guai combinavo durante la settimana. Ma no, ho perso la fede molto tempo fa."

"Allora perché hai un passo della Bibbia tatuato sulle costole?"

L'uomo abbassò lo sguardo fingendosi sorpreso. "È un passo della Bibbia?"

Londyn rise e gli diede una giocosa manata sul petto. "Persino io lo riconosco."

"Allora sai cosa significa."

"No, non conosco nessun passo della Bibbia a memoria. Ho riconosciuto il rimando, ma non cosa dice quel passo in particolare."

"Riguarda la disciplina. Da bravi fedeli, i miei genitori erano bravi a imporla. Una volta *trovata la mia strada* – come ha detto mia madre quando mi sono arruolato in Marina – la mia vita si è svolta all'insegna di un diverso tipo di disciplina, sia per quanto riguardava la dedizione al servizio del mio Paese, sia per quanto riguardava la mia mente e il mio corpo. Arruolarmi in Marina e diventare un SEAL mi ha dato tutto questo e anche di più."

Il modo in cui Brick parlava del fanatismo dei suoi genitori e del loro uso della disciplina la spinse a chiedersi se lui avesse ancora un rapporto con loro. O se i genitori di Brick fossero scomparsi da tempo, come i suoi.

"Ci sono ancora?"

"Chi?"

"I tuoi genitori."

"Credo di sì."

"Non lo sai?" Che strano. Londyn non riusciva a immaginare di non sapere se i suoi genitori fossero vivi o morti. Avrebbe voluto passare più tempo con loro.

"Una volta entrato in Marina, ho perso i contatti con loro."

"Di proposito?"

"Londyn..." Brick sospirò pesantemente. Lei pensò che non avrebbe risposto, ma qualche istante dopo l'uomo proseguì: "Erano contenti che mi fossi arruolato in Marina, ma non erano contenti che dovessi... uccidere delle persone. Non sono sicuro di cosa pensassero che facessero le forze armate. Non ero nei cazzo di Corpi di Pace."

"Hai infranto uno dei comandamenti." *Non uccidere.*

"Credo che pensassero che avrei potuto servire il Paese senza prestare servizio attivo. Avrei anche potuto farla franca se non fossi diventato un SEAL. È una scelta che loro disapprovavano."

Ora aveva più senso. Anche se ai genitori di Brick piaceva l'idea che il figlio fosse un patriota e servisse il suo Paese, lui si era spinto troppo oltre quando era diventato un SEAL e poi un cecchino.

"Ho visto in televisione alcuni degli addestramenti a cui vengono sottoposti i SEAL. Sembrano intensi e sufficienti a spezzare una persona."

"Sì," fu l'unica parola che pronunciò Brick. "Alcuni si sono rotti."

"Ma non tu." Quando lui non disse nulla, Londyn aggiunse: "Tu ce l'hai fatta."

Anche in quel caso, lui non rispose. Tuttavia, quella

conversazione post-coito le piaceva e non era pronta a finirla. Inoltre, voleva davvero sapere cosa significasse per lui il tatuaggio.

Londyn tracciò le lettere e i numeri al centro del tatuaggio. "Che cosa significa questo passaggio?"

Lui le afferrò la mano, fermando il movimento, e le diede una stretta alle dita. "Ci sono molte interpretazioni, ma questa è quella che mi si addice di più: *Anzi, tratto duramente il mio corpo e lo riduco in schiavitù, per evitare che, dopo aver predicato agli altri, io stesso venga squalificato.*[2]"

Londyn sintetizzò: "Cioè, predichi bene e razzoli altrettanto bene?"

L'uomo alzò una spalla. "Non posso giudicare gli altri per quello e per chi sono senza giudicare me stesso."

"È questo che significa quel passo?"

"Per me sì." Poi l'uomo chiuse la bocca e tacque. Di nuovo.

Londyn avrebbe voluto mettersi a urlare. Forse la domanda sul tatuaggio lo aveva portato in un posto dove non voleva andare. Una sorta di innesco.

In apparenza, Brick non sembrava impantanato. Poteva scherzare, giocare ed essere loquace quasi quanto lei un momento, per poi chiudersi in se stesso il momento successivo. Ogni tanto si intravedeva qualcosa di più profondo e oscuro. Non spesso, ma qualche volta sì.

Molto probabilmente, la colpa era di quelle cicatrici invisibili di cui Brick aveva parlato. Cicatrici causate da qualcosa di più complicato di una caduta dalla bicicletta. Cicatrici che forse non sarebbero mai svanite, proprio come quella linea di quindici centimetri sulla coscia.

Si conoscevano solo da pochi giorni, quindi lei non aveva visto tutti gli stati d'animo di Brick, e per la maggior parte del tempo lui era stato aperto, caloroso e divertente.

Londyn voleva grattare sotto la superficie? Certo che sì. Pur non essendo una terapeuta certificata come sua sorella, era sempre stata curiosa di sapere come "funzionavano" le persone, cosa che l'aveva portata a diventare una consulente per l'abuso di sostanze. Quattro anni di università per diventarlo erano stati più che sufficienti per lei. Non desiderava prendere un master come aveva fatto Parris.

Si voltò verso di lui. Brick stava fissando il soffitto. Stava rivivendo il periodo trascorso con quelli che sembravano essere stati genitori severi e religiosi? O il periodo sotto le armi? O le cause che lo avevano portato a ritirarsi dalla Marina dopo aver lavorato duramente per diventare non solo un SEAL, ma anche un cecchino?

La decisione di congedarsi non doveva essere stata facile. Non si poteva semplicemente smettere di fare il cecchino dei SEAL come un ragazzino che lavorava in un fast food poteva licenziarsi alla fine delle vacanze estive.

Negli occhi azzurri di Brick c'era qualcosa che lei non riuscì a decifrare quando abbassarono lo sguardo su di lei. L'uomo si era tolto gli occhiali, prima, e lei credeva che non li avesse sostituiti con le lenti a contatto.

Si chiese quanto fosse davvero grave la sua miopia. "Riesci a vedermi senza occhiali o lenti a contatto?"

Invece di limitarsi a guardarla, l'uomo abbassò la testa verso di lei. "Sì."

"Chiaramente?"

Aveva davvero sollevato lo sguardo?

"Londyn... Certe cose è meglio lasciarle perdere."

Senti chi parla. "Sono sicura di non essere l'unica in questo letto che dovrebbe farlo."

La mascella di Brick si serrò e lui le lasciò la mano per rimboccare le coperte a entrambi.

"Aspetta, devo andare a prendere il pigiama che ho

lasciato in bagno." Lei si alzò a sedere e cominciò a spostare le gambe oltre il bordo del letto, ma lui le afferrò il polso nella sua stretta e la attirò di nuovo giù al suo fianco.

"No. Voglio che tu rimanga come sei adesso. Voglio poterti girare e darti la sveglia come si deve."

Beh, in tal caso...

"Non devi svegliarti per andare a fare quindici chilometri di corsa, mille flessioni e cinquecento salti?"

"Non faccio i salti. Faccio gli scalatori."

Fu il turno di Londyn di levare gli occhi al cielo. Si accoccolò sotto le coperte accanto a lui, assorbendo il calore del suo corpo. "Mi fai sentire una poltrona."

"Niente giudizi, giusto?"

Lei storse le labbra. "Giusto."

Lui le sfiorò con le labbra la sommità della testa, che Londyn aveva piantato ancora una volta sul suo petto. "Meglio dormire. Le sei arriveranno presto."

"Le sei?"

"Sarai il mio riscaldamento per la corsa. Devo uscire a correre presto perché siamo sotto le ascelle sudate di Satana, ricordi?"

Giusto. "Forse dovrei fare un giro dell'isolato a piedi mentre tu corri."

"Di nuovo, niente giudizi, Londyn. Se vuoi camminare, cammina. Se vuoi nuotare, nuota. Se vuoi farmi trovare la colazione pronta al mio ritorno, mi sta bene anche quello. Se vuoi essere tu quella colazione, ancora meglio."

Negli ultimi giorni, Brick l'aveva fatta sorridere più di quanto lei non facesse da tempo.

Era perfetto? Sicuramente no. Ma ci era andato molto vicino.

BRICK SI SPOSTÒ ed esalò lentamente il fiato mente ascoltava il russare di Londyn. La donna si era allontanata da lui dopo essersi addormentata. Probabilmente Brick era troppo caldo per lei. In ogni caso, era meglio così. A casa sua, a volte, si svegliava con le lenzuola sudate e aggrovigliate.

Il che significava che era tornato di nuovo in quel posto.

Se si fosse agitato troppo, c'era il rischio che facesse del male a Londyn, prendendola a calci o a pugni senza rendersene conto.

L'ultima cosa che voleva fare era ferirla.

Ma una persona a cui voleva fare del male c'era eccome.

Un uomo a due porte di distanza. Qualcuno che probabilmente giaceva nel suo letto, fantasticando di fare a Londyn le stesse cose che lui le aveva fatto prima.

Digrignò i denti per l'impulso di spaccare la faccia a Kramer con il calcio del fucile.

Non gli piaceva quella sensazione che gli attanagliava le viscere e gli mandava in tilt il cervello. Non l'aveva mai provata prima, ma sapeva esattamente che cos'era.

Perché più Kramer guardava Londyn, più quella sensazione diventava forte.

Il suo pollice rigirò la fede nuziale sull'anulare. Lei nel suo letto e lui con quell'anello al dito. Entrambi in Florida.

Era tutto temporaneo.

Stavano svolgendo un incarico. Stavano recitando una parte. Stavano facendo ciò che andava fatto.

Ma porca troia se farlo non gli dava alla testa.

Capitolo undici

LONDYN OSSERVÒ la donna seduta di fronte a lei nel piccolo bar dove avevano deciso di pranzare. Cercava di non guardare l'ora, ma Brick le aveva dato l'ordine di tenere Barb occupata il più a lungo possibile.

Dopo aver trascorso qualche ora con quella donna, Londyn non ce la vedeva proprio che faceva del male a qualcuno. Non riusciva nemmeno a immaginare che Barb potesse essersi resa complice di Kramer nel commettere un omicidio.

Ma gli psicopatici potevano essere ingannatori molto abili.

Ora che avevano lo stomaco pieno, la carta di credito vuota e troppe borse nel bagagliaio dell'auto di Barb, era il momento di iniziare a scavare un po' più a fondo, proprio come Londyn aveva voluto fare con Brick l'altra sera.

"Tu e Chris sembrate tanto felici."

Barb sospirò, appoggiandosi allo schienale del suo lato del divanetto, e ricambiò il sorriso di Londyn. "Lo siamo."

"Da quanto state insieme?"

"Circa un anno e mezzo, ma lo conosco da molto prima. Ci siamo trasferiti qui dopo la morte della sua prima moglie."

"Conoscevi la sua defunta moglie?"

"Eravamo amiche."

Che schifo! "Oh! Mi dispiace tanto. Non ne avevo idea. Non mi pare ci aveste detto che Chris era vedovo."

Barb aveva affondato gli artigli in Kramer prima o dopo la morte della moglie? Non si trattava solo dell'assicurazione? Kramer voleva liberarsi della moglie per stare con Barb? Avevano una relazione da prima dell'omicidio?

Dun dun dun duuuuuun.

"Abbiamo trovato consolazione l'uno nell'altra dopo la morte di Teresa."

Ovviamente.

"E da cosa è nata cosa."

Ti pareva.

"Beh, almeno avete trovato conforto l'uno tra le braccia dell'altra. E anche l'amore, giusto?"

"Oh sì." L'espressione di Barb si fece molto...

Sognante.

Per carità, Kramer era un bell'uomo, ma non era neanche lontanamente un sogno come lo era Brick.

Londyn levò mentalmente gli occhi al cielo.

"Sono sicura che la scomparsa di Teresa sia stata dura per Chris. Ha sofferto a lungo?" *Santo cielo*, di solito Londyn odiava fare domande come quella. Ma era lì per scavare, giusto?

E comunque, le piaceva ficcare il naso.

"È stata una tragedia."

Londyn si chinò in avanti con interesse e attese che Barb continuasse.

"Si è trattato di un incidente davvero assurdo. Teresa era andata a fare il bagno, è scivolata nella vasca e ha battuto la testa. L'impatto deve averla stordita e lei è annegata."

Un brivido percorse la schiena di Londyn. "Pensavo che Chris lavorasse da casa. Non l'ha sentita cadere o gridare?"

"È vero, ma lui era uscito per fare una commissione quando è successo. Quando l'ha trovata, lei..." Barb abbassò la voce a un sussurro. "Se n'era già andata."

Comodo, eh?

"Deve essere stato terribile. E deve essere stato ancora più duro per lui che l'ha trovata."

"Sì, per un po' ha fatto fatica ad affrontare il lutto."

Finché non era arrivato il pagamento dell'assicurazione sulla vita. *Cha-ching.* Cose da fare dopo aver incassato: trasferirsi con la nuova ragazza in una villa in un altro Stato.

"È stato fortunato che ci fossi tu."

"Sono fortunata io ad averlo."

Finché non ucciderà anche te.

"Tu sei il lato positivo," borbottò Londyn, disturbata dalla sua stessa linea di pensiero.

Avrebbe dovuto sentirsi in colpa per aver già condannato Kramer per omicidio quando non avevano ancora avuto modo di cercare prove. E non c'era nemmeno la garanzia che le avrebbero trovate. Ma Brick aveva un piano se non altro per entrare in casa, quella sera. Londyn doveva continuare a fare la sua parte per assicurarsi che il piano avesse successo.

Se c'erano *davvero* delle prove, prima Brick le avrebbe trovate, prima sarebbero potuti tornare a un clima più fresco.

Non che Londyn avesse idea di dove sarebbe andata in seguito. Sarebbe stato bene cominciare a capirlo prima che il lavoro in Florida finisse, anche nel caso lei avesse deciso di restare in Pennsylvania vicino a sua sorella.

Le parole successive di Barb la distolsero dalle sue riflessioni. "Di nuovo, mi dispiace essere dovuta andare via prima l'altra sera. Mi sento in colpa per aver saltato quella cena meravigliosa."

"Ti sei sentita male, ecco perché te ne sei andata. Il tuo mal di testa era un'emicrania?"

"Sì, mi capita spesso."

Londyn prese la sua pala invisibile e cominciò a scavare. "Ne hai sempre avute?"

"Sono cominciate circa nove mesi fa, quando ci siamo trasferiti in Florida."

A Londyn venne la pelle d'oca.

"Chris pensa che potrebbero essere dovute al caldo e all'umidità. Ma a volte sono così forti che non riesco a combinare niente per giorni e mi fanno... ti chiedo scusa... vomitare. Purtroppo, questo danneggia la mia attività di editor. Se non posso lavorare, non posso guadagnare."

"Non avevi mai avuto emicranie prima di trasferirti qui?" E, soprattutto, di andare a convivere con Kramer. "Sono state così brutte fin dall'inizio?"

"No, come ho detto non ne avevo mai avute prima che ci trasferissimo qui e con il tempo sono peggiorate. Ho accennato a Chris che vorrei tornare al nord, se dovessero continuare."

Probabilmente sarebbe venuto un giorno freddo nell'ascella sudata di Satana prima che ciò accadesse. "E lui ha detto...?"

"Che forse sarebbe meglio aspettare un po', perché trasferirci di nuovo così presto sarebbe un duro colpo per le nostre finanze."

Ovviamente. Londyn si chiese se Barb sapesse almeno a quanto ammontava l'assicurazione sulla vita di Teresa.

"Cosa dice il tuo medico?"

"Mi ha dato dei farmaci, ma non sono serviti."

Chiaro.

Londyn si allungò sul tavolo e accarezzò la mano di Barb. "Mi dispiace molto che tu debba affrontare questo problema." E lo pensava davvero. Sperava che Brick si sbagliasse e che quella donna non fosse coinvolta nella morte di Teresa, e sperava davvero che Kramer non stesse cercando di far fuori anche Barb. Ma Londyn aveva visto molte puntate in replica di Dateline NBC e non considerava nessuno al di sopra di commettere porcherie atroci in nome dell'avidità.

La gente era fuori di testa.

Barb strinse la mano di Londyn e le rivolse un sorriso smagliante. "Beh, oggi no! Oggi ho trascorso la giornata con una nuova amica, senza che finora mi sia venuto nemmeno un accenno di mal di testa. E poi, la giornata è ancora giovane. Abbiamo un sacco di tempo per farti vedere ancora un po' di cose."

Londyn allontanò la mano e le fece l'occhiolino. "E far salire il saldo delle carte di credito dei nostri uomini."

"Esatto!" cinguettò l'altra donna.

Londyn aveva la sensazione che avrebbe trascorso l'indomani a restituire tutto quello che aveva comprato. Non stava usando davvero la carta di credito di Brick – non che lui glielo avesse proposto – e da quando aveva lasciato New York non aveva più un lavoro. I suoi risparmi stavano calando lentamente e avrebbero continuato a farlo finché non avrebbe venduto la casa al nord. E anche in quel caso, non ne avrebbe ricavato granché.

E se Kevin le avesse chiesto la metà, sarebbero stati cazzi. Londyn gli avrebbe tagliato le palle e le avrebbe spedite alla moglie.

O forse avrebbe presentato Kevin a Christopher Kramer.

Si coprì il viso per soffocare uno sbuffo. Stare sotto le ascelle sudate di Satana cominciava a incattivirla.

BRICK SUONÒ il campanello e fece un passo indietro. Quando sentì i passi pesanti che si avvicinavano, si passò una mano sul viso.

Era ora di dare spettacolo.

Doveva interpretare il marito preoccupato e dispotico, ma anche essere gentile con Kramer. Non si era mai vantato di essere un grande attore, ma avrebbe fatto del suo meglio.

Ci fu una pausa alla porta – probabilmente Kramer che guardava dallo spioncino – prima che essa si aprisse.

Brick assunse un'espressione preoccupata, ma leggermente infastidita. "Ehi, Chris. Scusa se ti disturbo."

"Cosa c'è?"

"Gertrude è qui?"

"Eh, *nooo*," disse lentamente Kramer. "Non sono ancora tornate."

Brick si grattò la barba sotto il mento. "L'ho chiamata e non risponde. Non è da lei e comincio a preoccuparmi."

"Forse le si è scaricata la batteria."

"No, non è così."

Kramer gli lanciò un'occhiata corrucciata. "Come fai a saperlo?"

Lui inclinò la testa e lanciò a Kramer uno sguardo complice. "Lo so e basta." Londyn gli aveva mandato un messaggio per avvertirlo che stavano tornando a casa di Kramer e che sarebbero arrivate in una quindicina di minuti; ecco come faceva a saperlo. "Ti dispiace se aspetto qui? Voglio assicurarmi che mia moglie non nasconda nulla di quello che ha comprato."

Eccole. Preoccupazione e un pizzico di dominanza. Hollywood avrebbe presto bussato alla porta di Brick.

"Certo." Kramer spalancò la porta e fece un passo indietro. "Per oggi ho finito e avevo intenzione di prendere una birra e sedermi sul retro per un po', se ti va di unirti a me."

Brick fece un sorrisone. "Mi piacerebbe una birra. Potrebbe raffreddare un po' il mio umore."

L'altra sera a cena non aveva visto nulla che potesse aiutarlo a capire se Kramer fosse uno stronzo violento con un brutto carattere e avesse ucciso la moglie per quello, o se fosse semplicemente un avido figlio di puttana per il quale i soldi erano più importanti di una vita. In ogni caso, non avrebbe fatto male fingere che Brick fosse capace di prendere a schiaffi Londyn quando lei non si comportava bene. Forse l'uomo si sarebbe aperto se lui si fosse lamentato.

Era un'ipotesi azzardata, ma Brick doveva sondare ancora un po' il terreno per capire se quell'uomo fosse in grado di uccidere la moglie. E, in caso affermativo, avrebbe dovuto vedere se riusciva a trovare qualche prova. Senza prove, il cliente di Diesel, l'ex suocero di Kramer, non sarebbe andato da nessuna parte con la sua denuncia di omicidio.

A meno che Kramer non confessasse apertamente – e avrebbe dovuto essere pazzo per farlo – cercare di trovare delle prove sarebbe stato praticamente impossibile. Ma il cliente aveva i soldi per pagare e voleva che si facesse qualcosa, quindi Diesel aveva accettato di fare almeno un tentativo.

Brick poteva immaginare la frustrazione di un padre che pensava che il genero avesse ucciso sua figlia e l'avesse passata liscia. Se si fosse trattato di sua figlia, Brick avrebbe fatto di tutto per cambiare la situazione. Quindi, capiva se non altro la necessità di cercare di scoprire la verità.

Sperava solo di trovare qualcosa. Ma era come cercare il proverbiale ago nel pagliaio. Se le forze dell'ordine e il medico legale non erano riusciti a dimostrare che si era trattato di omicidio, non era sicuro di riuscirci nemmeno lui.

In ogni caso, avrebbe fatto un tentativo.

Brick seguì Kramer all'interno della casa, lungo un corridoio e in una grande cucina molto ordinata, dando una rapida occhiata alla disposizione della casa mentre passavano. Kramer prese due bottiglie di birra artigianale dal frigorifero e insieme si diressero vicino alla piscina per aspettare.

Non dovettero farlo a lungo.

Brick aveva appena iniziato a chiacchierare con Kramer quando sentirono delle voci femminili.

Pochi minuti dopo, la porta della veranda si aprì e le donne uscirono, strillando per la sorpresa alla vista degli uomini insieme.

Per Barb la sorpresa poteva anche essere sincera, ma Londyn conosceva il piano.

"Ed eccole qui. Non c'era da preoccuparsi. Sono tornate sane e salve," annunciò Kramer, come se Brick non potesse vederlo con i suoi occhi, o meglio, con i suoi occhiali.

"Dove hai il telefono?" chiese bruscamente Brick a Londyn.

La donna spalancò la bocca, ma la richiuse rapidamente. "Nella borsa."

"E dov'è la borsa?"

Londyn esitò un attimo, poi si calò alla perfezione nel personaggio, lasciando che una sfumatura di paura le attraversasse il viso prima di nasconderla rapidamente. "Davanti alla porta, assieme ai sacchetti."

"Ho cercato di chiamarti."

Londyn si asciugò nervosamente le mani su entrambi i lati delle cosce. "Oh... mi dispiace, tesoro. Non ho sentito il telefono."

Kramer li interruppe nel tentativo di rompere la tensione. "Ehi, posso mettere degli hamburger sulla griglia. Non sono le bistecche che ci hai servito l'altra sera, ma..."

Brick forzò un sorriso. "Hamburger e birra vanno benissimo. Vero, pasticcino?"

Anche Londyn rivolse a Kramer un sorriso accecante, palesemente fasullo. "Certo, sembra meraviglioso."

"Barb," disse Kramer alla donna che era rimasta ammutolita durante lo scambio serrato, ma recitato alla perfezione, fra Brick e Londyn. "Vado ad accendere la griglia. Ti va di preparare un paio di contorni e poi tirare fuori gli hamburger e i condimenti?"

Barb si mise in movimento. "Certo." Si affrettò a rientrare.

"Perché non vai ad aiutarla, Gertie?" suggerì Brick in un modo che non sembrava affatto un suggerimento.

Lei gli rivolse un sorriso sghembo. "Ne sarei felice."

Mentre la donna si voltava per seguire Barb in casa, a passo molto più lento, Brick la fermò chiamandola: "Non dimentichi qualcosa?"

Con una mano sulla maniglia della porta, Londyn si guardò alle spalle. Quando Brick sollevò il mento e si batté un dito sulle labbra, lei lo guardò confusa.

La vide lottare per non levare gli occhi al cielo mentre cambiava strada e attraversava la veranda, diretta di lui. Ma non riuscì a nascondere l'alzata di spalle mentre si chinava per piantargli un bacio sulla bocca. Prima che lei si alzasse, Brick allungò una mano, le infilò le dita nei capelli e li strinse con forza per tenerla ferma.

"Brava bambina," le sussurrò contro le labbra, sapendo che gli occhi di Kramer erano puntati su di loro e che le sue orecchie probabilmente si stavano sforzando di non perdersi una parola. Brick la tenne ferma ancora per qualche secondo, poi la liberò.

La bocca di Londyn si aprì e non ne uscì altro che aria,

finché lei non si ricompose e rispose con un roco: "Grazie, tesoro."

Lo stava ringraziando per averla definita "brava bambina"? *Cavolo*, se era brava. "Papà," la corresse ringhiando lui.

Meritava proprio un Golden Globe.

"Grazie, *papà*."

Mentre lei si girava per entrare, lui le diede una pacca sul sedere abbastanza forte da farla squittire e sobbalzare.

Brick guardò Londyn scomparire in casa prima di riportare la sua attenzione su Kramer, che se ne stava immobile accanto alla griglia, con una spatola sollevata in mano e un'espressione sul volto che a Brick non piaceva, ma che gli toccava sopportare.

L'uomo sembrava affamato, ma non di hamburger, quando chiese: "Cosa ha fatto di male oggi?"

Fino a quel momento, Londyn non aveva fatto nulla di male. Anzi. Ma non poteva dirlo a Kramer. "Ha speso troppo. Più della sua paghetta."

Kramer si accigliò. "Come fai a saperlo?"

"Ho tenuto d'occhio la carta di credito mentre erano fuori."

"Perché non le hai detto di smettere di fare acquisti quando te ne sei accorto?"

Brick sorrise e scosse la testa, come se Kramer non avesse capito nulla. "Che divertimento ci sarebbe, Chris?"

"Immagino nessuno, per te."

"Immagini bene." Brick si alzò dalla sedia a sdraio dove era seduto e si avvicinò alla griglia che Kramer stava accendendo. "Barb non ha una paghetta?"

"Si guadagna da sola i suoi soldi. Ma per fortuna è piuttosto parsimoniosa."

Giusto: più soldi per lui.

"Gertie ama spendere. Anzi, scialacquare. A volte devo ricordarle che non sono fatto di soldi."

"Immagino che tu guadagni bene come ingegnere informatico."

Merda, meglio evitare che la conversazione si spostasse su un lavoro di cui Brick non sapeva quasi nulla. "Me la cavo bene, ma vorrei fare di meglio. Apprezzerei qualche altro consiglio di investimento, se ne hai."

"Certo." Kramer sorrise e gli fece eco: "Me la cavo bene."

"Ne sono certo," mormorò Brick. Soprattutto quando aveva a disposizione un paio di milioni provenienti dalla morte "accidentale" della moglie.

Ma per fortuna il mercato azionario era un argomento di cui Kramer amava parlare e di cui, come l'altra sera, continuò a discutere mentre Brick lo incoraggiava con qualche domanda occasionale, fino a quando non gli venne voglia di strapparsi i timpani.

Ecco perché Brick si rivolgeva a un broker per investire il suo denaro, anche se a Kramer aveva detto il contrario. Tutto quel gergo borsistico gli faceva scoppiare il cervello.

Ma rimase ad ascoltare, simulando interesse e mordendosi l'interno della guancia per non urlare, finché il ritorno delle donne con il necessario per apparecchiare la tavola in mano non distrasse Kramer, facendogli cambiare argomento quando chiese alle donne della loro giornata.

Meno male, cazzo.

Ma il sollievo durò poco, perché a quel punto gli toccò sentir parlare di shopping, scarpe, accessori e abiti per altri venti orrendi minuti.

Cazzo. Come cazzo faceva la gente a sopravvivere a quella merda di una "beatitudine domestica?"

Cominciavano a venirgli i crampi alle guance a furia di

tenere il sorriso stampato sul volto e di fingere interesse. Avrebbe preferito camminare in acqua per trenta minuti con l'equipaggiamento completo e la corrente forte e gelida piuttosto che prendere parte a tutte quelle chiacchiere senza senso. Ma aveva bisogno di un'opportunità per entrare in casa non accompagnato. Era proprio quello lo scopo di quella finta amicizia.

Quando Kramer iniziò a impiattare gli hamburger grigliati, le donne rientrarono e loro due si sistemarono a tavola in un beato silenzio amichevole, sorseggiando la birra fresca che Barb aveva portato loro qualche minuto prima.

Brick si sedette in modo da osservare contemporaneamente le donne che uscivano dalla casa e Kramer. Mentre le due donne portavano i piatti di cibo, con la coda dell'occhio lui notò che Kramer posava lo sguardo su Londyn, che si fermò per poi rivolgere a Barb un sorriso innocente mentre si avvicinava al tavolo.

Porca troia.

Brick non aveva prestato molta attenzione a ciò che Londyn indossava quando era uscita di casa quella mattina; ora si rese conto che portava quei tacchi rossi che aveva ai piedi quando lui l'aveva conosciuta a Shadow Valley.

Quei cazzo di tacchi.

Glieli avrebbe fatti tenere quella notte.

E l'avrebbe anche fatta spogliare completamente, tranne che per le scarpe, che le avrebbe sfilato dai piedi una alla volta, leccandola dalle dita dei piedi fino alla fica umida e soda.

Brick si spostò sulla sedia e la sua mano si tuffò sotto il tavolo per aggiustare la sua improvvisa semi-erezione. Che si sgonfiò rapidamente quando il tacco di Londyn si impigliò nel bordo di un'asse della veranda e per poco lei non cadde di faccia.

Prima che Brick potesse alzarsi dal suo posto per sorreggerla, il braccio di Kramer scattò e afferrò Londyn, tenendola in piedi.

"C'è mancato poco." Londyn rise, ancora aggrappata alla ciotola di insalata di maccheroni.

Quando i suoi occhi si abbassarono verso il punto in cui la mano di Kramer la teneva ancora stretta, la sua espressione cambiò e Brick abbassò lo sguardo verso il punto che lei stava fissando.

Un po' di maionese punteggiava l'avambraccio di Kramer.

"Mi dispiace tanto!" esclamò la donna, guardandosi intorno. "Non ho un tovagliolo."

I loro sguardi si sollevarono dalla macchia sul braccio di Kramer e si guardarono l'un l'altro. Lui la fulminò con un'occhiata di sfida.

Lei sorrise. Davvero, questa volta.

Porca troia.

Brick strinse ancora di più gli occhi e le rivolse uno sguardo omicida.

"Nessun problema. Ce l'ho io," annunciò Kramer con una risatina stentata, lasciando andare Londyn per prendere il tovagliolo e pulirsi il braccio.

Brick riprese a respirare. Quando Londyn si sistemò sulla sedia accanto a lui, si sporse per fingere di darle un bacio sulla tempia, ma invece le sussurrò all'orecchio: "Quei cazzo di tacchi saranno l'unica cosa che indosserai più tardi."

Le labbra di lei si contrassero mentre accostava la bocca all'orecchio di Brick, fingendo di ricambiare il bacio. "Non vedo l'ora."

Capitolo dodici

La serata non sarebbe potuta finire abbastanza presto; c'era roba più importante da fare. Tuttavia, il piano consisteva nel trovare l'occasione di esplorare un po' la casa, per imparare almeno la sua disposizione.

L'attenzione di Brick si spostò dalla donna, le cui labbra gli avevano fatto cose incredibili, a Barb, quando notò che si strofinava le tempie e aveva un'aria sofferente.

Merda. Probabilmente Barb stava per avere una delle sue emicranie e presto sarebbe entrata in casa. C'era il rischio che il piano di Brick andasse a farsi fottere.

Lui non fu l'unico a notarlo.

"Stai bene, Barb?"

La donna rivolse a Londyn uno sguardo di scuse, ma sofferto. "Mi sa che comincio a sentire gli effetti della giornata."

"Emicrania?"

Barb strizzò gli occhi come se la luce le desse fastidio. "Sì. Mi dispiace interrompere di nuovo la serata. Vado di sopra, mi metto a letto e prendo una pastiglia."

Londyn e Brick si scambiarono uno sguardo e lui inclinò leggermente la testa, sperando che lei capisse che voleva dire che il piano sarebbe andato avanti. Brick doveva solo aggirare l'ostacolo.

Kramer aiutò Barb ad alzarsi dalla sedia e lei gli diede un rapido bacio prima di entrare in casa con un ultimo "buonanotte," lasciando loro tre da soli.

Si sperava che Barb andasse direttamente al piano di sopra e che la sua emicrania, fosse abbastanza debilitante da tenerla a letto, impedendole di sorprendere Brick mentre si aggirava furtivamente per la casa.

Brick diede un'occhiata furtiva all'orologio. Si stava facendo tardi; doveva fare qualcosa al più presto. Ora che Barb si era ritirata per la notte, non c'era un buon motivo per restare a casa dei due. Soprattutto se Kramer avesse deciso di concludere anticipatamente la serata.

Non appena Kramer entrò per andare a prendere un altro giro di birre, Brick si avvicinò a Londyn e sussurrò: "Intrattienilo mentre vado a curiosare. Se vuole entrare, prendi tempo come meglio puoi."

Non appena Kramer tornò, Brick si alzò dal suo posto a bordo piscina, dove si erano trasferiti dopo cena. Si premette una mano sullo stomaco con aria accigliata. "Chiedo scusa, ma devo andare in bagno. Non ti dispiace tenere compagnia al mio pasticcino, vero, Chris?"

L'uomo rivolse a Brick un sorriso rapace che lui avrebbe voluto cancellargli dalla faccia. "Niente affatto."

Certo che no. Ci volle tutto l'autocontrollo di Brick per entrare e lasciare Londyn da sola con quel tipo.

Brick attraversò velocemente la casa, limitandosi al pianterreno, poiché sembrava che Barb avesse fatto quello che aveva detto e fosse salita al piano superiore. Sul retro della casa trovò una stanza che sembrava l'ufficio di Kramer. Brick frugò con attenzione fra le carte sparse sulla grande scrivania di legno e accese il computer, solo per scoprire che era protetto da una password.

Se ne avesse avuto l'occasione, sarebbe tornato lì e avrebbe fatto una telefonata a Walker per vedere se fosse possibile entrare nel sistema. Ma per ora non ne aveva il tempo. Quella sera era lì solo per una ricognizione.

Aprì tutti i cassetti della scrivania, trovando il tipico materiale da ufficio. Niente di sospetto. Anzi, tutta roba normale e molto noiosa.

In un angolo della stanza, un grande schedario a quattro cassetti era aperto e conteneva i classici faldoni di una famiglia e di una persona che giocava in borsa: bollette, dichiarazioni dei redditi e vari documenti di tipo commerciale. Tuttavia, accanto allo schedario ce n'era un altro più piccolo. E, curiosamente, entrambi i cassetti erano chiusi a chiave.

Brick passò poi all'armadio, sperando di trovare un mazzo di chiavi nascosto all'interno. Non ne trovò, ma scovò una cassaforte. Il che significava che lì potevano essere conservati i documenti importanti. Più importanti dei classici certificati di nascita, atti di proprietà e libretti delle auto.

Porca miseria. Brick non aveva alcuna esperienza nel forzare casseforti così come il resto degli Shadows.

Prima di chiudere la porta dell'armadio, Brick notò un oggetto appoggiato nell'angolo posteriore. Sembrava un Mossberg 500, un fucile usato per la difesa domestica. Non si sarebbe stupito se fosse stato carico, ma non aveva la minima intenzione di lasciarci le impronte digitali sopra per controllare.

Chiuse la porta e girò la testa per fissare di nuovo lo schedario più piccolo chiuso a chiave. Le chiavi dovevano essere da qualche parte nell'ufficio. Dubitava che Kramer le portasse sempre con sé e, se era come il tipico proprietario di casa, le teneva nascoste nelle vicinanze per comodità.

Tuttavia, Brick non voleva perdere troppo tempo a cercarle. Sebbene fosse sicuro che Londyn stesse facendo del suo meglio per tenere occupato l'uomo, non voleva che Kramer si insospettisse per la sua lunga assenza e venisse a cercarlo.

I suoi occhi scrutarono rapidamente la stanza e si soffermarono su un mobile dalle ante di vetro che conteneva dei libri. Ne controllò alcuni e non ci mise molto a trovarne uno di quelli vuoti, usati per nascondere la roba.

E *sì, cazzo*, all'interno del libro c'era un mazzo di chiavi molto piccole, adatte a un cassetto della scrivania o a uno schedario. Tirò un sospiro di sollievo quando una chiave fece scattare la serratura dello schedario.

Brick aprì il primo cassetto e fissò una pistola compatta. Non conosceva la marca e non aveva la minima intenzione di toccarla, ma dalla scatola di munizioni apertavi accanto, sembrava una calibro quaranta. C'erano anche un paio di scatole di pallettoni per il Mossberg.

Anche se era bene tenere presente che l'uomo aveva una pistola, possederne una non era raro. E tenerla sottochiave, almeno la pistola, era una mossa intelligente. Tuttavia, non era quello che Brick stava cercando, dato che Teresa non era stata uccisa da un proiettile.

Chiuse silenziosamente il cassetto superiore e aprì quello sottostante. Altri faldoni. Solo alcuni di essi erano contrassegnati. Brick sfogliò quelli che non lo erano.

Proprio come sospettava, Kramer aveva conservato delle copie delle polizze di assicurazione sulla vita di Teresa, insieme a copie della corrispondenza relativa al pagamento e altro ancora. Il fatto che le avesse non dimostrava la sua colpevolezza.

In un altro faldone, Brick trovò l'attuale polizza che Kramer aveva sottoscritto per se stesso, la quale aveva una copertura misera – rispetto a quella di Teresa – di duecentomila dollari. Quando guardò la data di inizio della polizza, Brick la confrontò con quella di Teresa. Stessa data. Il beneficiario, però, era stato cambiato in Barb dopo la morte della moglie. Non molto tempo dopo, in realtà.

Brick alzò la testa e tese le orecchie per udire voci o passi. Niente.

Fin lì tutto bene.

Tirò fuori un altro faldone e trovò qualcosa di interessante, ma non inaspettato. Altre due polizze, anch'esse stipulate dopo la morte di Teresa, ma queste erano per Barb. E, guarda un po', anche quelle erano da un milione l'una.

Ma. Che. Cazzo.

Quell'uomo era così pazzo da tentare di ripetere lo stesso giochetto? Da uccidere la sua attuale donna solo per fare cassa?

Nessuno era così stupido da correre un rischio del genere, vero? A meno che, ancora una volta, i soldi non fossero più importanti della vita. Ma come pensava Kramer di passarla liscia per la seconda volta?

Era ora che lui e Londyn se ne andassero. Adesso che Brick sapeva dove si trovava l'ufficio di Kramer, avrebbe dovuto trovare un altro momento in cui intrufolarsi per frugare tra le scartoffie con molta più calma. E per entrare in quel computer.

Richiuse l'armadietto, rimise la chiave nel suo nascondiglio e, passando davanti al bagno degli ospiti, entrò rapidamente, tirò lo sciacquone e fece scorrere l'acqua, prima di tornare a raggiungere Kramer e Londyn fuori.

Ma quando si avvicinò alla cucina, sentì delle voci basse.

Kramer doveva essere entrato e Londyn lo aveva seguito per distrarlo.

Meno male, cazzo.

Ma per poco non gli scoppiò la testa quando sentì Kramer mormorare in tono sensuale: "Non posso mangiare una costata di manzo tutte le sere. Ma ogni tanto mi piace affondare i denti in un bel taglio di carne grassa."

Ma che cazzo? Nessuno si sarebbe mangiato Londyn tranne lui.

Si aspettava di sentire Kramer gridare quando Londyn gli avrebbe dato una ginocchiata nelle palle per averla definita un pezzo di carne grassa, ma la sentì solo ridacchiare.

Ridacchiare.

A che gioco stava giocando?

Un gioco pericoloso, ecco quale.

Un conto era prendere Kramer all'amo, un altro incoraggiarlo a prendersi delle libertà.

Brick rilassò i muscoli della mascella, che aveva serrato, e girò l'angolo per entrare in cucina, dove si fermò.

Londyn, premuta contro il lavandino, aveva le mani immerse nell'acqua saponata e Kramer la ingabbiava.

L'uccello di Kramer non era premuto contro la schiena di lei, ma ci era dannatamente vicino.

Figlio di puttana.

Lei aveva la testa girata per guardare Kramer da sopra la spalla e stava *sorridendo* – invece di mandarlo a stendere – finché non vide Brick. "Oh, ehi, tesoro! Chris mi sta dando una mano."

Certo, le stava dando una cazzo di mano.

Kramer si affrettò a tirarsi indietro, lo sguardo guardingo mentre si voltava verso Brick. "Gertie è stata così gentile da aiutarmi a pulire, visto che Barb è andata a letto."

Londyn annuì. "Non volevo che scendesse domattina e trovasse questo casino."

Giusto. Probabilmente Barb non avrebbe voluto trovare nemmeno il "casino" del suo uomo che intrappolava la moglie di Brick contro il piano.

Cazzo. La moglie di Seamus.

Brick inalò dal naso e, una volta che fu in grado di mantenere la voce a un livello uniforme, ringhiò: "Il mio pasticcino. Sempre così disponibile."

Lo sguardo di Kramer scivolò da Londyn a Brick. Lo stronzo non aveva nemmeno la decenza di mostrare imbarazzo dopo essere stato beccato a provarci con la moglie di Brick.

La moglie di Seamus.

Porca miseria.

"Vado a pulire la griglia e a portare dentro altro sporco. Tu sei a posto?"

Se *lei* era a posto?

Forse, in quel momento, Kramer avrebbe dovuto preoccuparsi per se stesso.

Londyn accarezzò il petto di Kramer, facendogli un sorrisetto, e disse: "Sono a posto."

A quel punto Kramer rivolse un piccolo cenno a Brick e tornò in veranda. Ma da dove si trovava, accanto alla griglia, scorgeva la cucina e a Brick non sfuggì che li stava osservando con interesse.

Che l'uomo avesse paura che Brick punisse Londyn o che fosse eccitato da quella prospettiva e volesse guardare, a Brick non fregava un cazzo.

Quello di cui gli fregava era che Kramer mettesse le mani addosso a Londyn.

Invece di avvicinarsi a lei, disse: "Pasticcino, credo che tu debba andare in bagno." Londyn rimase immobile per un attimo e quando sollevò le sopracciglia, lui disse sottovoce: "Ci sta guardando."

Scuotendo la testa, Londyn si pulì lentamente le mani con uno strofinaccio e rispose a bassa voce: "Allora è meglio che tu venga a prendermi."

Brick attraversò la cucina a passi lunghi e decisi, con la mascella serrata e le narici dilatate, recitando la parte del marito incazzato.

Il problema era che quella non era solo recitazione.

Afferrata Londyn per il polso, la trascinò fuori dalla cucina nel corridoio e la bloccò contro il muro, petto contro petto, tenendole i polsi bloccati fra le mani.

"Volevi che lo distraessi per poter fare quello che dovevi fare. Ci stavi mettendo una vita."

Un ringhio risalì la gola di Brick, che le si avvicinò moltissimo. "Può guardare. Può sperare. Può anche fantasticare. Ma quello che *non* può fare è toccare, cazzo."

Gli occhi azzurri della donna si spalancarono, poi le palpebre si fecero pesanti e un sorriso le incurvò le labbra schiuse. Il suo fiato caldo si mescolò a quello di lui quando disse: "Mi hai appena fatta bagnare."

"Sono stato io o Kramer?"

"Tu che ringhiavi. Io cavernicolo, tu donna. Era spaventosamente eccitante."

La rabbia si era esaurita e il desiderio di scopare Londyn contro quel muro, proprio lì in casa di Kramer, con il rischio che l'uomo li scoprisse, imperversava.

"Quanto sei bagnata?" Brick mormorò contro le labbra di lei. Prendendole entrambi i polsi in una mano, li premette contro la parete sopra la testa di lei e sfiorò con le nocche uno e poi l'altro dei suoi capezzoli eretti prima di scendere.

Tenendo i loro sguardi fissi l'uno nell'altro, Brick aprì con un pollice il bottone della gonna e fece scorrere la cerniera abbastanza in basso da far scivolare la mano all'interno. Non solo Londyn aveva indossato la gonna per cui lui aveva insistito, ma non aveva nemmeno le mutandine.

Proprio. Come. Le. Aveva. Detto. Lui.

Non si sarebbe mai aspettato che lei stesse tutto il giorno senza mutande; non si sarebbe mai aspettato che lei accogliesse quella richiesta, visto che faceva parte della finzione.

Ma Londyn lo aveva fatto.

E ora il respiro della donna si fece affannoso mentre la punta del dito di Brick trovava il clitoride e lo circumnavigava. Poi lui le prese la bocca per catturare il suo gemito mentre faceva scivolare il medio dentro di lei.

Cazzo sì, Londyn non aveva mentito. Era bagnata da morire.

I loro baci divennero frenetici con Londyn che iniziò a sbattere contro il muro, cavalcando il dito di Brick mentre lui le premeva il pollice contro il clitoride.

Non ci vollero minuti. Ci sono vollero secondi. Perché lei esplodesse. Perché lui sentisse il suo calore pulsargli intorno. Perché Brick soffocasse il grido di Londyn nella sua bocca.

Quando lei si appoggiò di nuovo al muro, lui ruppe con cautela il sigillo delle loro labbra e sfilò lentamente la mano dalla gonna di lei. Prima di liberarle i polsi, sollevò la mano e si infilò il medio in bocca, succhiandolo per bene.

Quando ebbe finito, si avvicinò e le ringhiò nell'orecchio: "Lui non potrà mai avere questo. È mio."

Il corpo di lei si contorse contro di lui e Brick la liberò prima di rincarare la dose.

"Adesso salutiamo e poi torniamo a casa. Niente ritardi, niente scuse. E quando entreremo da quella porta, tu andrai subito di sopra, ti toglierai tutto tranne quei tacchi, ti metterai sul letto e mi aspetterai."

Quando le gambe di lei vacillarono, Brick arricciò le dita intorno alla sua nuca e la tirò a sé. "Hai bisogno che ti aiuti?"

Lei annuì ed emise un tremolante, "Sì."

Brick lasciò che il suo sorriso si allargasse mentre la aiutava ad allacciarsi la gonna e accompagnava Londyn in veranda per far sapere a Kramer che stavano andando.

Con un braccio attorno alla vita di Londyn, allungò la mano e Kramer la strinse.

Poi portò a casa la sua donna.

BRICK FACEVA il cucchiaio grande mentre si accoccolava intorno a lei e il suo calore la riscaldava dall'esterno verso l'interno.

Il sesso, dopo che erano tornati dalla casa dei vicini, era stato esplosivo e lei aveva rischiato di perdere i sensi un paio di volte per alcune delle cose che lui aveva fatto con la lingua e le altre dita.

Lui le aveva chiesto di tenere i tacchi. Lei lo aveva fatto.

Dopo averla scopata la prima volta in modo brusco e veloce, quando lui gliele aveva sfilate *lentamente* una alla volta, lei aveva quasi raggiunto l'orgasmo quando la bocca dell'uomo aveva fatto ogni genere di cose ai suoi piedi, alle caviglie, ai polpacci, dietro le ginocchia...

Il ricordo la fece contrarre tutta.

Si girò fra le braccia di Brick e lo trovò con gli occhi chiusi, le labbra leggermente aperte e il respiro regolare come se stesse dormendo.

Non era sicura se l'uomo dormisse davvero, perché di solito, dopo che lei si era addormentata, lui si allontanava da lei per concedersi un po' di spazio.

Passò la punta delle dita sui suoi lineamenti rilassati.

Sulla fronte, sul naso, su entrambi gli zigomi e lungo i corti peli che coprivano il labbro superiore e la mascella forte e affilata.

Stava delineando delicatamente le sue labbra quando la lingua di lui uscì e le toccò il dito, ma gli occhi di Brick rimasero chiusi.

Le dispiaceva per tutte le donne con cui Brick era stato nel corso degli anni, che avevano potuto goderselo solo per breve momento, che non avevano potuto sperimentare tutto di lui. Ne avevano avuto solo un pezzetto, anche se, in realtà, il "pezzetto" che avevano avuto non era poi così piccolo.

Ma lei aveva ottenuto molto di più.

Le altre non avrebbero mai saputo che Brick era molto più di un'avventura di una notte, perché lui non dava liberamente certe cose.

Una volta finito il lavoro, quella cosa le sarebbe mancata. Quell'intimità con un uomo che non l'aveva mai condivisa con nessun'altra prima. Chissà se l'aveva fatto con lei solo perché erano costretti a convivere. O se avrebbero mai legato al di fuori dell'incarico.

Non lo avrebbe mai saputo.

"Sei tanto bello," lo stuzzicò dolcemente. "Avresti dovuto fare il modello."

Gli occhi di lui si spalancarono e la fulminò con lo sguardo. "Bello? Non si dice a un uomo che è bello, cazzo. Gli si dice che ha l'uccello grosso. Che è bravo con la lingua. Che ci sa fare con le parole. Ma non che è bello. Porca puttana."

Lei trattenne un sorriso di fronte a quell'indignazione fasulla. "Va bene, hai l'uccello grosso e bello. E anche la tua lingua non è male. E quello che hai fatto prima nel corridoio dei vicini..." Londyn emise un fischio lungo e sommesso.

"Ti è piaciuto, eh?"

Lei sollevò un sopracciglio. "Non si capiva?"

L'uomo sorrise.

L'episodio del corridoio le aveva fatto capire... "Non hai lavato la mano prima di stringere quella di Kramer."

"Devo essermelo dimenticato."

Stronzate. Gli occhi di Brick dicevano tutto. Aveva marcato il territorio come un cane.

"Hai dimenticato che non siamo sposati davvero?"

Qualcosa balenò negli occhi dell'uomo e lei sentì di nuovo nella sua testa le parole che lui aveva ringhiato: *"È mio."*

È mio. Non sei *mia.*

"O che non mi possiedi?"

"Kramer deve credere che sia così."

"Lui? O tu?"

"Londyn... Questo è un lavoro e noi stiamo recitando dei ruoli."

"Anche in questo letto? Questo non faceva parte dell'incarico."

"Questo è vero."

"Cosa c'è di vero? Di certo non Seamus e Gertrude."

"Quello che succede in questo letto. I tuoi orgasmi. Tutto vero."

"Quindi, quello che succede tra Brick e Londyn è reale." Lei si chiese se l'uomo si fosse reso conto di quello che aveva appena detto. Non importava. Aveva ragione: erano in missione, recitavano dei ruoli. "Stai dicendo che Seamus possiede Gertie."

"Giusto. Il culo di lei è suo."

"Questo significa anche che il mio culo non è di tua proprietà."

Gli occhi di Brick si strinsero e la sua espressione divenne vuota. "Giusto."

Giusto.

Stronzate.

"Sei mai stato possessivo con una donna prima d'ora?"

Un muscolo guizzò nella mascella di Brick. "Perché stiamo parlando di questa cosa?"

"Rispondi alla domanda e basta."

"No, ma del resto non me le tengo vicine abbastanza a lungo da correre il rischio."

Il rischio.

"C'è mai stata una donna che hai pensato di invitare a tornare, magari a passare un po' di tempo nella tua vita?"

"No."

"Perché?"

"Non è quello che cerco."

"Cosa cerchi?"

"Londyn...

"Cosa cerchi?" chiese lei.

"Che cazzo te ne frega?"

Non avrebbe dovuto fregargliene un cazzo, ma invece... "Lo sai, almeno?"

L'uomo le voltò le spalle, evitando il suo sguardo indagatore. "Non cerco nulla. Ora lasciamo perdere queste stronzate e dormiamo un po'."

"Se riuscissi a dormire, non staremmo parlando."

"Ti ho scopata due volte; dovresti essere stanca."

"*Mi* hai scopata due volte. Hai mai notato come descrivi le cose? *Mi* hai scopata. Non *abbiamo* scopato. *Questo è mio.* È una rivendicazione di proprietà."

"Stai davvero tirando fuori queste stronzate da femminista? Prima mi hai detto che la storia dei cavernicoli ti ha fatta bagnare. Stavi mentendo?"

Porca miseria, era vero. "No." Comunque, non importava nulla di tutto ciò. Per la millesima volta, Londyn ricordò a se stessa che erano in quella casa per un motivo e che, una volta esaurito quel motivo, avrebbero preso strade diverse. Brick sarebbe tornato a "scorrere a destra" e a scoparsi qualunque cosa avesse le tette, e lei se ne sarebbe andata...

Da qualche parte.

Non aveva ancora idea di dove. Ma non voleva tornare a New York.

Non aveva senso insistere con Brick su qualcosa che presto non avrebbe avuto importanza, quindi doveva lasciar perdere. Doveva concentrarsi sul motivo per cui si trovavano in quella casa.

"È un peccato."

Il corpo di Brick si irrigidì accanto a lei. Probabilmente si aspettava che lei gli rompesse ancora le palle.

Londyn pose fine alle sue sofferenze. "Barb non mi dispiace."

Brick si rilassò. "Potrebbe essere complice di un omicidio."

"Ci vedrei bene come amiche, se non fosse per tutta questa situazione." Londyn si era rotolata sulla schiena quando l'aveva fatto lui; ora si voltò per studiare il suo profilo nel buio. "Eri un cecchino. I cecchini non sparano alle lattine. E io vengo a letto con te."

"Non ho mai ucciso nessuno per puro profitto."

"La guerra non si fa per profitto?"

Brick sospirò. "A me non è mai venuto in tasca un cazzo. Noi eravamo solo i coglioni che facevano il lavoro sporco per far sì che qualcun altro intascasse dei soldi."

"E ne portate le cicatrici."

"E ne portiamo le cicatrici," ripeté Brick sottovoce. "Quello che ho fatto sotto le armi non era considerato omicidio."

"Solo sulla carta. Ma hai comunque tolto delle vite."

"Era il mio lavoro."

"Sono sicura che non sia facile. E adesso?"

Ancora una volta, l'uomo si mise a sedere accanto a lei. "Adesso?"

Lei agitò una mano in aria. "Questi incarichi *pagati*. Non hai mai ucciso nessuno?"

"Londyn..."

"Cosa c'è? Pensi che non abbia capito cosa fate voialtri? Dimmi, hai mai ucciso qualcuno che non meritava di morire?"

"È mezzanotte, cazzo. Se hai voglia di chiacchierare, vai di sotto e chiama tua sorella."

Londyn ignorò le lamentele dell'uomo, perché voleva discutere delle sue preoccupazioni. "Non sono sicura che Barb sia complice, Brick. Non ce la vedo proprio. E quelle sue emicranie mi insospettiscono. Ha detto che sono iniziate solo dopo che lei Kramer hanno iniziato a vivere insieme. Non le aveva mai avute in vita sua. Potrebbe essere una coincidenza, ma se non lo fosse?"

"Molte persone soffrono di emicrania."

"Il mio istinto dice altrimenti."

Brick gemette. "Detesto dirlo, ma il tuo istinto potrebbe avere ragione. Non solo ho trovato le polizze che Kramer aveva aperto per la defunta moglie, ma ne ho trovate due su Barb in uno schedario chiuso a chiave."

Londyn prese fiato. "Per quanto?"

"C'è bisogno di chiederlo?"

"Cazzo. Avevo ragione."

"Può darsi. E se hai ragione, non riesco a immaginare che Kramer voglia far fuori Barb nello stesso modo in cui ha fatto fuori sua moglie. Dovrebbe trattarsi di un altro tipo di incidente o di una malattia di qualche genere. Altrimenti, qualcuno si insospettirebbe."

"Due donne con cui hai avuto una relazione, morte a

pochi anni di distanza l'una dall'altra, non bastano a suscitare sospetti?"

"Può darsi che Kramer abbia più culo che anima." Brick rotolò su di lei e la bloccò sul materasso con il suo peso schiacciante. "Ora, visto che non mi lasci dormire e che la tua bocca continua a parlare, ho qualcosa di meglio da farti fare."

"Che cosa?" lo stuzzicò lei.

Invece di rispondere, Brick si alzò di scatto e si spostò fino a mettersi a cavalcioni sulla sua vita. Dopo aver preso un paio di cuscini, glieli infilò sotto la testa. Mentre lo faceva, lei guardò il suo uccello crescere. Si spostò in avanti fino a quando non si trovò a pochi centimetri dalle labbra di lei.

"Devo tirare a indovinare?" chiese.

"Hai un tentativo."

"Karaoke?"

"Quasi." Il pollice di Brick le spinse il labbro inferiore verso il basso, aprendole la bocca. "Tira fuori la lingua." Brick raccolse il liquido seminale dalla punta dell'uccello sul polpastrello del pollice e glielo spalmò sulla lingua. "Chiudi la bocca e dimmi di cosa sa."

"Di te."

"Ne vuoi ancora?"

"Lo voglio tutto."

E lui glielo diede.

Capitolo tredici

Una goccia di sudore gli scivolò sulla fronte e si impigliò per un attimo nel sopracciglio prima di rotolare nell'occhio, facendoglielo bruciare.

Poi un'altra.

E un'altra ancora.

Lui sbatté le palpebre per schiarirsi la vista, ma a parte quello non si mosse.

Non distolse lo sguardo.

Mantenne la concentrazione.

Sulla soglia buia della capanna di fango.

Finché le ombre non sembrarono spostarsi.

Ma poteva essersi sbagliato. Poteva esserselo immaginato.

Poi scoprì che non era così.

Dall'ombra emerse un bambino.

Di cinque anni.

Forse.

Un bambino di cinque anni che avrebbe dovuto essere mandato fuori a giocare con le macchinine, non con gli esplosivi. Un bambino di cinque anni che avrebbe dovuto essere abbracciato dal padre, non da un giubbotto suicida.

Quale padre – Brick sperava di sbagliarsi – avrebbe potuto sacrificare il proprio figlio in quel modo? Per cosa?

Il padre baciò la fronte del ragazzo, poi gli arruffò i capelli. Il giubbotto esplosivo doveva pesare quasi quanto il bambino.

Un cazzo di bambino. Uno strumento fra le brutture della guerra.

Un bambino. Presto un ricordo.

Forse un ricordo per una famiglia che usava il proprio figlio come pedina. Ma sicuramente un ricordo indelebile per Brick.

Il suo osservatore esortò: "Hai la linea di tiro libera. Spara!"

E ancora. "Briggs, devi sparare. Ora."

E ancora. "Non riuscirai mai a perdonarti se non lo fai."

Non potrò mai perdonarmi se lo faccio.

Brick esalò fino all'ultima molecola d'aria dai polmoni. Aveva la linea di tiro libera. Sarebbe stato un colpo pulito. Ma non per la sua anima.

Sacrificare uno per salvare molti.

Sacrificare uno per salvare molti.

Sacrificare uno per salvare molti.

Ma quell'uno non avrebbe dovuto essere un bambino.

Un bambino che non era più un bambino, un innocente, ma un assassino. Non per sua scelta, ma per volontà degli adulti che il bambino amava e di cui si fidava.

Brick svuotò di nuovo i polmoni mentre un'altra goccia di sudore gli scivolava lungo la tempia. Il suo dito sfiorò il grilletto.

Ora o mai più.

Non aveva scelta.

Sacrificare uno per salvare molti.

Premette dolcemente il grilletto. Poi chiuse gli occhi.

Non ebbe bisogno di guardare per sapere se avesse colpito il bersaglio. Lo sapeva. Glielo aveva detto l'esplosione. La caduta aveva innescato il detonatore. L'unica differenza nel risultato era il luogo in cui era avvenuta l'esplosione. Brick aveva eliminato l'attentatore prima che questi potesse eliminare un gruppo di suoi commilitoni.

Quel giorno, lui aveva salvato delle vite. Ma ne aveva distrutta una che non avrebbe mai dimenticato. Quel ricordo gli sarebbe rimasto per sempre impresso a fuoco nell'anima.

Non perché aveva eliminato una minaccia. Ma perché quella minaccia era un bambino innocente.

Dopo aver ignorato il fischio nelle orecchie e dopo quella che gli era parsa una vita, aveva finalmente riaperto gli occhi.

Il padre, il figlio, la casa. Tutto sparito. Restavano solo pezzetti di niente.

Quasi come se non fossero mai esistiti.

* * *

Non riusciva a liberarsi dalla presa sulla sua uniforme. Lo stavano spingendo in un posto dove non voleva andare.

Sott'acqua.

Con l'equipaggiamento completo addosso, Brick era fortemente appesantito e faticava già a tenere la testa fuori dall'acqua. Ogni volta che riusciva a risalire in superficie, veniva respinto verso il basso.

L'acqua salata gli riempì il naso e i polmoni, gli punse gli occhi.

Non riusciva a vederci. Non riusciva a urlare. Non riusciva a respirare.

Stava annegando.

Doveva lottare. Liberarsi.

Così, combatté. Lottò.

Vedeva la superficie: era proprio lì. Ancora qualche calcio con gli stivali pesanti e pieni d'acqua e avrebbe potuto inspirare aria fresca.

Solo qualche altro calcio.

E avrebbe potuto a respirare.

BRICK ANSIMAVA quando gli si aprirono gli occhi. Era buio. Un rumore accanto a lui lo fece scattare seduto. Gli ci vollero alcuni istanti per rendersi conto di dove cazzo si trovava e, quando lo fece, accese la lampada accanto al letto.

Cazzo. Cazzo... Cazzo.

Si voltò verso il lato del letto di Londyn, che si alzò a sedere, portandosi una mano alla guancia con il volto corrucciato dal dolore.

"Che cazzo è successo?" sbottò lui, afferrandole la mano e allontanandola.

"Mi hai dato una gomitata in faccia."

Porco cazzo.

Brick le strinse delicatamente la mano e cercò sangue sul viso. Niente. Ma la donna aveva un grosso segno rosso sulla guancia sinistra. Un segno che sarebbe diventato un livido.

"Stavi parlando nel sonno."

"Cosa dicevo?"

Brick avrebbe dovuto prevedere quel problema. Sapeva di avere degli incubi, ma non si era reso conto del danno che avrebbero causato.

"Urlavi 'Non voglio farlo, cazzo! Non posso farlo!'"

Porco cazzo.

"E quando ti ho toccato per svegliarti, hai dato di matto."

"Mi dispiace tanto, cazzo. Non ti farei mai del male, cazzo. Lo sai, vero?"

"Non l'hai fatto apposta."

"Non avrei dovuto farlo, cazzo!" urlò Brick, alzandosi dal letto. Abbassò la testa, prese fiato, poi la sollevò per guardare Londyn, che sembrava minuscola in quel grande letto. La macchia rossa stava già diventando più scura.

Vaffanculo, porca troia.

"Ti porto del ghiaccio."

Non si prese nemmeno il tempo per infilarsi i pantaloncini. Scese di corsa le scale, prese un sacchetto di mais surgelato che trovò nel freezer e salì i gradini a due a due per tornare da lei.

Al suo ritorno, Londyn era appoggiata alla testiera del letto e trasalì quando si toccò la ferita.

"Non toccare; peggiori solo la situazione."

Brick tornò a letto, si sistemò contro la testiera e si attirò Londyn in grembo. Lei gli prese il sacchetto e se la premette sulla guancia sibilando.

"Fa male?"

"È freddo."

"Deve essere freddo, tesoro. È congelato." Attirandola contro il suo petto, Brick le accarezzò i capelli mentre rimanevano lì per un po' con il mais ghiacciato contro il viso di Londyn. "Forse non dovremmo dormire insieme."

"Per niente?"

"Intendevo la parte del sonno vera e propria. Non mi ero accorto di parlare nel sonno prima di te." Perché non aveva mai dormito con nessuno. Fare sesso, sì. Dormire, no.

"Perché non fai entrare nessuno."

Brick si irrigidì. "Cosa vuoi dire?"

"Voglio dire che lasci che le persone ti vedano in superficie. Non permetti a nessuno di scendere in profondità. Ecco perché ti piacciono le avventure. Nessuno ha la possibilità di vedere altro che quello che tu gli permetti di vedere."

"Mi stai psicanalizzando?"

Lei gli premette la mano sul petto. "No. Ti sto solo dicendo quello che ho osservato da quando ti ho conosciuto e lo sto mettendo insieme con quello che tu stesso mi hai detto."

Cristo. La risposta non era "no," era palesemente "sì."

"Credi che, se non lasci avvicinare nessuno, nessuno vedrà quello che nascondi."

Porca troia. Psicanalisi o meno, Londyn aveva ragione. Nessuno si sarebbe mai aspettato ciò che perseguitava Brick, perché lo celava tanto bene. Nascosti o meno, i fantasmi come il suo erano difficili da uccidere.

Permanevano come un cattivo odore.

"Ho le orecchie. Se vuoi parlarne, ci sono."

Brick fece il finto tonto. "Di cosa?"

"Di qualunque motivo per cui hai gli incubi."

"Perché dovrei volerne parlare?" Cosa che lui non voleva fare.

"Potrebbe esserti d'aiuto."

"Non ne parlo mai. E il motivo è che parlarne avvicina i fantasmi alla superficie. E allora diventa più difficile combatterli." Aveva già detto troppo.

"Forse, se li porti in superficie, riuscirai a liberarti di loro."

Un brivido gli salì lungo la schiena. Le parole di Londyn richiamavano molto la parte dell'incubo che aveva preceduto il risveglio. La parte in cui lui non era più nel deserto, ma stava annegando.

Le stampò un bacio sulla tempia, facendo attenzione alla ferita. "Mi dispiace di averti fatto male."

"Ma non vuoi parlarne."

"Ma non voglio parlarne." *Non posso. Se lo faccio, potresti non guardarmi più allo stesso modo. E questo mi ucciderebbe, cazzo.*

"Posso chiederti una cosa?"

Era inutile che Brick rispondesse, perché lei glielo avrebbe chiesto in ogni caso.

Londyn era fatta così.

"Prendere una vita umana ti consuma?"

Caaaazzo, quella non se l'aspettava. Gli si strinse il petto e gli si agitò lo stomaco. "È solo un obiettivo. Niente di più."

"Mai?"

"Non può essere altro."

Era la bugia più grande lui che avesse mai detto.

Capitolo quattordici

L'uomo non fece rumore mentre si avvicinava, ma lei avvertì comunque la sua presenza. Era un po' snervante, la silenziosità con cui Brick si muoveva quando voleva.

Per qualche motivo, quel pomeriggio voleva avvicinarsi di soppiatto a lei.

Ma ogni volta che si avvicinava, il sangue di Londyn cominciava a vibrare, quindi lui non riusciva quasi mai a sorprenderla. Ma ciò non significava che lei non potesse stare al gioco.

Diede un'ultima mescolata all'impasto dei brownies e aspettò. Mentre lo faceva, un formicolio le percorse la spina dorsale e le fece venire la pelle d'oca dappertutto. Ovviamente, i suoi capezzoli divennero due enormi protuberanze che cominciarono a desiderare la sua bocca.

Purtroppo, quello avrebbe dovuto aspettare. Londyn doveva preparare i brownies. Avevano un lavoro da fare e non l'avrebbero fatto restando a letto tutto il giorno.

Non che lei si sarebbe lamentata se lo avessero fatto.

La sera prima, dopo che il mais congelato si era ridotto in

poltiglia, Brick si era trasferito nella camera degli ospiti per il resto della notte e Londyn aveva odiato ogni secondo. Sembrava tutto sbagliato.

Era sbagliato.

Non avrebbe permesso che quella notte fosse una replica della precedente. Gli avrebbe promesso di non svegliarlo più durante un incubo. Sperava che ciò bastasse a far sì che Brick accettasse di tornare nella camera da letto principale.

L'unico lato positivo del cambio di stanza era che lui non l'aveva svegliata quando si era alzato alle prime luci dell'alba per andare a correre. Ma ciò significava che non era passato molto tempo dalla cazzo di alba quando lui era tornato tutto sudato e si era infilato nel letto con lei.

Poi Brick aveva fatto del suo meglio per farli sudare entrambi. E c'era riuscito. Ciò aveva reso necessario fare la doccia. Che avevano fatto insieme prima della colazione e di un sacco di caffè.

Londyn non aveva mai fatto tanto sesso in tutta la sua vita. E non avrebbe mai detto di no.

Non era mica pazza.

Presto l'incarico sarebbe finito e lei sarebbe tornata "single." Quindi, doveva approfittare della situazione finché era possibile.

Aveva i capelli raccolti in un nodo disordinato sulla sommità del capo per tenerli lontani dal viso mentre cucinava, lasciando il collo e le spalle scoperti. Rabbrividì ancora una volta quando, senza dire una parola, l'uomo sfiorò con le labbra quei punti e l'attaccatura dei capelli.

Anche se non entrarono del tutto in contatto con la sua pelle, i corti peli ispidi della barba ben curata di Brick la sfiorarono qua e là. Il risultato fu un brivido ancora più forte, mentre tutto in lei si contraeva e si compattava.

Se l'uomo non fosse stato attento, lei gli sarebbe saltata addosso proprio lì, sul pavimento della cucina.

L'uomo premette le labbra sul suo collo e mormorò: "Cosa stai preparando?"

Londyn abbassò lo sguardo sull'impasto marrone scuro, chiedendosi perché non fosse ovvio. "Brownies."

Le labbra di lui si contrassero contro quelle di lei. "Allora Gertie ha imparato la lezione." E fece un passo indietro.

Londyn non aveva idea di cosa volesse dire, ma non aveva importanza, perché era troppo impegnata a piangere la perdita del contatto. "Ho pensato che sarebbe stata una buona scusa per andare da Kramer. Potrò salutare Barb e vedere come si sente, oltre a ringraziarla per la bella giornata che abbiamo passato insieme venerdì."

"Bella idea. Come sta la tua faccia?"

Quando lei si voltò verso di lui, Brick indietreggiò, assunse un'espressione di orrore e urlò: "Porca di quella miseria."

Londyn levò gli occhi al soffitto. "Come se non l'avessi visto stamattina quando mi hai raggiunta a letto. O sotto la doccia."

"Non ti stavo guardando in faccia." La spalla di lui sfiorò la sua mentre si sporgeva oltre lei e intingeva un dito nella ciotola dell'impasto.

"Ehi!"

Invece di mangiare l'impasto, lui le sporcò la punta del naso, poi si leccò il dito. "E comunque, so com'è fatto. Volevo sapere come stavi."

"Mi hai davvero messo dell'impasto sul naso?"

Lui alzò le spalle e sorrise. "Seriamente?"

Londyn si mise le mani sui fianchi. "Ora devi pulire."

Brick portava le lenti a contatto, quindi i suoi occhi azzurri risaltavano. "Davvero?"

"Sì."

"O cosa?"

"Cose."

L'uomo inarcò le sopracciglia e spalancò gli occhi mentre esclamava: "Cose? Mi sto cagando addosso!"

"Fai bene," sbuffò lei. Gli sollevò la parte inferiore della maglietta, facendo fatica a ignorare gli addominali scolpiti, e si pulì dal cioccolato.

"Ehi! Era una maglia pulita!"

"Ah sì?" A quel gioco si poteva giocare in due.

"Sei proprio insopportabile."

"Tu dici?"

La bocca di Brick si aprì in una O di finta indignazione, poi lui esclamò: "Wow. Te la sei cercata."

"Cosa mi merito? Una sculacciata?"

Le narici di Brick si dilatarono e le palpebre si fecero pesanti. "È questo che vuoi?"

"No."

"Bugiarda," sussurrò l'uomo.

Brick si allungò di nuovo verso la ciotola. Quando lei cercò di bloccarlo, il suo braccio vi urtò contro, rovesciando l'intero contenitore di impasto. "Brick!"

"Sei stata tu!"

"Per colpa tua!"

L'uomo rise mentre passava il dito nell'impasto che si spandeva come lava sul piano, gocciolando dal bordo e atterrando in fitte chiazze sul pavimento.

"Non farlo! Prendi un asciugamano." Mentre lei si allungava verso il cassetto che conteneva gli strofinacci, lui le afferrò il braccio, la fece girare e le passò un filo di cioccolato sul naso.

"Ehi!" Londyn cercò di allontanarsi. "Ho già fatto la doccia."

"Non mi interessa."

"Dovrebbe."

"Perché?"

Gli occhi di lei seguirono il dito di lui che si infilava di nuovo nel disastro. Il suo cuore cominciò a battere forte. La situazione non prometteva bene. "Perché ne avrai bisogno anche tu."

Lui rise di nuovo e quel suono, soprattutto dopo l'incubo della notte prima, fu musica per le orecchie di Londyn.

Brick aveva una risata meravigliosa, la cui profondità avvolgeva l'intera stanza. Lei non poté fare a meno di ridere con lui mentre l'uomo lanciava l'impasto appiccicato alla punta del dito nella sua direzione. E, naturalmente, poiché lui la teneva con una mano, lei non ebbe modo di schivare.

L'impasto le schizzò sul viso e sul petto e finì sulla canottiera rosa chiaro che indossava. "Cazzo! È guerra!"

"Una guerra che non puoi vincere."

"Ah no?"

L'uomo allargò i piedi e tirò indietro le spalle. "Provaci."

La bocca di Londyn si spalancò, i suoi occhi si sgranarono e, quando lui le lasciò il polso, lei si fiondò verso l'impasto. Ne raccolse due manciate, che le colarono tra le dita, e gliele lanciò addosso con tutta la sua forza.

Brick si abbassò, ma la maggior parte dell'impasto gli finì sulla testa e sulla schiena, oltre a schizzare sul pavimento e sugli armadietti. Lei si affrettò a ricaricare le armi e, quando ebbe due belle manciate di impasto, si precipitò su di lui, con l'intenzione di spalmargliele sul viso e sul petto. Ma i suoi piedi nudi scivolarono nell'impasto viscido e lei rischiò di fare la spaccata. Agitò le braccia per ritrovare l'equilibrio e non solo ricoprì Brick con parte dell'impasto, ma anche se stessa.

Brick aveva le ciocche di capelli impastate, la maglietta disastrata, il viso rigato da lacrime di cioccolato e...

Sorrideva.

Era una visione meravigliosa.

"Guarda che casino! Sei nei guai fino al collo," lo ammonì con occhi stretti.

"Tu lo sei. Hai cominciavo tu." L'uomo la oltrepassò, raccolse una manciata di impasto e gliela rovesciò sui capelli.

"Ehi!" strillò Londyn mentre l'impasto le scivolava dalla testa e le finiva sulla spalla. Sembrava fango freddo.

"Ora si può dire che hai dei capelli di merda."

Londyn afferrò un'altra manciata di impasto e gliela sbatté in faccia a tradimento. "Credo che tu abbia bisogno di una pulizia del viso, bellezza."

Brick si grattò via l'impasto dalle guance e dagli occhi e lo lasciò cadere con un tonfo umido sul pavimento. Le afferrò i polsi e, mentre la spingeva verso di sé, scivolò. Prima di riuscire a ritrovare l'equilibrio, cadde di peso, purtroppo trascinandola con sé. Lei sussultò mentre l'uomo si contorceva per attutire la caduta. All'impatto con le mattonelle, rimasero entrambi senza fiato.

"Contento adesso? Non solo abbiamo fatto un disastro, ma ora ci siamo entrambi sdraiati dentro."

"Ci *sono* sdraiato dentro," la corresse lui.

Londyn strillò quando lui li fece rotolare, in modo che la sua schiena, e tutto il resto, fossero schiacciati nell'impasto freddo sul pavimento.

"Ora *tu* ci sei dentro."

Lei sbatté le palpebre al suo indirizzo. "Chi pulirà questo disastro?"

"Tu."

"Mmm-hmm. Con il tuo aiuto. Com'è che sei sempre bello, anche quando sei sporco?"

L'uomo aggrottò le sopracciglia e si batté un dito sulla

tempia. "Sono sempre sporco. E tu sei fottutamente appetitosa in questo momento."

Le prese il viso con le dita coperte di impasto e lo fissò solo per un secondo prima di leccarle la punta del naso, gli angoli della bocca, e di toglierle l'impasto dalla guancia a forza di baci. Okay, più che altro lo spalmava sulla guancia con le labbra. Non era d'aiuto. Ma Londyn dubitava che gli importasse.

"L'impasto contiene uova crude. Potresti morire di salmonella," mormorò, senza però volere che lui si fermasse.

"È un rischio che sono disposto a correre, visto che morirò felice."

Le si strinse il cuore. Brick si rendeva conto di quello che aveva detto?

"Ma speriamo che un po' di impasto per brownies non mi faccia fuori."

"Magari non ti farà fuori, ma potrebbe avere effetti purganti," lo avvertì.

L'uomo scoppiò a ridere. "Londyn..."

"Sì?" sussurrò lei mentre l'erezione di Brick premeva sulla sua coscia. Aveva la sensazione di sapere dove lui volesse andare a parare.

"Tu mi uccidi."

Eccolo di nuovo. "Lo prendo come un complimento."

"Lo è," mormorò lui, abbassando la testa finché le sue labbra ricoperte di cioccolato non sfiorarono quelle di Londyn. "I brownies sono il mio dolce preferito."

"Tortosi o pastosi?"

"Oh, devono essere pastosi. Morbidi e caldi al centro. Come te."

"Allora è meglio testare il centro," sussurrò lei. "Per assicurarmi che sia cotto."

"Lo farò, ma non con uno stuzzicadenti."

Lei rise, ma si fece subito seria alla vista del fuoco negli occhi dell'uomo. Ormai conosceva quello sguardo, perché compariva ogni volta che lei era nuda e quando lui era deciso a farla venire così tanto da trasformarla in una pozzanghera. O in impasto per brownies, in quel caso.

"Non è che per caso hai un preservativo in quei tuoi pantaloncini cargo, vero?" *Per favore, di' di sì.*

"Sono come un boy scout: sempre pronto a ogni evenienza."

Le labbra di Brick schiacciarono quelle di Londyn e lei gemette. In parte per il commento, e poi per il modo in cui lui le prese la bocca, assumendo il controllo, affondando le dita nei suoi capelli e stringendoli con forza.

Santo cielo, quanto le piaceva che lui fosse il tipo di uomo che "prendeva il comando."

Gli strattonò il retro della maglietta e ruppero il bacio quanto bastava per permetterle di sfilargliela dalla testa e lanciare l'indumento umido e sporco di impasto da qualche parte in cucina. Lui le tirò la maglietta sulla pancia e seguì con la bocca, spalmando altro impasto per brownies dove prima non ce n'era.

Ma a lei non importava neanche un po'.

Brick le scoprì i seni e la sollevò quel tanto che bastava per farle passare la canottiera sopra la testa prima di lanciarla nella stessa direzione della maglietta.

Inginocchiatosi, l'uomo si fece scorrere i pantaloncini giù per le cosce e poi si mise a sbottonare quelli di lei, prima di chiederle di fare il resto con un secco: "Togliteli."

Mentre Londyn si sfilava i pantaloncini, lui si sfilò i propri e, dopo aver estratto un preservativo dal portafoglio, entrambi i pantaloncini sparirono da qualche parte oltre le spalle di Brick.

Londyn era lì, sdraiata nuda su un pavimento di

piastrelle coperto di impasto di brownies crudo, nella cucina di una casa in Florida con un uomo che non avrebbe mai immaginato potesse guardarla nel modo in cui la guardava.

Come se avesse rischiato la morte se non l'avesse avuta in quel preciso istante.

Ma lui non ebbe fretta, per quanto lei lo avrebbe voluto. No, si prese il suo tempo e ancora una volta la sorprese con la sua capacità di essere tenero e delicato. E a lei piaceva. Come quando era ruvido ed esigente in altri momenti.

Tutto dipendeva dal suo umore o da ciò che lei gli chiedeva. Perché lei avrebbe potuto chiedergli qualsiasi cosa volesse in quel preciso momento e lui gliela avrebbe data.

Londyn non ne dubitava.

In quel momento, in quel preciso istante, il suo cuore si sciolse.

Proprio lì, in quella cucina, fuori da Ft. Myers, lei si innamorò dell'uomo splendido che poteva avere qualunque donna volesse, ma che si inginocchiava nell'impasto crudo dei brownies per stare con lei.

E quando Brick iniziò a baciare ogni smagliatura sui fianchi, sul ventre, sulle cosce... Quando usò la lingua per percorrerle i seni e le sussurrò quanto la desiderava e quanto fosse bella. E poi glielo mostrò...

Quella tenerezza, quella premura sincera, il modo in cui lui la venerava, le fecero scivolare una lacrima dall'angolo dell'occhio. Lei non si preoccupò di asciugarla, perché temeva di sporcarsi ancora di più il viso. E comunque, se lui glielo avesse chiesto, avrebbe potuto dire che un po' di impasto le era finito nell'occhio.

Così, Londyn lasciò scorrere quella lacrima, insieme ad altre, prima che lui le mozzasse il fiato grattando con i denti sulla punta del capezzolo, prima di succhiarlo a fondo nella bocca. Contemporaneamente, le dita di lui giocavano col suo sesso che lei era sicura avesse trovato bagnato e pronto.

L'uomo continuò a stuzzicarla accarezzandola leggermente, sfiorandole il clitoride con il pollice, ma solo per un attimo, prima di far scorrere un dito tra le sue labbra bagnate e ancora più in basso. Si fece strada da un seno all'altro e lo mordicchiò, facendole inarcare la schiena dal pavimento.

Brick sollevò la testa. "Dammi la bocca." Non lo stava chiedendo o suggerendo: lo stava esigendo, il che le scatenò un'ondata di calore nelle vene.

"Vieni a prenderla."

Gli occhi dell'uomo si strinsero e il suo sorriso si allargò, e fece proprio quello: la prese. Non più tenero. Non più adorante. Ma affamato. Voglioso. Esigente.

Mentre le loro lingue si aggrovigliavano e lottavano, lui passò di nuovo il dito attraverso l'umidità di Londyn e glielo passò attorno all'ano.

Gli piaceva giocare con il culo quanto piaceva a lei. Come diavolo faceva a essere così fortunata?

Forse avrebbe dovuto rivedere il suo odio per Kevin e mandargli invece un biglietto di ringraziamento. Perché se Kevin non fosse stato così cazzone, Londyn non avrebbe avuto il cazzone di Brick.

Ogni secondo di strazio valeva ora la pena.

Brick le succhiò la lingua, poi la baciò ancora più a fondo mentre le infilava il medio dentro. Quando l'uomo ruppe il bacio, scivolò lungo il corpo di Londyn e le succhiò il clitoride.

Il bacino di Londyn si staccò dal pavimento mentre lui succhiava con forza e senza sosta. Finché tutto in lei prese a pulsare. Il cuore, il clitoride, il nucleo, ogni cellula del suo corpo.

L'uomo non voleva provocarle un orgasmo, voleva strapparglielo.

Ci riuscì quando tutto il corpo di lei si bloccò e, un attimo dopo, esplose. Le dita di Londyn gli afferrarono la testa, tenendolo tra le cosce, mentre cavalcava le onde che si infrangevano su di lei.

Tuttavia, prima che lei tornasse a terra, lui svanì, ma solo per un attimo.

I loro sguardi si fissarono mentre lui apriva l'involucro del preservativo e lo srotolava lungo l'asta. Rimasero immobili prima che lui si sistemasse tra le sue cosce, facendo scorrere l'uccello lungo il suo sesso.

Proprio dove doveva essere.

Sospiri rumorosi sfuggirono a entrambi mentre lui la penetrava lentamente, prendendosi il suo tempo per riempirla. Un altro sospiro le sfuggì quando lui cominciò a muoversi.

Affondando i talloni nella parte posteriore delle sue cosce, Londyn gli avvolse le mani intorno alla testa e lo tirò giù verso di sé. Ma evitò la sua bocca e seppellì invece il viso contro la sua gola di Brick, sentendo sulle labbra la vibrazione del profondo grugnito che accompagnava ogni spinta.

Leccò la linea del polso e i muscoli tesi che si gonfiavano. Ma dovette fermarsi quando lui si alzò, appoggiò una mano sul pavimento accanto alla sua testa e cominciò a penetrarla con forza e profondità. I grugniti dell'uomo si fecero più forti e ogni spinta delle sue cosce muscolose le fece uscire l'aria dai polmoni.

Adorava quando lui era gentile. Adorava quando non lo era. Adorava tutto di lui. In qualsiasi modo lui volesse darglielo, lei lo avrebbe accettato.

Le ultime volte che avevano fatto sesso, lui l'aveva scopata fino a farla venire, poi le era venuto nel culo. E, porca miseria, le piaceva anche quello.

Ma al ritmo attuale non sarebbe andata così.

No, perché gli occhi azzurri di Brick avevano posato lo sguardo nei suoi e non li avevano più lasciati andare.

La tenevano prigioniera. Intrappolata per sempre.

Qualcosa attraversò per un attimo gli occhi di Brick, ma fu subito nascosto quando le narici dell'uomo si dilatarono e, con una smorfia, lui la martellò ancora più forte. Tanto da farla affondare nell'impasto versato. Ma Brick non si fermò. Le diede tutto quello che aveva.

Lei gli conficcò le unghie nella schiena e inarcò la testa all'indietro, ma lui le afferrò subito il mento e la costrinse a guardarlo.

"Voglio che tu venga di nuovo," borbottò.

"Costringimi."

Era una sfida a cui l'uomo non poteva resistere. "Lo faccio e poi ti vengo in bocca."

Doveva essere un deterrente?

"Clitoride o tetta?" chiese Brick, dato che aveva solo una mano libera: l'altra era piantata sul pavimento per non schiacciare Londyn con il suo peso.

Come se lei lo fosse disposta a levargli le castagne dal fuoco... "Fai tu."

"Tutti e due," gli uscì di bocca in un rimbombo mentre abbassava la testa e le catturava il capezzolo tra i denti. Al tempo stesso, infilò la mano tra di loro, trovando il suo clitoride e pizzicandolo.

Lei si contorse contro di lui e mugolò, le scintille che scoccavano da entrambi i seni e dalla fica e si incontravano, esplodendo nel suo centro e scagliando fulmini verso il basso.

Il sorriso smargiasso di Brick si trasformò in una smorfia quando lei gridò il suo nome, gli affondò le unghie nella schiena e si strinse intorno a lui mentre le veniva strappato un nuovo orgasmo.

Prima che Londyn potesse riprendersi dall'orgasmo, lui uscì, si sfilò il preservativo, le tirò su la testa per i capelli e le infilò l'uccello nella bocca spalancata. Non fu delicato neanche in quel caso.

Una lacrima le scivolò dall'occhio per la forza delle spinte veloci di Brick. Londyn ebbe paura che avrebbe dovuto arrendersi.

Ma per fortuna passarono solo pochi istanti prima che l'uomo chiudesse gli occhi, gettasse indietro la testa, pompasse un'altra volta col bacino e poi, con un gemito forte e lungo, le schizzasse lo sperma in fondo alla gola.

Lei lo prese tutto e si stupì quando lui non uscì subito. Anzi, le tenne l'uccello in bocca mentre la testa gli ricadeva in avanti e i suoi occhi si aprivano.

"Porca troia," esclamò Brick. Allentò la presa sui capelli di Londyn quel tanto che bastava perché non le bruciasse il cuoio capelluto, ma non a sufficienza da permetterle di allontanarsi. "Non so cosa mi piaccia di più. Venirti in bocca, nella fica o nel culo."

Il suo pollice asciugò un'altra lacrima che era sfuggita a causa della penetrazione orale violenta. Poi fece scivolare il pollice sulle labbra tese di Londyn. "Quanto sei bella, cazzo." Si staccò da lei, ma prima di lasciarle i capelli si chinò e sfiorò per un attimo le sue labbra. "È stato fottutamente sexy."

Sì, lo era stato.

Mentre l'uomo si raddrizzava con cautela e lei accettava la mano che le porgeva, Brick la aiutò a rimettersi in piedi senza scivolare.

"Anche se sono d'accordo che è stato eccitante e sono favorevole a una replica, ora non ho più brownies da portare con me quando andrò a trovare Barb." Ma era stato un sacrificio meritevole.

"Tu vai a farti una doccia mentre io pulisco la cucina. Poi prepara due infornate. Una per loro e una per me. Ho voglia di mangiare un brownie, più tardi, e pensare a quello che abbiamo appena fatto."

Non era stato l'unico. "Hai intenzione di pulire tutta la cucina da solo?"

Lui le catturò il viso e le disse: "Tesoro, ne è valsa la pena, cazzo," prima di stamparle sulle labbra un altro bacio al sapore di cioccolato.

Se lui voleva offrirsi volontario per le pulizie, Londyn non avrebbe certo protestato. E di sicuro non avrebbe sollevato obiezioni quando lui l'avrebbe chiamata "piccola." Era un milione di volte meglio di "pasticcino."

"Non so cosa mi piaccia di più vederti addosso: quei cazzo di tacchi rossi o l'impasto dei brownies."

Londyn doveva avere l'aspetto di una che era stata immersa in una fontana di cioccolato. Sperava almeno che le uova crude e l'olio vegetale sprecati per quell'impasto marrone facessero bene ai capelli. "I tacchi sono più facili da gestire."

Brick diede un'occhiata al disastro che avevano combinato in cucina e sospirò. "Già. Porca troia. Mi sa che ci metterò un po'."

"Posso aiutarti."

L'uomo scosse la testa. "Tesoro, vai a farti una doccia, così potrai preparare i brownies e noi potremo andare là prima di cena."

Il "noi," purtroppo, la distrasse dalla parte affettuosa della frase. "Noi?"

"Vengo con te."

"Perché?"

"Non ti lascio sola con lui."

"Perché vuole infilarsi nei miei pantaloni?"

"Perché è probabile che abbia ucciso la moglie e forse sta tramando per uccidere la sua attuale ragazza."

Non potendo contraddirlo, Londyn sospirò. "D'accordo. Puoi venire."

"Non avevo bisogno del tuo permesso, pasticcino," disse Brick mentre afferrava un rotolo di carta assorbente.

"Beh, Seamus, avrai bisogno di qualcosa di più della scottex. In lavanderia ci sono un secchio e uno straccio. Ma se hai intenzione di pulire mentre sei nudo, forse dovrei rimanere nei paraggi."

Lui sorrise e le diede una pacca sul sedere nudo e coperto di impasto marrone. "Sarò ancora nudo quando tornerai giù, perché come ho già detto, ci vorrà un po'."

Londyn prese un canovaccio pulito dal cassetto e si fece strada con cautela fuori dal disastro, fino a un punto dove poté pulirsi le piante dei piedi. "Il pensiero di te che pulisci una cucina da nudo mi farà fare la doccia più veloce della mia vita."

Brick si interruppe nell'atto di strappare una quantità di fogli di carta dal rotolo e strinse gli occhi su di lei. "Non dire mai una cazzo di parola di questo a nessuno. Nemmeno a Rissa."

"Non dirò una parola. Le mostrerò tutte le foto che ho intenzione di fare."

Londyn strillò e corse fuori dalla cucina mentre Brick cominciava a inseguirla. Soffocò una risata quando lo sentì imprecare e cadere a terra.

Capitolo quindici

LONDYN AVEVA COPERTO con il trucco il livido causato dalla gomitata di Brick, ma purtroppo non abbastanza da impedire a Barb di capire cosa stesse cercando di nascondere.

Il che divenne palese quando la donna si chinò verso di lei e chiese a bassa voce: "Stai bene?"

Appena lei e Brick erano arrivati da Kramer, Barb aveva guardato Londyn in faccia e l'aveva trascinata di sopra, nel suo ufficio al secondo piano. La scusa che aveva addotto agli uomini era che voleva mostrare a Londyn la collezione di libri autografati che aveva ricevuto dagli autori con cui lavorava.

Una collezione decisamente notevole, tra l'altro.

Dopo aver letto la dedica scritta a mano sul frontespizio di uno dei tascabili, Londyn sollevò la testa e si acciglò. "Sì, perché?"

"Tuo marito sembra davvero autoritario. E dispotico. Hai cercato di nascondere il livido con il trucco, ma io lo vedo."

Londyn si portò le dita alla guancia. *Porca miseria.* "Ah, questo? Ho... ehm... sbattuto contro la porta. Sono molto maldestra." Dire a Barb che Brick soffriva di incubi perché era stato un cecchino dei Navy SEAL avrebbe potuto far saltare la loro copertura.

Barb le lanciò un'occhiata dubbiosa. *Porca troia.* Quella donna pensava che Brick le avesse dato un manrovescio o qualcosa del genere. "Davvero, Barb, è stato solo un incidente. Non è un caso se il mio secondo nome è Grace.[1]"

Barb ignorò il suo tentativo di buttarla sul ridere. "Se hai bisogno di aiuto, non devi fare altro che chiederlo."

Londyn si mordicchiò il labbro inferiore mentre rimetteva il tascabile sullo scaffale e ne prendeva un altro, di un autore che conosceva. Lo sfogliò e passò mentalmente in rassegna la situazione attuale.

Doveva interpretare la parte della moglie maltrattata? Sarebbe stato utile in qualche modo?

Dato che non ne era sicura, pensò di negare per il momento e di confrontarsi in seguito con Brick.

Aveva un obiettivo per quella visita, oltre a quello ovvio di controllare il benessere di Barb, ed era verificare se la donna sapesse che Kramer aveva stipulato due enormi polizze di assicurazione sulla sua vita. Sarebbe stato utile a capire se Kramer avesse preso Barb nel mirino come sua prossima vittima.

Londyn sperava vivamente che non fosse così. Barb sembrava davvero un tesoro, anche se il suo compagno era un pezzo di merda assassino, traditore e avido.

Ed era preoccupata per lei. *Ah.* Se solo avesse saputo.

Durante la breve camminata verso casa Kramer con un intero vassoio di brownies caldi, Brick le aveva detto: "Chiedile delle polizze. Se lei non ha idea dell'ammontare della sua o pensa che sia molto più bassa di quello che è, potrebbe significare che lui ha qualcosa in mente. Se conosce l'importo, può darsi che la causa dei suoi mal di testa sia davvero la vita sotto le ascelle sudate di Satana."

Londyn aveva bisogno di allontanare la conversazione dalla violenza domestica e di parlare delle polizze prima di tornare al piano di sotto dagli uomini. Brick faceva affidamento sulle sue straordinarie capacità di recitazione.

"Apprezzo la tua premura, Barb, davvero. Ma giuro che sono solo un'imbranata. Ho rovesciato l'impasto dei brownies sul pavimento," più o meno, "e ci sono scivolata sopra," più o meno, "così sono finita a sbattere di faccia contro la porta della dispensa che avevo lasciato aperta." Quella era una bugia. "È stata tutta colpa mia." Un'altra bugia. "Seamus è stato molto gentile a pulire il casino che ho fatto sul pavimento." Londyn aveva omesso il dettaglio più importante, ossia che Brick era nudo mentre lo faceva.

Londyn aveva la prova fotografica di Brick, ancora vestito solo di impasto per brownies, con uno spazzolone in mano e un secchio ai piedi. L'uomo si era messo in posa mentre lei scattava un paio di foto, ma poi le aveva detto, senza mezzi termini, che sarebbe morta di morte lenta e dolorosa, ricoperta di miele e impalata su un formicaio, se le avesse mai mostrate a qualcuno. Erano solo per il suo "repertorio da seghe" personale.

Aveva detto proprio così.

Poiché lei non pensava che quella sarebbe stata una morte piacevole o pacifica, aveva creato una cartella sul suo telefono, l'aveva chiamata "repertorio da seghe" e l'aveva riempita di materiale da usare in futuro. Una volta terminato l'incarico e una volta tornati a essere solo lei e il suo ragazzo a batteria, che ora chiamava Brick Jr, probabilmente Londyn ne avrebbe avuto bisogno.

Anche se i suoi ricordi di tutti i loro momenti sexy avrebbero potuto funzionare altrettanto bene.

Concentrati sul compito da svolgere, Gertie.

Mise a posto il secondo libro e rivolse un sorriso a Barb.

"Se mai ti servisse una mano a correggere le bozze, io ero redattrice del giornalino scolastico." Tipo un milione di anni prima.

Il sorriso di Barb cominciò a vacillare. "Oh... grazie. Ti farò sapere."

Londyn sospirò e si spostò verso la finestra. Anche se dava sul cortile, lei non riusciva a vedere i maschi. Probabilmente si trovavano nella zona coperta della terrazza, a bere una birra all'ombra e a fare quattro chiacchiere.

"A volte mi annoio così tanto a non avere un lavoro." Londyn aggiunse un piccolo lamento per rendere la sua recitazione più degna di essere premiata.

"Perché non ne cerchi uno?"

"Seamus..." Londyn fece una lunga pausa drammatica. "Ha bisogno di essere lui a mantenermi, visto che è l'*uomo* di casa. Sai com'è, no? Sono sicura che a Chris piace mantenere a te."

"Lui–"

"Sai, tipo comprarti cose belle? Scarpe, gioielli, borse quando fai la brava?"

"Ehm–"

"Seamus ritiene che sia suo compito prendersi cura di me dal punto di vista economico, visto che io mi prendo cura di lui in altri modi."

Era un peccato sprecare tutto quel talento da attrice per una sola persona. Londyn aveva bisogno di un pubblico più vasto, che potesse apprezzare sul serio le sue capacità.

"Che dolce," disse Barb alle sue spalle.

"È proprio vero. Mi sento così *amata*. Non può esistere una donna più fortunata di me. Seamus dice persino di voler aumentare le nostre polizze assicurative da duecentomila a un milione ciascuna. Vuole essere sicuro che non mi manchi nulla se gli dovesse succedere qualcosa."

"Se vuole assicurarsi che tu sia coperta se, Dio non voglia, dovesse succedergli qualcosa, perché ha stipulato anche una polizza sulla tua, di vita?"

Londyn trasse un respiro profondo, sgranò gli occhi e si girò verso Barb. "Bella domanda. Pensi che sia troppo? Voi due come avete fatto?"

La bocca di Barb si aprì e si chiuse e dopo qualche secondo disse: "Dopo essere andati a vivere insieme, abbiamo stipulato una polizza da duecento cinquantamila dollari per ciascuno."

Londyn strinse le labbra e fece finta di riflettere sulla risposta, anche se in realtà avrebbe voluto gridare "Bingo!" e scendere di corsa al piano di sotto per dirlo a Brick. D'accordo, forse non proprio di corsa, perché probabilmente sarebbe caduta dalle scale e si sarebbe rotta l'osso del collo, ma ci volle tutto il suo autocontrollo per mantenere la calma di fronte alla donna che rischiava di diventare la nuova vittima di Kramer.

Il cuore le batteva furiosamente in gola e il sangue le rombava nelle orecchie. "Immagino sia una cifra ragionevole. Non capisco perché lui dovrebbe avere bisogno di un intero milione di dollari nel caso dovessi morire. Voglio solo essere cremata e non credo che quello costi più di un paio di centinaia di dollari, giusto?" Londyn aggrottò le sopracciglia e scherzò: "Con un risarcimento così alto, mi verrebbe da temere che lui cerchi di uccidermi per scappare con una donna più giovane, sai?" Aggiunse ridendo: "Scherzo, ma chissà?" per rendere il tutto più convincente.

"Sono sicura che non lo farebbe mai."

"Stiamo insieme da molto. Ma se ci pensi, quanto tempo ci vuole per conoscere davvero qualcuno? Voglio dire, a volte Seamus fa delle cose e io mi chiedo chi diavolo sia." Di nuovo, Londyn aggiunse una risata stentata. "A volte mi viene da chiedermi se so davvero con chi sono sposata."

L'espressione di Barb tornò a essere preoccupata. "Che genere di cose?"

"Oh, sai, lasciare le luci accese e la tavoletta del water alzata. Roba del genere."

Barb la guardò di sbieco, come se non le credesse.

Bene. Che cuocesse nel suo brodo. Forse l'equivoco dei maltrattamenti avrebbe giocato a loro favore.

"Seamus è sempre autoritario con te?"

"All'inizio, quando ci siamo sposati, lo era solo in camera da letto. E, devo ammettere, mi piaceva molto, quindi non l'ho scoraggiato. Poi ha cominciato a farlo anche fuori. Ma ormai ci sono abituata, e poi, lui si prende cura di me." Il viso di Barb era arrossito quando Londyn aveva parlato di prepotenza in camera da letto. "Chris non è così?"

"No, con me è sempre dolce, ma protettivo. Mi chiede sempre se ho bisogno di qualcosa e mi porta il tè o una bibita. A volte mi porta anche la colazione a letto."

Mmm. E magari avvelenava il cibo e le bevande?

Londyn avrebbe voluto fare a Barb un milione di domande, ma non voleva che la donna si insospettisse. O che non la ritenesse pazza.

"È molto bello. Seamus mi ha aiutato a fare i brownies dopo aver pulito il casino che ho combinato oggi."

Il sorriso di Barb si allargò.

"Probabilmente, voleva solo assicurarsi che non commettessi un altro errore."

Il sorriso di lei vacillò. "Cosa sarebbe successo se l'avessi fatto?"

"Sono felice di non averlo dovuto scoprire." Londyn fece una smorfia per quel lapsus "accidentale" del tutto volontario. Afferrò il braccio di Barb e lo strattonò. "Forza, andiamo a vedere cosa stanno combinando gli uomini. Si sta facendo tardi, a Seamus piace che la cena sia in tavola alle sei e io non ho ancora preparato nulla."

BRICK BEVVE un sorso di birra e guardò Kramer da sopra il bordo della bottiglia.

L'uomo aveva evitato di parlare del livido di Londyn, ma Brick capì che non vedeva l'ora di chiederglielo.

"Sono i brownies migliori che io abbia mai mangiato," disse infine Kramer, osservandolo attentamente. "Ma i biscotti al cioccolato erano altrettanto buoni."

Eccola. Un'occasione per Kramer di chiedere del livido.

"Gertie può prepararmeli quando vuole."

Brick inarcò un sopracciglio verso Kramer. "Prepararteli?"

"Prepararceli," si corresse subito l'uomo. "Anche quello era un test?"

Brick bevve un altro lungo sorso di birra. "Tutto è un test, Chris."

"Beh, allora lei lo ha passato se ha fatto i brownies, giusto?"

"Forse oggi non volevo i brownies."

L'espressione di Kramer era impagabile. "Le hai detto cosa volevi?"

"Di nuovo, Chris, dove sarebbe il divertimento?"

Kramer si chinò in avanti, appoggiò i gomiti sui braccioli della sua sedia a sdraio e chiese: "L'hai picchiata?"

"È disciplina." Brick inclinò la testa e diede mostra di osservare Kramer prima di dire: "Hai intenzione di chiamare la polizia?"

Kramer sollevò le mani con i palmi in fuori. "Non giudico

il modo in cui governi casa tua."

Stronzo. Ti sei appena tradito.

"Sai com'è. Non si può lasciare che le donne facciano quello che vogliono, ma nemmeno ammazzarle." Brick scoppiò in una risata sguaiata, osservando attentamente l'espressione dell'uomo.

Kramer sollevò la sua birra in aria. "Che mi venga un colpo se non è la dannata verità." I suoi occhi marroni trafissero quelli di Brick.

"Per cui, bisogna punirle in modo che imparino."

"A lei piace?"

Brick fece una risatina forzata. In realtà, avrebbe voluto cancellare il sorriso dalla faccia di Kramer. "Ne abbiamo parlato l'altra sera, Chris. Perché continui a chiedermelo?"

Kramer tornò a sedere composto ed esalò il fiato prima di portarsi la bottiglia mezza vuota alle labbra. "Mi piace l'idea di tenere una donna al suo posto. Dubito che a Barb piacerebbe, però. Non come a Gertie."

Brick sollevò una spalla in una mezza scrollata. "Trova una donna a cui piaccia."

"Sì," disse Kramer a bassa voce. "Potrei doverlo fare."

Era una mano che Brick doveva giocare. "Non c'è niente di meglio che avere tutto quel potere per sé, Chris. È una sensazione impagabile. Lei adora essere soffocata quando la scopo e io sono arrivato a un passo dal non fermarmi. A volte mi chiedo come sarebbe togliere la vita a qualcuno in quel modo. Come un dio. Essere tu a scegliere se quella persona vive o muore. È una sensazione inebriante sapere che lei respira solo perché glielo permetto io."

Gli occhi di Kramer bruciavano di eccitazione. "Cosa ti impedisce di fare il passo successivo?"

"La prigione, amico mio."

Kramer non disse nulla mentre Brick posava la birra. La

conversazione gli stava dando il voltastomaco. Un conto era uccidere per salvare la propria vita o quella degli altri, o perché il bersaglio se lo meritava, un altro era uccidere qualcuno che professavi di amare.

"Inoltre, lei mi mancherebbe. La amo ancora, nonostante tutti i guai che combina. E il sesso è..." Brick fissò lo sguardo sulla piscina e lasciò la frase in sospeso prima di scuotere la testa. "Il sesso più bollente della mia vita, cazzo. È per questo che l'ho sposata."

"E perché sa cucinare."

Brick fece una risatina forzata. "Sì, anche."

La porta a vetri scorrevole si aprì e le donne li raggiunsero.

"Tesoro, dovremmo andare a casa se vuoi che sia pronta la cena alle sei."

"Se?" chiese Brick, alzandosi in piedi con gli occhi stretti.

Anche Kramer si alzò. Il suo sguardo passò su Barb senza vederla e si posò su Londyn. E sulla sua scollatura. Prima di alzare gli occhi per controllare di nuovo il livido. "È un peccato che dobbiate scappare."

"Volevamo solo lasciarvi i brownies e io volevo assicurarmi che Barb stesse bene. Ma ora dobbiamo proprio tornare a casa," insistette Londyn.

Brick allungò la mano e Londyn la fissò per un secondo, poi vi mise la sua. Lui la tirò a sé. "Cosa c'è in menu?"

"Io... non lo so," rispose lei con un sussurro tremante.

"Non lo sai?" chiese in tono brusco Brick.

"Per questo dobbiamo tornare indietro. Oppure, se preferisci, puoi restare qui con Chris e io posso tornare da sola, tesoro."

Brick fece scivolare la mano sul sedere di Londyn e lo palpeggiò. "No, vengo con te, pasticcino."

Si salutarono e Brick non le lasciò la mano una volta

giunti sul marciapiede. Grazie a quel contatto, capì che la donna non stava più nella pelle.

Dovette allungare il passo per starle dietro.

Non appena si furono chiusi la porta alle spalle, lei praticamente strillò: "Barb pensa che tu mi maltratti." Come se ci fosse da festeggiare. "Mi ha chiesto se ho bisogno di aiuto."

"È assurdo che sia più preoccupata per te che per il suo uomo che cerca di infilarsi nei tuoi pantaloni."

Londyn lo ignorò. "Possiamo sfruttarlo?"

"Non lo so. Spero di sì. Lui mi ha chiesto se ti ho picchiata."

"E tu hai negato?"

"No, non ho negato. Ho fatto finta di niente."

"Questo significa che pensi che possiamo approfittarne."

"Non può far male, a meno che Barb non chiami la polizia, cazzo. Se lo facesse, andrebbe tutto a puttane." Brick si tolse gli occhiali e si strofinò gli occhi. "Fammi pensare a come possiamo sfruttare questa opportunità."

"Potrei chiedere aiuto a Kramer."

Prego? "No. L'aiuto che vuole darti lui non mi aiuterà a trovare alcuna prova. Anzi, lui ti metterà le mani addosso e io dovrò ucciderlo."

Lei gli si avvicinò e gli afferrò la maglietta. "Davvero?"

Brick abbassò la testa e la fissò negli ampi occhi azzurri. "Sì, davvero. Non si tocca la moglie di un altro."

"Non sono tua moglie," gli ricordò in un sussurro Londyn.

"Giusto." *Giusto.* Brick doveva tenerlo a mente. Ma lei era ancora nel suo letto. Era un po' la stessa cosa.

"Comunque, non sono elettrizzata perché Barb pensa che tu mi picchi."

"Credevo ti piacesse quando ti sculaccio."

Lei gli sorrise. "Mi sculacci, non mi picchi. C'è

differenza."

Ma dai? "D'accordo, allora cosa ti ha elettrizzato?"

"Sono riuscita a chiederle delle polizze."

Brick drizzò le orecchie. "Senza insospettirla?"

"Sì! Giuro che dovrei fare l'attrice."

"Mi vuoi dire cosa ti ha detto?"

"Crede che le loro polizze siano solo per duecento cinquantamila dollari."

"Lo erano quando Kramer le ha sottoscritte; poi lui ha alzato quella di lei non appena si sono trasferiti in Florida." Brick abbassò la testa e sfiorò le labbra di Londyn con le sue. "Ottimo lavoro."

"Pensi che questo significhi che la ucciderà per ottenere il risarcimento?"

"È possibile. Non c'è motivo per avere una copertura come quella che Kramer ha su lei. Nessuno. Non hanno figli e lei non è la principale fonte di reddito della famiglia. È solo che non è un importo comune. Non so perché cazzo la compagnia assicurativa gliel'abbia concesso."

"Forse lui conosce qualcuno che lavora per quella compagnia?"

"E che magari si intasca una percentuale?" chiese Brick. "Potrebbe essere. Qualcuno potrebbe aver falsificato i documenti... Non lo so. Non ne so abbastanza di assicurazioni per sapere se sia fattibile."

"Okay, a parte questo, è possibile che Kramer stia dando a Barb qualcosa che le provoca i mal di testa. Magari la sta avvelenando."

"Ha senso, se vuole ucciderla." Brick sospirò. "Ho bisogno di passare più tempo in casa loro. Soprattutto nell'ufficio di lui. Ha una cassaforte oltre all'armadio chiuso a chiave. Non sono capace di scassinare le casseforti."

Lei gli tirò la maglietta. "Non puoi farla saltare in aria?"

"Potrei compromettermi."

Lei fece un simpatico verso a metà fra grugnito e risata e tuffò la faccia sul suo petto. Lui la circondò con le braccia e la strinse a sé. Era proprio bello averla lì. Perfetto, a dire il vero.

Rimasero lì per qualche istante in silenzio, prima che: "Riesci a immaginare di amare qualcuno, di fidarti di qualcuno, e che a tua insaputa quello stia pianificando la tua morte?" giungesse in tono ovattato dalla maglietta di Brick.

"È uno schifo. Mi chiedo perché Kramer abbia bisogno di soldi." Avidità a parte, cosa se ne faceva Kramer di tutti quei milioni?

"Non so se riuscirò mai a innamorarmi di nuovo di un uomo," borbottò Londyn. "Prima Kevin e ora Kramer. Perché non ci sono uomini decenti là fuori?"

Lui le passò le dita nei capelli. "Ci sono."

"Beh, io non ne ho ancora trovato uno."

Brick ebbe un tuffo al cuore. Cercò di convincersi che era perché lei non lo includeva nella sua definizione di "decente," non per il fatto che era intenzionata a cercare qualcun altro. "Troverai qualcuno."

"Voglio solo quello che avevano i miei genitori." Lei sollevò la testa, ma non si staccò. "Sai dei nostri genitori?"

Brick abbassò lo sguardo sul suo viso sollevato. "Pensi che Mercy sia capace di chiacchierare di Rissa come un vero essere umano?" Anche se di tanto in tanto si lamentava di Londyn, ma lui non lo disse. Non c'era bisogno di aggiungere tensione fra quei due.

"No. E non capisco cosa ci trovi mia sorella in lui."

"È perfetta per lui."

"Ma lui è perfetto per lei?"

Brick inarcò le sopracciglia. "Ha detto qualcosa?"

"Solo che lo ama."

"Allora è perfetto per lei."

Londyn si strinse tra le sue braccia. "Ho i miei dubbi."

"Non averne. E non insinuarne nemmeno nella testa di Rissa. Non vedevo Mercy in condizioni così buone da anni. È la colonna portante della nostra squadra. Diesel sarà anche il nostro capo, ma Mercy è il nostro leader. Non ne parliamo, ma lo sappiamo tutti." Era fottutamente vero. Mercy era il collante della squadra. Era quello che aveva assunto il ruolo di leader fin dall'inizio, cosa di tutti cui avevano bisogno, soprattutto quando agivano sul campo.

"E tu?" chiese Londyn.

"E io?"

"Non vuoi comandare?"

"Io sono solo un fantaccino."

Lei gli strinse la maglietta. "Un cecchino dei Navy SEAL non è un fantaccino. Lo so persino io."

"A questo ex-cecchino dei Navy SEAL sta bene essere un fantaccino. Lo preferisce."

"Perché?"

Brick guardò sopra la testa di Londyn, vedendo tutto e niente al tempo stesso. "Preferisco ricevere gli ordini, non darli."

"Non l'avrei mai detto." La donna gli stampò un bacio sul collo e si staccò dalle sue braccia. "A proposito, ho detto a Barb che insisti perché la cena sia in tavola alle sei."

Lui sorrise. Era così fottutamente brava a interpretare la parte di sua moglie che faceva paura. "Questo è vero, pasticcino. Ma la cena sarà uno spuntino, visto che la portata principale sarà il tuo culo."

Lei gli diede una pacca sul petto in segno di compiacimento. "Oh, Seamus, tesoro, io non sono uno spuntino, sono un buffet a volontà."

Lo era davvero. E all'improvviso Brick stava morendo di fame.

Capitolo sedici

BRICK PREMETTE l'occhio sul mirino e diede un'occhiata al cortile di Kramer. Come nella maggior parte delle occasioni in cui sbirciava, era vuoto. Fece ruotare il fucile sul cavalletto nella direzione della casa e ogni nervo del suo corpo cominciò a vibrare.

Dal punto in cui il suo fucile era piazzato nella camera degli ospiti, lui poteva vedere non solo il cortile di Kramer, ma anche un angolo della casa. E a una finestra vide l'uomo in questione in piedi, con un binocolo davanti agli occhi.

Non per fare birdwatching. Col cazzo.

Kramer stava guardando nel giardino di Brick.

Dove si trovava la piscina.

Dove Londyn stava nuotando.

"Brutto figlio di puttana," sussurrò Brick.

Orientò il fucile finché il mirino non si trovò perfettamente in mezzo agli occhi di Kramer. Il suo dito si soffermò sul grilletto solo per un istante prima di accarezzarlo leggermente.

Brick esalò tutta l'aria dai polmoni e si immobilizzò, concentrandosi sull'uomo e su Londyn.

Non poteva dare la colpa a Kramer. Era stato lui stesso a incoraggiarlo. Di proposito. Aveva usato Londyn come strumento per il suo lavoro. Nelle ultime due settimane, aveva alimentato quell'interesse.

L'ossessione di quell'uomo era colpa sua.

E fu proprio in quel momento che la verità lo colpì in testa come un... mattone. Lui stesso lottava contro quell'ossessione.

Per quel motivo, l'interesse che Kramer nutriva per Londyn gli faceva bruciare le viscere e ribollire il sangue.

Quello stronzo voleva quello che apparteneva a lui.

Allontanò il dito dal grilletto, chiuse gli occhi e premette la fronte sul metallo freddo dell'MK-11. L'unica cosa su cui poteva contare, oltre alla sua squadra. E ora a Londyn.

Dopo che il sangue smise di affluirgli nelle orecchie, dopo che il martellamento nelle tempie si fermò, Brick si raddrizzò, tirò le tende e si voltò a fissare l'arma.

Un'arma con cui aveva tolto molte vite e con cui una sera, molto tempo prima, se l'era quasi tolta da solo.

In qualche modo, nel momento più infimo e buio della sua vita, si era reso conto che se fosse andato fino in fondo, l'uomo che aveva legato un ordigno esplosivo improvvisato a quel bambino innocente avrebbe vinto. Avrebbe raggiunto il suo obiettivo. Voleva eliminare truppe americane e avrebbe avuto successo nel suo intento se Brick si fosse tolto la vita.

E proprio come quel giorno vicino al confine con il Pakistan, Brick non avrebbe lasciato che quel mostro vincesse. Anche se ciò gli fosse costato il resto della sua vita.

Ma senza avere prove concrete che Kramer avesse ucciso la moglie, uccidere lui avrebbe significato mettersi al suo stesso livello. Brick non aveva mai preso alla leggera quello che faceva. Nemmeno una volta. Ogni pressione del grilletto aveva un motivo. Un motivo valido. Il bersaglio doveva meritarselo.

Una minaccia. Un pedofilo. Un assassino a sangue freddo.

Un attentatore suicida.

Una persona senza la quale il mondo sarebbe un posto migliore e più sicuro.

Brick aveva bisogno di crederci, perché quella era l'unica collante che lo teneva insieme e gli impediva di disintegrarsi in un milione di granelli di polvere.

Quel giorno in cui un bambino di cinque anni aveva cambiato per sempre la sua vita, lui aveva messo in discussione tutto.

Da dove veniva. Quello che stava facendo. Perché lo stava facendo. La direzione che aveva preso la sua vita.

Perché nel millisecondo in cui aveva premuto il grilletto, un pezzo di lui era scomparso. E non era mai stato ritrovato.

D'altra parte, quella era la sua punizione. La sua croce. Una scelta che lo avrebbe perseguitato per sempre.

Com'era giusto che fosse.

Anche se non poteva uccidere Kramer per aver spiato Londyn, poteva fermarlo senza tradirsi.

Scese le scale e uscì di casa, avvicinandosi al bordo della piscina. Guardò la donna per qualche minuto mentre faceva delle vasche e cercò di non girare la testa e fissare Kramer. Magari mostrandogli il dito medio.

Si concentrò invece sul modo in cui il corpo di Londyn si muoveva nell'acqua. Fluido e costante. La sua pressione sanguigna si abbassò di qualche punto.

Dopo un paio di vasche, lei lo vide sul bordo e si avvicinò. "C'è qualcosa che non va?" chiese, sbattendo le ciglia umide e appuntite verso di lui.

"Perché pensi che ci sia qualcosa che non va?"

I suoi lunghi capelli biondo scuro sembravano castano chiaro quando erano bagnati e appiccicati alla testa, ma facevano risaltare gli occhi azzurri. Le sue labbra erano ancora un po' gonfie per il sesso che avevano fatto meno di un'ora prima. Dopo la corsa di lui e prima della nuotata di lei.

La situazione attuale lo induceva a credere che Kramer conoscesse i loro orari. Brick si alzava presto per correre, tornava, facevano sesso. Lei nuotava e poi facevano colazione.

Era diventata un'abitudine. Una comoda abitudine in cui Brick era scivolato con facilità.

"Ad esempio perché te ne stai sul bordo della piscina a fare il viscido."

"Non sono io il viscido."

Lei sbatté le palpebre. "Che significa?"

"Comportati con naturalezza," disse Brick.

Lei storse il viso. "Sai che queste parole provocano l'effetto contrario, vero? Come dire a qualcuno di calmarsi quando è arrabbiato."

Brick si accovacciò a bordo piscina e liberò una ciocca di capelli bagnati appiccicata alla guancia di Londyn. "Ci stanno osservando. Mi correggo, *ti* stanno osservando."

Londyn sollevò di scatto la testa e la sua schiena si irrigidì. "Kramer, presumo?"

Brick annuì, dando le spalle alla casa del vicino per bloccare la visuale su Londyn.

Lei guardò Brick con gli occhi sbarrati. "Cosa devo fare? Masturbarmi?"

"Cosa?" gridò lui, poi rabbrividì prima di sibilare: "Perché cazzo dovresti farlo?"

"Per farlo arrapare? Pensavo fosse quello lo scopo: tenerlo sulle spine."

"In modo che la sua ossessione lo spinga a uccidere me e a rapire te?"

Lei fece un'altra smorfia e gli spruzzò giocosamente l'acqua addosso. "Lo hai stuzzicato per tutto questo tempo. Ti sei fatto chiamare papà. Mi hai dato delle pacche sul culo davanti a lui. Devo continuare? Se compirà un gesto inconsulto, sarà colpa tua."

Quel fatto gli pesava già. "Se quell'uomo ha ucciso la moglie per i soldi dell'assicurazione, ha già compiuto un gesto inconsulto."

"Giusto." Londyn sospirò, ancora aggrappata al bordo della piscina. "Mi dispiace per Barb."

"Barb non sarà quella che verrà legata e... violata. Anche se comincio a chiedermi se a te piacerebbe essere legata."

"Ehi!"

Brick inarcò un sopracciglio. "Mi sbaglio?"

"Non importa se hai ragione o meno."

"Mettiamo subito le cose in chiaro: io ho sempre ragione."

Londyn sbuffò. "*Comunque*, sei venuto a dirmi che devo dare spettacolo? Vuoi che esca dalla piscina?"

"*Daremo* spettacolo. Per farlo è necessario uscire dalla piscina."

La bocca florida di Londyn formò una O invitante. "*Ooooh*. E come faremo?" La donna iniziò a muoversi verso i gradini della piscina, ma si fermò di colpo. "Aspetta. Che genere di spettacolo? Bello o brutto?"

Bella domanda. Brick avrebbe "punire" Londyn e sperare che Kramer li guardasse, oppure farla sua e sperare che l'uomo capisse che Londyn gli apparteneva.

O fare entrambe le cose.

. . .

LONDYN uscì dalla piscina e osservò il volto di Brick. Era la prima volta che lo vedeva perso nell'indecisione.

Ciò le rese le cose più facili. Invece di prendere l'asciugamano, si diresse subito verso di lui. L'uomo si alzò dalla posizione accovacciata e tenne lo sguardo fisso su di lei mentre si avvicinava.

Quello sguardo.

Ogni volta che lui la guardava in quel modo, i suoi seni cominciavano a dolere e le veniva voglia saltargli addosso. Ogni volta. Con tutto il sesso che avevano fatto nelle ultime due settimane, avrebbero dovuto essere ormai stanchi l'uno dell'altra.

Ma no, il fuoco non aveva fatto altro che crescere.

Nessuna donna sana di mente si sarebbe stancata di fare sesso con l'uomo di fronte a lei. A meno che questi non facesse schifo a letto.

Londyn poteva testimoniare che non era così.

"Sta ancora guardando?" chiese sottovoce.

Dopo un rapido guizzo, gli occhi di Brick tornarono a posarsi su di lei. "Ovvio."

Le guance di Brick si colorarono, cosa che la sorprese. Non era certo per l'imbarazzo. Doveva essere rabbia pura, visto che anche gli occhi azzurri dell'uomo facevano faville.

"Non porti gli occhiali," sussurrò lei.

"È l'ultima delle mie preoccupazioni. Kramer presta più attenzione a te che a me."

"Cosa vuoi che faccia?"

Brick strinse i denti. "Ti darò uno schiaffo in faccia e lo farò con forza."

"Cosa?" squittì lei. Le botte sul sedere erano una cosa, ma in faccia?

"Ti mancherò per un soffio, ma tu comportati come se avessi colpito il bersaglio. Pensi di farcela?"

Ah, Brick voleva mettere alla prova le sue capacità di attrice. "Penso di potercela fare." Almeno lo sperava, o si sarebbe ritrovata con un altro livido.

"Deve sembrare vero, Londyn. Voglio che tu cada a terra, che tu faccia molto rumore, ma senza reagire." Brick abbassò la testa; il suo guardo era duro quanto la mascella. "Ma lascia che ti chiarisca una cosa, cazzo. Se un uomo ti colpisce, voglio che tu gli cavi gli occhi, gli dia una ginocchiata nelle palle e gli calpesti la faccia con quei tuoi tacchi ridicoli. Mi hai capito?"

Brick pensava che lei non avrebbe reagito in una situazione del genere? Nessun uomo poteva permettersi di picchiarla in preda alla rabbia. Non avrebbe dato una ginocchiata nelle palle allo stronzo: avrebbe usato i tacchi alti per infilzarlo. Brick aveva forse dimenticato cosa aveva fatto a Kevin quando lui le aveva dato un manrovescio? Ma prima che potesse ricordarglielo, l'uomo proseguì.

"Per ora, devi comportarti come se mi stessi dando del filo da torcere, così avrò un motivo per punirti."

"Beh, non dovrò faticare molto per darti del filo da torcere."

Era evidente che Brick stava cercando di non sorridere a quella risposta e di mantenere un'espressione seria e l'attenzione su di lei. "Pronta?"

Lei annuì di nuovo, ma solo quel tanto che bastava perché lui lo vedesse.

"Si comincia."

Azione! Mettendo le mani sui fianchi, Londyn inclinò la testa e fece un passo indietro. Poi, già che c'era, allungò il collo. Perlopiù, non aveva idea di cosa stesse dicendo; stava solo lanciando insulti a caso. Qualunque cosa le venisse in mente. Abbastanza forte perché qualcuno potesse sentire la sua voce alzata a due case di distanza, ma non abbastanza perché Kramer decifrasse le parole.

Le sopracciglia di Brick si sollevarono e la sua espressione si fece tempestosa, ma non una parola attraversò le sue labbra serrate.

Lei agitò un dito contro di lui, continuando a urlare, e quando si allontanò, Brick le afferrò il polso, la fece ruotare verso di sé con una forza tale da provocarle un colpo di frusta e, quando sollevò la mano aperta, lei si rannicchiò sul serio per istinto.

Londyn fece appello a tutto il suo talento, seguì l'oscillazione del braccio di Brick e, quando lo spostamento d'aria le sfiorò la guancia, ruotò di scatto la testa come se fosse stata colpita duramente. Cominciò a cadere come voleva lui, con la mano premuta sulla guancia e i capelli in faccia, ma prima che potesse toccare terra, Brick la sollevò per il polso che non aveva mai lasciato.

"Brutta stronza! Cosa cazzo rispondi!" gridò sputacchiando l'uomo.

Il cuore di Londyn correva. E anche la sua mente.

Sapeva che alcune donne avevano a che fare con quel genere di cose ogni giorno. Per fortuna, a lei non era mai capitato. Non riusciva a fare a meno di pensare a quanto sarebbe stato orribile essere picchiata da qualcuno che *avrebbe dovuto* amarla, fino a essere paralizzata dalla paura. Paralizzata al punto da avere troppa paura anche solo di andarsene e uscire da quella situazione.

Non solo il pensiero le causò un nodo alla gola, ma le fece venire il voltastomaco. Anche se era tutta finzione, la vista della furia simulata sul volto di Brick la spaventò a morte.

I suoi pensieri furono interrotti quando l'altra mano di Brick le avvolse la parte anteriore della gola e la spinse bruscamente. Se non fosse stato per lui che le teneva il polso, sarebbe inciampata sul cemento. Lui le stava urlando in faccia, con il volto distorto dalla rabbia.

Continuò a spingerla all'indietro per la gola finché la schiena di Londyn non toccò il palo che sosteneva la tettoia della veranda. Solo allora le sue dita allentarono la presa, anche se non le liberarono completamente la gola, e lui le lasciò andare il polso.

Il viso dell'uomo si avvicinò ancora di più a quello di lei. "È stato fottutamente fantastico, tesoro. Lui non può vederci dove siamo ora. Ma gli ho offerto uno spettacolo che non dimenticherà presto."

Neanche lei lo avrebbe dimenticato. "Gli abbiamo offerto uno spettacolo, ma tu mi hai spaventata sul serio." Il cuore le batteva ancora forte nel petto.

Il pollice di Brick le accarezzò delicatamente il polso. Doveva averlo sentito accelerare. "Mi dispiace."

"Sei sicuro che non chiamerà la polizia?"

"Ne dubito. È andato su di giri quando ha pensato che ti picchiassi. E non era il tipo di agitazione che indicava preoccupazione per il tuo benessere." Brick le sfiorò le labbra con un bacio leggero. "Non ti ho fatto male, vero?"

"No. La mia interpretazione merita un premio?"

Lui sorrise. "Sì. E fra poco te lo darò per farmi perdonare per averti maltrattata."

La cosa prometteva bene. "Prima devo lavare via il cloro."

"Posso aiutarti. E poi ti preparerò anche la colazione."

Londyn spalancò gli occhi. "Prepari *tu* la colazione stamattina?"

"Beh, alla fine potrebbe essere un brunch."

"Preferisco il brunch."

"Lo immaginavo." La bocca dell'uomo schiacciò la sua e pochi minuti dopo lui la trascinò al piano di sopra e verso la doccia.

"Quasi quattro maledette settimane. Dieci perquisizioni in casa. Tu che passi tempo con Barb praticamente ogni fottuto giorno. Io che passo troppo tempo con quell'uomo che coglie ogni cazzo di occasione per adocchiarti, non solo davanti alla sua donna, ma anche a me. Abbiamo anche trascorso il maledetto Ringraziamento con loro! Non abbiamo ottenuto un cazzo. È ora di chiudere questa cazzo di storia d'amore e andare a casa."

Walker lo aveva persino aiutato a entrare nel computer di Kramer, ma non avevano trovato nulla. Il disco rigido era immacolato. La cronologia delle ricerche sul browser era pulita. Walker si era insospettito e aveva scoperto che il computer era stato acquistato dopo la morte della moglie di Kramer. Probabilmente con il premio dell'assicurazione. Brick digrignò i denti.

"Cosa ha detto il tuo capo?"

Brick smise di camminare in cerchio, si passò le dita tra i capelli ed esalò rumorosamente il fiato. Quando aveva chiamato Diesel per dirgli che era pronto a chiudere, per informarlo che la missione era fallita, lo stronzo non solo gli aveva riso in faccia, ma aveva riattaccato.

Quell'uomo era il re dei capi stronzi.

Poi Brick aveva chiamato Mercy. Non era andata molto meglio.

Soprattutto perché aveva come la sensazione che Mercy non volesse che Londyn tornasse a casa sua a breve.

Poi Brick aveva cominciato a chiedersi se il lavoro non fosse una messa in scena al solo scopo di far uscire Londyn dalla casa di Mercy. Se Mercy avesse sempre saputo che l'incarico era impossibile, ma avesse detto a Diesel di accettarlo comunque.

Perché quasi un mese dopo, Brick in mano aveva solo il suo uccello. Niente di concreto da dare al cliente.

Il cliente aveva bisogno di prove inconfutabili, perché voleva consegnarle alle forze dell'ordine allo scopo di ottenere giustizia per sua figlia. Senza prove concrete, i sospetti non erano sufficienti per accusare Kramer di omicidio. O per evitare che un'eventuale accusa cadesse.

Anche senza prove concrete, Brick non aveva dubbi che quello stronzo fosse colpevole.

Londyn si voltò verso di lui dopo aver finito di mettere in lavastoviglie i piatti della colazione, ancora una volta molto tardiva. Indossava una specie di vestito estivo azzurro, un "prendisole" come lo chiamava lei, che si intonava ai suoi occhi, ma senza reggiseno, e lui voleva seriamente seppellirsi in quelle tette.

Cazzo. Era difficile non toccarla in continuazione.

Un altro motivo per cui avevano bisogno che quel lavoro improduttivo finisse.

Soprattutto perché Brick si era sorpreso più volte, mentre cercava un qualche genere di prova, a sperare di non trovarla per evitare che l'incarico finisse presto.

E quello era veramente una merda.

Lui odiava la Florida e non vedeva l'ora di tornare in un clima più freddo, così le sue cazzo di palle avrebbero smesso di sudare e lui avrebbe smesso di avere il culo a mollo mentre correva.

Anche se non era un grande appassionato di neve, in quel momento gli sarebbe piaciuto fare un angelo nella neve in mezzo a trenta centimetri di neve, con zero gradi, nudo.

Londyn, con uno sguardo preoccupato, lo raggiunse e gli strinse la maglietta, come faceva sempre quando era così vicina. Inclinò il viso verso di lui, scrutandolo con gli occhi azzurri. "Allora?"

Allora?

Ah, cazzo. Lei gli aveva fatto una domanda e lui era così preso dai suoi pensieri del cazzo che non aveva risposto.

Non che avesse una risposta concreta da darle.

Alla fine, Mercy gli aveva detto che la decisione se gettare la spugna o meno spettava a lui. Il cliente era ancora disposto a pagare per un'altra settimana.

Sebbene Brick non fosse entusiasta di restare lì ancora per una settimana, se fossero andati via ora...

Una volta tornati a Shadow Valley...

Tra lui e Londyn sarebbe finito tutto.

Chiuse gli occhi.

"Brick."

Quella voce roca che pronunciava il suo nome...

Gli faceva cose che lui non sapeva come gestire. Non sapeva come compartimentare. Cose, come i *sentimenti*, che lui non voleva esplorare, generate dal suono del suo nome sulle labbra di lei durante il sesso. Il suo nome sulle labbra di lei quando scherzavano o si prendevano in giro o quando gli sorrideva.

Prima che si baciassero o che lui le infilasse l'uccello dentro.

Quella storia doveva finire. Non solo il lavoro, ma anche quello che stava nascendo tra loro due.

Perché la vita era molto più facile quando bastava scorrere a destra.

Non complicata.

Semplice.

Costante.

Londyn era complicata.

Complessa.

E gli provocava incertezza.

Soprattutto quando Brick sorprendeva Kramer a fissarle

le tette o il culo. O a fare conversazione con lei quando pensava che Brick non fosse a portata d'orecchi.

Tutto ciò, anche se lui sapeva che era necessario per il lavoro, lo faceva impazzire.

E quello era un problema.

Facevano finta di essere marito e moglie, ma a volte lui dimenticava che era solo una finzione. Doveva ricordarsi che Seamus e Gertrude non esistevano.

"Ehi," sussurrò lei, alzandosi sulle punte dei piedi nudi e mettendoglisi proprio di fronte. "Perché mi ignori?"

"Non potrei mai ignorarti, pasticcino," la stuzzicò Brick, anche se le parole gli uscirono di bocca spente. Doveva lasciar sedimentare la frustrazione. Sospirò, sperando che servisse a qualcosa. Ma non fu così. "Il cliente è disposto a pagare per un'altra settimana."

"Allora... Un'altra settimana di bromance? O facciamo le valigie e torniamo all'inverno?"

"A PA non sarà ufficialmente inverno prima di un paio di settimane."

"Beh, non sarebbe male lavorare sulla mia abbronzatura per un'altra settimana." Un piccolo sorriso curvò le labbra di Londyn, ma lui vide altro. Nei suoi occhi. Che parlavano chiaro.

Avevano promesso di non toccarsi e, poiché non avevano mantenuto la promessa, avrebbero dovuto mantenere il segreto.

Perché per quanto Mercy avesse voluto che Brick gli togliesse Londyn dai piedi portandola con sé in quel lavoro, quando lei si era presentata a Shadow Valley lo aveva fatto perché aveva il cuore spezzato. Mercy non voleva che lei tornasse a casa sua per lo stesso motivo, cioè per leccarsi le ferite. Questa volta perché era stato Brick a spezzarle il cuore.

E, che a lui piacesse o meno, una volta terminato quell'incarico, se Londyn si fosse aspettata più di quello che avevano già... Era probabile che si sarebbe ritrovata davvero col cuore spezzato. Ecco perché non avrebbero mai dovuto toccarsi.

Le nocche di lei gli sfiorarono la mascella e lui abbassò il viso verso il suo. Era ovvio che lei volesse rimanere una settimana in più. Lui glielo avrebbe concesso. "Hai un'altra settimana per lavorare sull'abbronzatura. Poi lasceremo l'ascella sudata di Satana."

Ciò gli dava anche una settimana in più per cercare di ottenere una confessione da quello stronzo. Aveva fatto di tutto per convincere Kramer a fidarsi di lui. Per far sì che si tradisse o facesse una battuta di troppo.

Qualcosa. Qualunque cosa.

Ma non aveva ottenuto nulla.

Alla fine, forse non sarebbe riuscito portare a termine il compito assegnatogli. Forse la missione sarebbe fallita.

E il fallimento non faceva parte del vocabolario degli Shadows.

Capitolo diciassette

Londyn gemette mentalmente quando, dopo aver suonato il campanello, Kramer aprì la porta d'ingresso. Il volto dell'uomo passò dall'irritazione alla gioia in una frazione di secondo.

"Ciao!" cinguettò lei.

"Ehi," mormorò rocamente Kramer.

Che schifo. "Barb è in casa?"

Il sorriso di Kramer si allargò e lui accennò alle proprie spalle. "Lotta di nuovo con l'emicrania. È a letto."

Porca miseria. Londyn non aveva mai conosciuto *nessuno* che avesse così tante emicranie. Come avevano fatto Barb o il suo medico a non insospettirsi?

Erano arrivate al punto che Barb non si alzava quasi più dal letto.

Londyn non aveva bisogno di simulare preoccupazione, perché era davvero in ansia per la salute e per l'incolumità della donna. A Brick restava solo una settimana per trovare qualcosa su Kramer e Londyn cominciava a chiedersi se Barb sarebbe riuscita a resistere tanto a lungo. Era combattuta sul da farsi. Non avevano "prove sicure" che Kramer avesse ucciso la moglie, né che fosse lui la causa delle emicranie di Barb.

Non solo Brick era frustrato e nervoso, ma lo era anche Londyn.

Ecco perché si trovava davanti alla porta di quella casa. Si sentiva impotente e aveva bisogno di fare *qualcosa*, anche se non sapeva bene cosa.

La sua mente continuava a pensare che doveva sfruttare lo spunto della moglie maltrattata. Era tutto quello che aveva.

"Oh, mi dispiace. Puoi dirle che sono passata, per favore?" Londyn fece per andarsene, sperando che Kramer la fermasse.

"Aspetta!" esclamò l'uomo, per poi abbassare il volume a poco più di un sussurro. "Non andare via. Entra."

Londyn esultò mentalmente.

Il suo sguardo scivolò al di là dell'uomo, verso l'interno buio della casa. "Non sei impegnato a fare soldi a palate con il mercato azionario?"

Kramer spalancò la porta, come se ciò potesse rendere l'ingresso più invitante. "Sono in pausa pranzo. Perché non ti unisci a me?"

"Abbiamo fatto colazione molto tardi." Londyn si accarezzò la pancia, attirando lì l'attenzione di Kramer. La quale, nel risalire verso il viso, si bloccò sul suo petto per un lungo momento prima di liberarsi. "Anche se apprezzo l'offerta, Seamus si chiederà che fine abbia fatto." Si lanciò un'occhiata spalle, verso la loro casa, per chiarire il concetto.

"Sei in visita a Barb. Ecco dove sei."

Oh, era proprio uno stronzo infido.

Londyn lasciò che un piccolo sorriso le sfiorasse le labbra. "Sì, ma lei non è disponibile, quindi devo tornare a casa da mio marito."

Quando fece di nuovo per andarsene, il secco "Ti tiene sempre il guinzaglio così corto?" di Kramer la fermò.

Londyn si mordicchiò per un attimo il labbro inferiore, chiedendosi come avrebbe dovuto comportarsi. "No, certo che no. Non gli dispiace che passi del tempo con Barb. Ma gli dispiacerebbe *eccome* se pranzassi da sola con te."

"Non saresti da sola con me. Barb è di sopra."

Giusto. Tua moglie è di sopra e il fatto che tu non te ne preoccupi mi fa venire voglia di infilzarti le palle con una forchetta arrugginita.

"*Vaaa bene.* Comunque, devo tornare a casa."

Londyn indietreggiò perché Kramer fece un passo avanti sul gradino dell'ingresso.

Avrebbe voluto ritrarsi quando le accarezzò la guancia con un dito. La guancia che aveva truccato per dare l'impressione che ci fosse un nuovo livido. Ora non era solo un'attrice esperta, ma anche un'ottima truccatrice. Due cose in più da aggiungere al suo curriculum per la ricerca di un lavoro, quando avrebbero finito quello in Florida.

Si irrigidì al tocco dell'uomo, per fingere che le facesse male. Anche se avrebbe sussultato comunque solo per quel contatto inquietante.

"Lui potrebbe vederci," sussurrò, facendo finta di avere paura di essere scoperta.

"Posso aiutarti," mormorò Kramer, lasciando cadere la mano e tornando nell'ombra della casa.

"Come?"

"Vieni dentro, Gertrude."

La forza del suo tono la sorprese. Aveva usato lo stesso tono di Brick quando interpretava un Seamus autoritario. Kramer doveva pensare che lei fosse una cretina senza spina dorsale e che facesse tutto ciò che le diceva un uomo.

Quanto cazzo si sbagliava.

Londyn strinse gli occhi per un attimo. Ma doveva mettersi in gioco. Poteva essere l'ultima occasione per scoprire la verità.

"Lascia che ti aiuti."

C'era così tanto da spacchettare in quelle quattro paroline. "Non hai detto come."

L'uomo sollevò lo sguardo oltre le spalle di Londyn, verso la casa temporanea di Seamus e Gertie. "Entra, prima che lui ci veda."

Stava cercando di usare la sua stessa paura per manipolarla.

Brick aveva detto più volte che una confessione da parte di Kramer sarebbe stato il modo più semplice per attribuirgli l'omicidio. Ma aveva anche detto che sarebbe stato il modo più difficile per ottenere ciò di cui avevano bisogno.

Tuttavia, quella avrebbe potuto benissimo essere l'unica prova per incastrare l'uomo, perché se fossero esistite prove concrete, Brick aveva detto che le avrebbe trovate. Dovevano supporre che non ne esistessero, dato che nemmeno le forze dell'ordine ne avevano trovate.

Ma – ed era un grosso "ma" – se Londyn fosse riuscita a ottenere una confessione da lui – visto che Kramer non aveva voluto saperne di vuotare il sacco con Brick, per quanto Brick ci avesse provato – avrebbe potuto convincere Barb a lasciarlo, salvando così la donna da qualunque piano malefico Kramer avesse escogitato per lei. E avrebbe potuto dare a Brick le informazioni per il suo cliente. Che cosa ne avrebbe fatto il cliente, il padre di Teresa, non le importava, purché Barb fosse al sicuro e la missione di Brick avesse successo.

Lo stress di Brick aveva toccato l'apice e Londyn vedeva benissimo l'effetto che aveva su di lui; inoltre, gli incubi notturni dell'uomo, che non si erano più manifestati nelle ultime due settimane, erano tornati.

Dopo che lui si era agitato nel letto, la notte prima, Londyn era fortunata che il livido sulla guancia non fosse reale. L'uomo si era svegliato di soprassalto, zuppo di sudore, e si era trasferito nella camera degli ospiti nel cuore della notte, nonostante le sue obiezioni.

Quella mattina, Brick aveva detto il vero. Era ora di darci un taglio e tornare a casa. Ma lei si rendeva conto che arrendersi sarebbe costato caro anche a lui. Dunque, forse sarebbe riuscita a strappare quella confessione a Kramer. *Se* avesse giocato bene le sue carte.

Sapeva però che Brick non avrebbe gradito affatto il suo piano. In ogni caso, lei faceva parte di quell'incarico e se era l'unica in grado di portarlo a termine, avrebbe fatto tutto il possibile per dare una mano.

Questo significava che il suo piano stava per entrare in azione.

Diamo inizio allo spettacolo, udì nella sua mente. Era quello che Brick diceva ogni volta che si apprestavano a mettere in scena la recita del marito violento e della moglie maltrattata.

Dopo essersi lanciato un'ultima occhiata nervosa alle spalle, Londyn entrò e oltrepassò a Kramer, evitando a malapena il suo tocco mentre chiudeva la porta. I peli della nuca le si rizzarono quando lo sentì far scattare la serratura di sicurezza.

"Posso fermarmi solo per un po'." Purtroppo, il tremolio d'ansia nella sua voce non era simulato.

"Quanto tempo hai?"

"Gli ho detto che sarei stata via solo mezz'ora. Altrimenti, lui avrebbe insistito perché aspettassi fino a quando sarebbe potuto venire con me."

Mentre si trovavano nell'atrio, Kramer lanciò un'occhiata alle scale, poi accennò con il capo all'interno della casa.

Stropicciandosi le mani, Londyn lo seguì con nervosa eccitazione. Kramer era molto probabilmente un assassino a sangue freddo e lei avrebbe cercato di batterlo in astuzia. Senza Brick.

"Quei lividi sul viso... Lui ti picchia, vero?" Kramer faceva il finto tonto. Come se non avesse visto diversi "spettacoli" con il binocolo nelle ultime settimane.

Londyn inchiodò. "Devo andare."

Kramer si voltò e le tese la mano con fare rassicurante. Londyn la guardò con sospetto, il che, ancora una volta, era più realtà che recitazione.

"Non posso parlarne," sibilò.

"Lui non lo saprà," insistette Kramer.

"Lo saprà."

"Qui sei al sicuro."

Londyn si sforzò di non levare gli occhi al cielo. Era un milione di volte più al sicuro con Brick che con un uomo che aveva ucciso la moglie per soldi. "Dove stiamo andando?"

"Nel mio ufficio, dove potremo parlare senza disturbare Barb."

"È insonorizzato?" All'idea, Londyn ebbe la sensazione che dei ragni invisibili le zampettassero sulla pelle.

"No, ma la nostra camera da letto è nella parte anteriore della casa. Il mio ufficio è sul retro."

"A Barb non dispiacerà?"

"Certo che no. Sto solo cercando di aiutare la sua amica. Mi ha espresso i suoi timori un paio di settimane fa. È preoccupata per te."

Barb forse lo era davvero, ma Kramer era preoccupato solo di una cosa.

E non si trattava della sicurezza di Londyn.

Non appena entrarono nell'ufficio, l'uomo chiuse la porta, per fortuna non a chiave. Dato che Londyn indossava pantaloncini e un top casual con scollo a V, aveva messo le scarpe basse. Dubitava che picchiare Kramer con un sandalo avrebbe avuto lo stesso effetto che percuoterlo con un tacco a spillo da otto centimetri.

Kramer si avvicinò alla scrivania, si voltò e si appollaiò sul bordo. "Ci conosciamo da settimane. Non voglio che tu pensi solo a Barb come a un'amica, ma anche a me."

Bleah. "Quindi, pensi di potermi aiutare."

"So che posso aiutarti."

"Come?"

"Posso darti tutto quello che vuoi, Gertie."

Bleah, Londyn odiava quel nomignolo, e il fatto che proveniva dalle labbra di lui peggiorava le cose.

"Posso darti tutto quello che desideri, senza che tu debba farti prendere a schiaffi per ottenerlo."

Come se lei si sottoponesse volontariamente a maltrattamenti solo per ottenere benefici materiali. "E come potresti farlo?"

"Forse non è evidente, ma ho molti soldi. Sicuramente molti più di tuo marito."

Cretino arrogante. Londyn moriva dalla voglia di chiedergli apertamente come aveva ottenuto quei soldi, ma si trattenne. "Hai già Barb."

Lo sguardo dell'uomo cadde sul petto di Londyn. Kramer si leccò le labbra. "Ma io voglio te. Te l'ho già detto più volte."

E ogni volta lei aveva fatto finta di niente, facendo la preziosa per tenerlo all'amo. Per far sì che lui continuasse a invitare lei e Brick a casa loro. Un trucco che aveva funzionato bene.

Si acciglio. "Sì, me l'hai detto, ma... Vuoi solo una relazione extraconiugale?"

L'uomo scrollò una spalla e sollevò di nuovo lo sguardo

per incontrare quello di lei. "Per cominciare. Poi vedremo come andrà."

"Io di sicuro andrò sotto terra quando Seamus lo scoprirà."

Kramer inclinò la testa e la studiò per un attimo. Come se stesse valutando cosa dire dopo. Un orologio ticchettava da qualche parte nella stanza per il resto silenziosa. Una volta. Due volte.

Una terza volta.

Poi... "Posso occuparmi io di Seamus."

Un brivido gelido scivolò lungo la schiena di Londyn, anche se lei avrebbe dovuto rallegrarsi per quella dichiarazione. Ma era solo l'inizio di ciò che sperava lui rivelasse. Della confessione di cui Brick aveva bisogno. "Cosa vuoi dire?"

"Gertie, che ne dici di prenderti un po' di tempo per pensarci? Non saresti più controllata o *punita*, come piace dire a tuo marito quando ti mette le mani addosso. Saresti libera da tutto questo. E, come ho detto, io ti darei quello che vuoi. Ti garantisco che posso renderti molto più felice di lui."

Per cominciare... Kramer non avrebbe mai potuto renderla più felice di Brick. Neanche lontanamente. Londyn era invasa dalla gioia ogni volta che lui semplicemente indossava quei suoi pantaloncini setosi.

In secondo luogo... Prendersi un po' di tempo? Loro non ne avevano più, di tempo.

Doveva spingere Kramer a rivelare i suoi segreti. "Di nuovo, non capisco come Seamus potrebbe accettare che io lo lasciassi." Sollevò una mano. "Sì, lo so. Non lo accetterebbe. Mi ha detto più volte che mi ucciderebbe piuttosto che permettere a qualcun altro di avermi."

Gli occhi marroni di Kramer si strinsero. "Anche in questo caso, posso gestire Seamus."

Come? Dillo e basta, stronzo! "Pagandolo?"

"Lascia che me ne occupi io, una volta che avrai deciso che è quello che vuoi. Pensaci."

Porca miseria.

L'uomo scese dalla scrivania e fece un passo verso di lei. "Gradiresti di un assaggio di quello che potrei darti?"

Londyn trattenne una smorfia e l'istinto a rifiutare. Anzi, di urlare: "Cazzo, no!" Ingoiò non solo quello, ma anche la bile che le era risalita in gola.

"Tu sei un bell'uomo, Chris. E Barb è una donna fortunata..." *Come no!* "Ma non posso rischiare che Seamus lo scopra."

"Solo un bacio," insistette lui. Non stava chiedendo, stava insistendo.

Occazzo. Occazzo. Occazzo.

Londyn aveva sempre saputo che quello era uno dei rischi di un incontro a tu per tu con Kramer. Aveva sempre saputo che avrebbe rischiato di doversi prestare a quel gioco... Ma doveva evitarlo, se possibile. O almeno rimandare il più possibile.

Quando lui si avvicinò di un altro passo, lei fu presa dal panico e sollevò una mano per fermarlo. "Io... io... non posso."

"Nessuno lo saprà, tranne noi."

Ed erano due persone di troppo. "Lui sa tutto," sussurrò.

"So che hai paura, ma non devi averne." Un altro passo avanti. "Posso prendermi cura di te. Niente paghetta. Niente regole ferree. Non dovrai chiamarmi papà."

Londyn si impose di restare dov'era. "Odio quando mi costringe a chiamarlo così."

"Non succederà."

Il labbro inferiore le tremò mentre chiedeva: "Me lo prometti?"

Kramer era ormai a contatto con lei. Le infilò un pollice

sotto il mento e le sollevò il viso. Il suo "Prometto" mormorato le fece venire voglia di vomitare.

"Ma Barb..."

"Non preoccuparti di Barb o di Seamus in questo momento. Ho solo bisogno che tu dica di sì."

L'uomo abbassò la testa finché le sue labbra non furono a un soffio da quelle di Londyn.

Stop! Il gioco è finito!

Lei gli premette una mano contro il petto e fece un rapido passo indietro, spezzando la sua presa. "Lascia che ci pensi su. Mi dai un giorno o poco più?"

Il volto dell'uomo era carico di delusione e forse un po' di impazienza, ma lui annuì. "Un paio di giorni. Se dirai di sì, ti prometto che non te ne pentirai."

Ceeerto. "Devo andare. Tornerò a far visita a Barb domani. Speriamo che si senta meglio."

La delusione svanì rapidamente e il calore riempì gli occhi dell'uomo. "Non vedo l'ora."

Anche lei, ma non per lo stesso motivo. Tuttavia, in quel momento, aveva bisogno di andarsene da lì e di trovare un piano solido per risolvere la situazione. Come ottenere ciò che le serviva senza rinunciare a una parte della sua anima ballando con il diavolo.

Perché era quello che era Kramer, ora che aveva confermato di poter "gestire" Brick e Barb in modo che loro due stessero insieme.

Londyn doveva anche decidere se dirlo a Brick.

Temeva che, se glielo avesse detto, l'uomo avrebbe interrotto la missione all'istante. Ma, anche se lui non avrebbe gradito, quello poteva essere l'unico modo per portare a termine il lavoro con successo.

Se Londyn doveva sacrificarsi un po' per salvare la vita di Barb e aiutare Brick, lo avrebbe fatto.

Capitolo diciotto

Londyn si pulì i palmi sudati nei pantaloncini e alzò il pugno per bussare delicatamente.

La porta si aprì subito.

Certo che sì.

Era riuscita a dire a Kramer la sera prima, quando lei e Brick erano andati a trovare la coppia dopo cena, che aveva riflettuto sulla sua offerta e che aveva bisogno di parlarne con lui.

Per fortuna era riuscita a comunicarglielo senza che né Brick né Barb, che sembrava terribilmente pallida e debole, la sentissero. Perché se Brick avesse sentito, lei non avrebbe avuto a che fare con la collera simulata di Seamus, ma con la vera rabbia di Brick.

Doveva evitarlo a tutti i costi se voleva portare avanti il suo piano.

Aveva il cellulare infilato nella tasca anteriore e aveva intenzione di registrare la confessione di Kramer. *Se* fosse riuscita a tirargliela fuori.

Avrebbe fatto del suo meglio.

Se non l'avesse ottenuta subito, avrebbe continuato a provarci finché Brick non avesse staccato la spina e fatto le valigie.

Così, ancora una volta, aveva detto a Brick che stava andando a controllare Barb, anche se sapeva che Barb non era in casa. O almeno, così aveva detto Kramer. Ma lei non credeva certo che Barb, visto l'aspetto che aveva la sera prima, avesse le forze per andare da qualche parte da sola.

L'unico problema del fatto che Barb non era in casa, sempre che fosse vero, era che nessuno avrebbe sentito urlare Londyn se Kramer avesse tentato qualche pazzia.

L'uomo la salutò con un sorriso che le diede il voltastomaco, ma lei lo ignorò e lo seguì all'interno. Ancora una volta, non le piacque il fatto che aveva chiuso a chiave la porta dietro di loro.

Si sentiva come un morto che camminava mentre lui la seguiva nella direzione dell'ufficio.

Lì, Kramer chiuse ancora una volta la porta e assunse l'espressione del gatto che aveva mangiato il canarino. Peccato che il canarino non fosse stato avvelenato con quello che Kramer stava dando a Barb.

Presumibilmente.

Non c'erano prove concrete; per quello Londyn era sola con un uomo di cui non si fidava.

Se Brick avesse saputo che sarebbe rimasta sola con lui, non l'avrebbe mai lasciata uscire di casa. Gli veniva l'ansia al pensiero che lei fosse lì senza di lui, anche se era con Barb.

Quando Londyn aprì la bocca per esordire, Kramer era già lì, nel suo spazio, con le dita che le scavavano nei bicipiti, la bocca curvata verso l'alto, gli occhi scuri e intensi. "Non ci hai messo molto a decidere."

"No. Non dopo quello che è successo ieri sera."

L'uomo strinse gli occhi. "Che cosa è successo ieri sera?"

Londyn scosse la testa. "Era talmente fuori controllo che ho dovuto chiudermi in bagno finché non si è calmato." Si mordicchiò nervosamente il labbro inferiore.

"Mi sorprende che ti abbia permesso di uscire."

"Non l'ha fatto. Stasera, dopo cena, sarò punita per le mie azioni."

"Perché stasera?"

"Perché vuole che nel frattempo io soffra per tutto il giorno, con la consapevolezza di ciò che sta per accadere."

Invece di essere preoccupato, il volto di Kramer tradiva una sorta di perversa eccitazione. Quell'uomo era fuori di testa. "Quanto sarà brutta?"

"Molto. Siccome è pianificato, Seamus mi farà cose che non saranno visibili. È solo quando mi picchia d'impulso che lascia lividi dove gli altri possono vederli. Da che ci siamo trasferiti in Florida, il suo carattere è peggiorato e la sua pazienza è diminuita. Non riesco a fare nulla di buono, per quanto mi sforzi." Londyn abbassò la testa e sbatté le palpebre, sperando di dare l'impressione che stesse cercando di trattenere le lacrime.

"Posso far sì che tutto questo finisca."

Londyn riuscì a versare a forza un paio di lacrime prima di sollevare il viso. Sussurrò: "Ho bisogno di disciplina, ma non così."

"Posso darti la disciplina di cui hai bisogno." L'eccitazione scuoteva la voce di Kramer e lei era sicura che, se avesse controllato, avrebbe visto che aveva un'erezione.

Si costrinse a proseguire. "Se lo facciamo, voglio essere la tua unica e sola. Non voglio che sia una relazione clandestina. Devi lasciare Barb."

Le mani sui suoi bicipiti accentuarono la presa. "Posso gestire Barb."

Londyn aveva bisogno che lui le dicesse come. Il suo telefono registrava solo per un tempo limitato; Kramer doveva sbrigarsi a confessare.

Scoprì di aver ragione riguardo all'erezione quando lui la strattonò improvvisamente contro di sé e la circondò con le braccia, sfiorandole i capelli con il naso e inspirando profondamente.

La sua colazione tardiva stava per ripresentarsi. E non in modo piacevole. Londyn dovette trattenere un brivido di disgusto.

Aveva bisogno che l'uomo continuasse a parlare. "È tanto possessivo. Non mi lascerà mai andare. Ho paura che piuttosto mi ucciderà davvero, come ha minacciato di fare."

"A meno che non lo uccidiamo prima noi."

Londyn lo allontanò da sé con occhi spalancati. Il cuore le batteva così forte nelle orecchie alla risposta dell'uomo che era sicura di aver frainteso. "Cosa?" Aveva sentito bene? Kramer aveva davvero detto quello che lei aveva sentito? Doveva esserne certa.

"Se vuoi che sia fatto, lascia fare a me."

"Vuoi dire uccidendolo? Come? Non ti arresteranno?"

Senza esitare, Kramer rispose: "Non se si tratterà di un incidente."

Merda. Cazzo. Merda!

Ecco la confessione! Il piano stava funzionando. Londyn sperava solo che il suo telefono stesse effettivamente registrando la conversazione. "Chris, sembra rischioso."

"Può esserlo se non sai quello che stai facendo."

Il sangue le corse nelle vene di fronte a quella rivelazione. "E tu lo sai?"

Era così vicina a una prova concreta. Così. Dannatamente. Vicina.

Kramer doveva risponderle!

Londyn scosse la testa. "No, non lo farai davvero."

"Sì che lo farò."

"Come faccio a crederti? Non sei l'unico a correre un rischio; anch'io rischio molto. Se fallisci e Seamus lo scopre..." Londyn rabbrividì.

"Non fallirò. Lo farò sembrare un incidente d'auto. Gli saboterò i freni o qualcosa del genere. Troverò una soluzione; mi informerò. Non preoccuparti. Se lo vuoi, lo farò succedere."

"E Barb? Come ti libereresti di lei?"

"È già in cantiere."

Londyn ebbe un tuffo al cuore, ma rimase nel personaggio inclinando la testa. "Come? Il mal di testa?"

Qualcosa balenò negli occhi di Kramer. Sorpresa, forse. "È così ovvio?"

Londyn scosse subito la testa. "No, ma ho notato che stanno peggiorando."

"Perché ho raddoppiato la dose."

Londyn trattenne un urlo misto di orrore ed entusiasmo e fece del suo meglio per chiedere con voce calma: "La dose di cosa?"

Quell'urlo si trasformò quasi in un urlo di frustrazione quando l'uomo scosse la testa. "Non devi preoccuparti di questo. Mi prenderò cura di te. Te lo prometto."

"Come faccio a sapere che manterrai la tua promessa? Anche Seamus mi aveva fatto delle promesse, all'inizio. Sei un bravo ragazzo, Chris, ma come faccio a sapere che sarai in grado di mantenere la promessa? Dammi qualche rassicurazione, così non dovrò rischiare tutto per niente."

All'improvviso, l'impazienza dell'uomo si trasformò in una sorta di fastidio. Kramer fece due passi verso di lei e le catturò il viso tra le mani. E non fu delicato nel farlo. "Non fallirò."

Il labbro inferiore le tremava sul serio quando chiese: "Come faccio a saperlo?"

"Dimmelo!" urlò Londyn nella sua testa. *"Dillo e basta!"*

"Perché sono riuscito a far sì che la morte di mia moglie sembrasse un incidente."

Il respiro le uscì di colpo. Lo sguardo dell'uomo era terrificante. In modo orribile.

Non c'erano emozioni dietro alle sue parole. Niente. L'errore più grande di sua moglie, che le era costato la vita, era stato amare un uomo che amava il denaro più di lei.

Un.

Assassino.

A.

Sangue.

Freddo.

"Questa è una cosa fra te e me, Gertie. Se lo dici a qualcuno, Seamus sarà l'ultima delle tue preoccupazioni. Te lo dico solo perché tu sia convinta che io posso fare quello che dico. Sei convinta?"

Cazzo, sì! Cazzo, sì, sono convinta che tu sia un assassino psicopatico!

Lei non urlò nulla di tutto ciò; invece, sussurrò: "Sì. Grazie per esserti fidato abbastanza da dirmelo. Non lo dirò ad anima viva." Trasse un sospiro di sollievo. "Sono felice che il mio incubo stia per finire." Che tutto quell'incubo stesse per finire!

Il suo telefono emise un segnale acustico nella tasca e lei trattenne il panico. "Mi sta mandando un messaggio. Si starà chiedendo dove sono. Devo andare."

"Gertie..."

"No, Chris, devo andare prima che Seamus si insospettisca, venga a cercarmi e mi trovi qui da sola con te. Dobbiamo far finta di niente perché la cosa funzioni, giusto?"

Kramer aggrottò le sopracciglia. "Giusto. Ma speravo..." I suoi polpastrelli passarono sulle curve superiori dei seni di lei, scoperte.

Londyn si allontanò e gli rivolse un sorriso smagliante. "Tutto questo sarà presto tuo. E, se farai quello che dici di voler fare, io potrò essere tutta tua senza preoccupazioni. Niente Barb. Niente Seamus. Solo io e te."

La mano di Kramer scivolò lungo l'erezione che premeva contro la cerniera. "Dammi ancora qualche minuto, Gertie."

Col cazzo!

"Voglio solo un assaggio."

No, diamine. "Lui se ne accorgerà."

Londyn sussultò quando Kramer la spinse con forza contro la porta del suo ufficio, le afferrò una manciata di capelli e le strattonò la testa all'indietro, inarcandole dolorosamente il collo. "Lo aveva detto che non ascolti perché ti piace essere punita. Aveva ragione."

La sua inconfondibile erezione era ora premuta contro il basso ventre di Londyn. Che cominciava a temere che quell'"assaggio" avrebbe finito per essere più di un bacio.

"Le donne come te amano sentirsi dire chi comanda, non è vero?" Non era una domanda.

La voce di Londyn tremò sul serio quando disse: "Mi piace. Ma non mi piace quando lui mi fa male."

"Non ti farò male. Ti darò solo quello che vuoi."

Le labbra di Kramer schiacciarono quelle di Londyn, che lottò per tenerle chiuse. Un conto era recitare, ma lei aveva i suoi limiti e fingere di trovare piacevole quel bacio li oltrepassava.

L'uomo le aprì la bocca a forza e la sua lingua viscida si insinuò dentro. Un urlo le salì in gola, ma lei lo inghiottì.

Mantieni la calma. Mantieni la calma. Mantieni la calma.

Pensa!

Siccome Londyn non stava ricambiando il bacio, l'uomo si staccò e la fissò in viso. L'irritazione gli corrugò la fronte e gli angoli degli occhi marroni. "Non sembri interessata."

"Ho solo paura. Fino a quando Seamus non sarà più una minaccia..." Londyn gli premette le mani sul petto, cercando di allontanarlo. "Devo proprio andare. Se ci becca, non solo ucciderà me, ma anche te."

Kramer ebbe il coraggio di ridacchiare. E non fu una risatina allegra, ma un verso che lacerò il cuore di Londyn. "Dubito seriamente che sia in grado di uccidermi. Sarà anche in forma, ma dubito che abbia le palle per uccidere un uomo."

Oh, se solo sapessi.

"Solo i codardi picchiano le donne."

Su quello potevano anche essere d'accordo, ma...

Solo gli psicopatici uccidevano le mogli.

"Non riuscirò a rilassarmi finché non sarà tutto finito," disse lei.

Kramer la lasciò a malincuore e annuì mentre faceva un passo indietro, permettendole di staccarsi dalla porta. "Presto. Te lo prometto."

Londyn allungò una mano alle proprie spalle, cercando a tentoni la maniglia. Le sue dita si avvolsero intorno al metallo freddo, che lei ruotò. "Va bene," sussurrò, perché non sapeva cos'altro dire; sapeva solo che doveva allontanarsi da quell'ufficio, da quella casa e dall'uomo che aveva appena promesso di uccidere altre due persone per i motivi egoistici.

Si precipitò fuori dalla casa e corse verso la loro, senza voltarsi indietro.

"Cosa cazzo hai fatto tu?" ruggì Brick. Il sangue gli urlava nelle vene e avrebbe giurato che gli occhi stessero per saltargli fuori dalle orbite.

E Londyn aveva la fottuta faccia tosta di starsene lì a fare spallucce, tenendo il maledetto telefono davanti a sé.

"L'ho fatto confessare. Hai detto che era quello che ti serviva."

"Tu."

Lei lo guardò come Brick se avesse perso le rotelle, quando in realtà non era lui quello fuori di testa. Col cazzo. "Sì."

"Tu."

"Sì, Brick."

"*Tu* lo hai fatto confessare." Brick le strappò il telefono di mano e si allontanò da lei. Si diresse verso l'altro lato della cucina e fissò il telefono che stringeva nel pugno. Si girò di nuovo. "Come hai fatto, Londyn? Cosa cazzo hai da dire? Che cosa hai fatto?" L'ultima parte gli uscì in un ringhio.

Si sentiva come un leone furioso che stava per staccare la testa a un'antilope che lo ha appena incornato.

Fino a dove cazzo aveva dovuto spingersi Londyn con Kramer per farlo confessare?

"Cosa. Hai. Fatto?" Brick cercò di non ringhiare ogni singola parola. Non ci riuscì.

"Ho trovato quello che ti serviva."

Che bella rispostina del cazzo. Era così semplice. *Lei* aveva ottenuto ciò di cui *lui* aveva bisogno. "Facendo cosa?" Se si era lasciata toccare da lui...

"L'avevamo convinto che tu stessi abusando di me. Io ne ho approfittato."

"Come?"

"Gli ho solo lasciato credere..."

Oh no, Londyn non poteva lasciare la frase in sospeso.

"Credere cosa?" Brick attraversò la cucina, le afferrò il mento e le alzò il viso. "Non ti ho fatto io quel livido."

"No. È trucco."

"Allora mi hai mentito quando hai detto che saresti andata a trovare Barb." Londyn stava mettendo in scena una recita sua a insaputa di Brick?

"No. Sono andata davvero a controllare come stava. Era di nuovo costretta a letto. Kramer aveva visto il livido, ieri, e si era offerto di aiutarmi."

Ieri? E lei non gli aveva detto nulla? "Aiutarti a fare cosa?"

"A salvarmi da te. Basta che ascolti la registrazione."

"Non pensavi che avrei avuto qualcosa da ridire se tu avessi agito da sola? Sei stata fortunata a non essere stuprata."

"Lui... io..."

Gli occhi di Brick si strinsero di fronte ai tentennamenti della donna.

"Non c'era alcun rischio. Ci ho pensato io."

Porca puttana. Londyn aveva *pensato* a Kramer. Il che probabilmente significava che lui aveva *pensato* a lei.

"Ascolta la confessione, Brick," insistette sibilando Londyn. "È il motivo per cui viviamo in questa casa. È il motivo per cui siamo Seamus e Gertrude. È il motivo per cui siamo qui."

Oh, si stava arrabbiando? Beh, diavolo, benvenuta nel cazzo di club.

"So perché cazzo siamo qui." Quello era il lavoro di Brick, non di Londyn.

"Brick." La donna gli si avvicinò e gli afferrò la maglietta. Come faceva sempre. Come lui amava. Brick chiuse gli occhi e si pizzicò il ponte del naso, facendo lunghe inspirazioni. Lunghe. Profonde. Inspirazioni.

Londyn era lì. Era al sicuro. Kramer non le aveva fatto del male. Quella era l'unica cosa che contava.

Ma si era messa in pericolo.

A sua totale insaputa.

Totale.

Avrebbe potuto succederle qualcosa e lui sarebbe arrivato troppo tardi. E poi, come cazzo avrebbe fatto Brick a convivere con quella consapevolezza?

"Brick. Ascolta e basta."

Lui lasciò cadere il telefono sul bancone, le afferrò il viso e vi appoggiò la fronte, chiuse gli occhi e la respirò a pieni polmoni.

"È per questo che non te l'ho detto," sussurrò.

"No, cazzo. Non farlo mai più."

"Non ne avrò bisogno. Con quello che ho registrato, il lavoro è finito."

Il lavoro è finito.

Grazie a Londyn. Perché lei aveva ottenuto ciò che Brick non era riuscito a ottenere.

Il fallimento poteva non essere un'opzione per lui, ma nemmeno perdere Londyn lo era.

Quella donna si era messa in una situazione che avrebbe potuto degenerare rapidamente.

Le dita di Londyn gli risalirono il collo, dove il polso batteva ancora forte, fino alla mascella. "Sto bene."

Brick le diede un bacio sulla fronte e poi sulle labbra prima di girarla, attirarsela di nuovo al petto e appoggiarla al bancone, con il braccio stretto sotto il seno per trattenerla. Prese il telefono e glielo porse.

Lei premette qualche pulsante e la sua voce, insieme a quella di Kramer, riempì l'aria.

Brick premette il viso fra i suoi capelli, respirando il profumo floreale del suo shampoo mentre ascoltava, cercando di placare la delusione, la furia e la paura per quello che lei aveva fatto. Per quello che sarebbe potuto accadere.

Non appena la confessione vera e propria terminò, e non appena Kramer ebbe chiesto "un assaggio" a Londyn, lei spense la registrazione.

"No. Riproduci il resto."

"Prometti di non arrabbiarti?"

"No." Brick non poteva prometterlo, perché era già arrabbiato. Le parole di Kramer gli bruciavano nelle viscere. *Voglio solo un assaggio.*

"Allora non lo faccio."

Brick le strappò il telefono di mano e premette play. E con tutto quello che sentì, con tutto quello che riuscì a immaginare e che si accompagnava a quello che l'uomo stava dicendo...

Dovette fare appello a tutto il suo autocontrollo per non correre al piano di sopra, prendere la Glock, andare da Kramer e, quando questi avrebbe aperto la porta d'ingresso, aprirgli un buco al centro della fronte.

Kramer aveva toccato la sua donna.

Peggio ancora, l'aveva baciata.

L'aveva baciata, cazzo.

Lo si capiva benissimo dalla registrazione, quindi Brick non glielo chiese nemmeno. L'aveva sentito.

E anche se avrebbe voluto spaccare il telefono, non lo fece.

Doveva restare sul pezzo. Doveva fare delle telefonate. Doveva stendere dei piani.

Dovevano fare i bagagli e uscire dalla porta prima che lui facesse qualcosa di cui si sarebbe pentito.

O di cui non si sarebbe pentito, ma che alla fine, se avesse perso la testa, gli sarebbe costato caro.

Sparare a Kramer sulla porta di casa sua non sarebbe passato inosservato.

Brick mise le mani sulle spalle di Londyn e la spinse delicatamente via. "Prepara la tua roba. Ce ne andremo da qui non appena Jewel riuscirà a prenotare il volo."

"Ma Barb..."

In quel momento, a Brick non importava nulla di Barb. Gli importava solo di Londyn. Lei era la sua priorità. "Non è un nostro problema. Hai ottenuto quello che ci serviva per il cliente. Consegnerò quella roba non appena atterreremo. Ma nel frattempo devo chiamare il capo e fargli sapere quello che abbiamo; poi vedrò cosa vuole che faccia." Indipendentemente da ciò che voleva D, loro due sarebbero tornati a casa il prima possibile.

"Dobbiamo salvare Barb."

"No, devo allontanarti da Kramer. Una volta fatto, penseremo a Barb." Quello poteva anche concederglielo. Barb era una brava donna e non meritava quello che Kramer le stava propinando.

"Potrebbe essere troppo tardi, Brick! Lui ha detto che ha raddoppiato la dose."

"Di cosa?"

"Non lo so. Hai sentito che mi ha detto di non preoccuparmi, quindi non ho idea di cosa le somministri."

"Fammi prima scoprire cosa il cliente vuole che si faccia con Kramer. Non possiamo semplicemente entrare ed estrarre Barb. Qualcuno si farebbe delle domande e Kramer potrebbe approfittarne per sparire. E noi avremmo fatto tutto questo per niente. Una volta che avremo sistemato Kramer, ci occuperemo di Barb."

"Ma..."

"Londyn. Hai già fatto abbastanza. Fatti da parte e lascia che me ne occupi io, porca miseria." Ciò detto, Brick le prese il telefono e andò di sopra per fare le telefonate che doveva fare e per allontanarsi da lei, per concedersi un po' dello spazio di cui aveva bisogno.

Lei gli stava mettendo pressione e lui stava già faticando a mantenere la calma. Se Londyn avesse continuato a insistere, lui avrebbe potuto prendersela con lei. E quella era l'ultima cosa che voleva.

Perché non avrebbe reso felice nessuno dei due.

Capitolo diciannove

Londyn salì le scale con attenzione, cercando di non far scricchiolare i gradini di legno.

Non aveva idea di dove fosse Kramer. Sperava che fosse nel suo ufficio, ma non aveva intenzione di verificare.

Il suo obiettivo era fare dentro e fuori senza che lui se ne accorgesse.

Entrare era stato un po' snervante, perché Londyn aveva dovuto attraversare il cortile recintato, passare davanti alla piscina e oltrepassare la porta aperta senza farsi scoprire. Le restava solo da raggiungere Barb.

Giunta sul pianerottolo superiore, andò direttamente nella camera da letto sul davanti della casa, dove Kramer aveva detto che si trovava Barb. Sperava solo che fosse vero, perché essendo l'ufficio sul retro, lui non avrebbe dovuto sentirle.

Nonostante ciò, Londyn intendeva essere il più silenziosa possibile.

Pur avendo lei una scusa per andare a trovare Barb, per controllare come stava, Kramer non le aveva mai permesso di salire al piano di sopra. E quel giorno lei aveva già bussato una volta alla porta d'ingresso per chiedere di Barb. Kramer si sarebbe insospettito se l'avesse fatto di nuovo, nemmeno mezz'ora dopo. Soprattutto dopo che lei era uscita di corsa da casa sua, adducendo come scusa la gelosia di Seamus.

C'era una porta chiusa in fondo al corridoio. Londyn non si preoccupò di bussare, ma girò lentamente il pomello e la aprì.

Le tende erano tirate, le luci spente e sotto le coperte c'era un grumo.

Il cuore di Londyn batteva all'impazzata. Se la donna era già morta...

Si fece strada con cautela nella stanza buia e si sedette sul bordo del letto. Per poco non sobbalzò quando Barb emise un gemito.

"Barb," sussurrò. Mise una mano sulla spalla della donna e la scosse delicatamente. Nessuna risposta. "Barb!"

"Gertie?" La donna sembrava avere un piede nella fossa. E il suo aspetto della sera prima l'aveva spaventata.

Era proprio per quello che stava violando l'ordine di Brick di non aiutare Barb finché non fossero usciti dalla Florida. Non poteva, in coscienza, permettere che la donna soffrisse per mano di quel mostro. Doveva fare qualcosa, altrimenti non sarebbe mai riuscita a perdonarsi.

"Sì, sono Gertie. Sono preoccupata per te."

"Va tutto bene... Ho solo bisogno di... riposo."

"No, Barb, non hai solo bisogno di riposo." *Hai bisogno di un ospedale e di una serie di esami del sangue. E di un uomo che non voglia ucciderti per soldi.*

"Mi stupisce che lui... ti abbia lasciata salire."

"Non l'ha fatto. Non sa che sono qui. Quindi dobbiamo parlare a voce bassa." Anche se la voce di Barb era così flebile che Londyn non temeva che Kramer la sentisse.

"Sei... venuta qui di nascosto? Perché?"

Dio, ogni parola era una lotta per Barb. Non era solo debole: se ne stava andando. Londyn non poteva proprio lasciare la Florida senza aver prima aiutato Barb.

"Perché..." Londyn trasse un respiro profondo. "Perché temo che Chris stia cercando di farti del male."

Non stava "cercando." Lo stava facendo. Ma Londyn doveva convincere Barb che l'uomo che amava le stava facendo del male e che non aveva a cuore il suo interesse. Tuttavia, doveva farlo con attenzione. Non voleva che Barb si chiudesse in se stessa e la respingesse.

"Come puoi dire questo?"

"Le tue non sono semplici emicranie, Barb. Hai la pelle giallastra e gli occhi scoloriti. Non riesci nemmeno ad alzarti dal letto. Non è normale!" Londyn fece una smorfia nel rendersi conto di aver alzato la voce.

La mano di Barb si sollevò a fatica dal materasso. "Ho... una visita medica... il mese prossimo."

"Potresti non arrivare al mese prossimo."

"Chris mi ama... Perché dovrebbe farmi del male?"

Perché è uno psicopatico assassino, un avido bastardo a cui non importa nulla di te. Londyn riformulò quel concetto con cura. "Perché la tua morte lo renderebbe più ricco di due milioni di dollari. E gli permetterebbe di scegliere la sua prossima vittima."

"Cosa?" chiese debolmente Barb. "La sua prossima vittima?"

"Barb, ascolta. Lui ha stipulato due polizze di assicurazione sulla vita su di te. Per un milione di dollari ciascuna."

"No," sussurrò lei. "Me lo avrebbe detto."

"Come no. Aveva stipulato due polizze identiche per Teresa prima che lei *scivolasse* nella vasca e morisse."

Londyn fece il segno delle virgolette nel pronunciare "scivolasse."

Il respiro di Barb le rantolò nel petto. "È stato un incidente... Un assurdo incidente."

Londyn avrebbe voluto scuotere la donna, ma aveva paura di romperla. "No, Barb, non è così. Me lo ha detto lui."

Gli occhi di Barb si spalancarono.

"Vuoi sederti?"

La donna pallida annuì.

Londyn sollevò delicatamente Barb per le spalle e le infilò un paio di cuscini dietro la testa. Non c'era altro da fare. La donna non aveva più forze.

Gesù. La sera prima non stava così male. Riusciva almeno a muoversi, anche se con qualche difficoltà. Cosa cazzo aveva fatto Kramer?

Cosa diavolo aveva fatto *lei*? Aveva indotto Kramer ad accelerare il processo di avvelenamento di Barb?

Era tutta colpa sua?

Londyn si morse il labbro inferiore. Aveva sacrificato Barb per ottenere le informazioni di cui Brick aveva bisogno?

"Per favore, lascia che chiami Seamus. Ti aiuteremo a uscire di casa e a raggiungere l'ospedale per farti un esame tossicologico."

"Cosa... cosa ti ha detto Chris?"

"Mi ha detto che ha ucciso Teresa, che lo ha fatto sembrare un incidente e che sta avvelenando te. Sapevi che ha ottenuto due milioni per la morte 'accidentale' di sua moglie?"

"Perché te lo ha detto?"

Merda. "Perché l'ho fregato, Barb. È caduto nella mia trappola e ha confessato. Mi dispiace. Mi dispiace di averlo dovuto fare, ma avevo bisogno di sapere la verità. Lascia che ti aiuti, adesso. Devi uscire da questa casa e allontanarti da lui."

"Come faccio a sapere che non sei tu a mentirmi? Forse sei tu che stai cercando di portarmi via Chris."

Cosa? Ma Barb aveva visto Brick? Londyn non aveva motivo di prendersi Kramer.

"So che Seamus ti picchia. Forse pensi che Chris ti possa salvare."

Ah! "No, Barb. Seamus... non mi picchia davvero. È tutto falso. Lui... lui..." Lui cosa? Cosa diavolo provava Brick per lei? *Accidenti.* Non era il momento di preoccuparsi dei sentimenti di Brick nei suoi confronti. "Era uno stratagemma."

"Perché? Perché lo hai fatto? Non ha senso."

"Lo so... Ti prego," Londyn afferrò la mano di Barb e la strinse dolcemente, "fidati di me."

"Ti conosco solo da un mese. Sto con Chris da più di un anno. Lui mi ama."

"E perché vi ha fatto trasferire qui?"

"Per allontanarsi dai ricordi della sua defunta moglie... Era distrutto."

"Non è vero. È stato lui, Barb. Ti ha fatta trasferire qui per allontanarti dai tuoi amici e dalla tua famiglia. Ti prego, credici. Sei la sua prossima vittima."

Barb riuscì a staccare la mano floscia da quella di Londyn e si coprì gli occhi. Tutto il suo corpo sussultò mentre un singhiozzo la scuoteva. "Io... non so cosa pensare," disse faticosamente.

"Lo so. Mi dispiace."

"Sono troppo debole per alzarmi dal letto da sola. Anche se fosse tutto vero, come posso andarmene?"

Barb stava finalmente iniziando a crederle? Il sollievo la invase. "Tornerò. Con Br–con Seamus. Lo giuro. Ti porteremo fuori da questa casa e al sicuro." Anche se Brick avesse dovuto portarla in braccio.

Oppure avrebbero dovuto coinvolgere la polizia.

In ogni caso, Londyn avrebbe trovato un modo per far uscire Barb di casa in giornata. Che a Brick piacesse o meno. Che ciò provocasse o meno la fuga di Kramer.

Il cliente avrebbe ottenuto le sue informazioni e le avrebbe consegnate alle forze dell'ordine, che avrebbero rintracciato Kramer. Non spettava a Brick o a Londyn fare giustizia.

"Tornerò," le assicurò ancora Londyn. "Nel frattempo, non mangiare o bere nulla di quello che ti dà Chris, okay?"

Barb le rivolse un debole cenno di assenso. "Grazie."

Accidenti, quella singola parola le fece correre un brivido lungo la schiena. Londyn le mise una mano sulla spalla, la strinse e si alzò dal letto.

Mentre usciva dalla camera da letto, si preparò mentalmente alla reazione di Brick. Era sicura che sarebbe stata peggiore di quella di prima, quando gli aveva consegnato la registrazione.

L'uomo era un militare in tutto e per tutto. Non solo lei aveva infranto la "gerarchia," ma aveva disobbedito a un ordine diretto.

Scese i gradini in silenzio.

Il suo grido, che da sorpresa si trasformò in terrore, fu soffocato quando una mano grande le coprì la bocca e un'altra le afferrò i capelli, sollevandola quasi di peso. Le ginocchia le cedettero e non riuscì a ritrovare l'equilibrio.

I suoi occhi si spalancarono e cercò di urlare di nuovo, ma non ci riuscì mentre Kramer la trascinava attraverso casa senza dire una parola.

Non ne aveva bisogno.

Londyn poteva leggere la rabbia sul suo volto.

L'uomo le aveva sentite parlare.

Lei non sapeva esattamente cosa avesse sentito. Ma qualunque cosa fosse, era sufficiente.

Londyn non riusciva a deglutire e faticava a riempirsi i polmoni. Non riusciva a emettere alcun suono.

Brick non sapeva nemmeno che lei era lì.

Nessuno lo sapeva, tranne Barb. E dato che Kramer era silenzioso, probabilmente lei pensava che Londyn fosse già uscita da quella casa.

L'uomo la trascinò in cucina mentre le unghie di Londyn gli scavavano nella pelle, cercando di staccarsi la mano dalla bocca e di togliersi l'altra dai capelli. Lei gli sferrò un calcio negli stinchi, ma l'uomo lo evitò.

Ogni volta che lei cominciava a ritrovare l'equilibrio, lui la sollevava di nuovo da terra con uno strattone.

La stava portando fuori.

Lei non aveva idea del perché.

Perché? Perché diavolo stavano uscendo?

Se fosse riuscita a togliersi la mano dalla bocca una volta fuori, avrebbe potuto urlare a squarciagola e forse Brick l'avrebbe sentita.

Era la sua unica speranza.

Quando furono sul retro, le parole di Kramer la colpirono come proiettili di una mitragliatrice. "Mi hai mentito, puttana! Mi hai incastrato! Sei una stronza bugiarda! Non c'è da stupirsi che lui ti picchi. Te lo meriti. E meriti anche di peggio. Avrei potuto darti tutto, troia. Ora non avrai niente. Ora, invece di Seamus che muore in un incidente, sarai tu a morire."

La trascinò sul cemento verso l'estremità della piscina.

Brick avrebbe potuto vedere la piscina se stava guardando. Ma probabilmente non lo stava facendo. Forse era ancora al telefono a prendere accordi e a condividere le informazioni che Londyn gli aveva fornito. Lei doveva urlare per attirare la sua attenzione.

Doveva lottare per liberarsi da Kramer se voleva riuscirci.

Quando arrivò ai gradini di accesso della piscina, si rese conto del tipo di "incidente" di cui stava per morire.

Annegamento. Come Teresa. Ma questa volta in una piscina, non in una vasca.

Strinse gli occhi. Alla fine, l'avrebbero trovata sul fondo. Forse con i capelli impigliati nel filtro. Qualcosa che l'avrebbe tenuta sotto finché i suoi polmoni non si fossero riempiti d'acqua e non avrebbe più potuto respirare né lottare.

Finché non... avrebbe cessato di vivere.

Il panico la spinse a combattere ancora più forte. Non avrebbe permesso a quello stronzo di ucciderla.

Cercò di mordergli la mano e i suoi denti raschiarono il palmo, ma non riuscì a fare una buona presa.

E per quel motivo, lui le strattonò i capelli con più veemenza, facendole lacrimare gli occhi. E non solo per il panico. Anche per il dolore che le bruciava il cuoio capelluto.

Kramer la trascinò giù per la scaletta, nella parte bassa della piscina. Mentre l'acqua saliva intorno a loro, Londyn cominciò a galleggiare. Scalciò con forza per cercare di scappare.

Fu inutile.

L'uomo era forte.

Lei non lo era.

Era la prima volta che rimpiangeva di non essere davvero una palestrata.

Non aveva la forza per liberarsi.

Ma aveva un discreto paio di polmoni da sfruttare. Aveva solo bisogno di un'opportunità.

Quell'opportunità si presentò quando l'uomo scivolò nella piscina mentre si dirigeva verso la zona profonda e la sua mano si spostò quanto bastava da permetterle di addentargli un dito.

D'istinto, Kramer allontanò la mano per il dolore e gridò.

E quando lo fece, lei si mise a urlare a sua volta. Urlò il nome di Brick più forte che poteva. Una volta.

Perché mentre aspirava ossigeno per urlare di nuovo, un pugno prese il volo. E lei non riuscì a evitare l'impatto con la sua tempia.

Il pugno le scosse il cervello e le fece vedere le stelle, e mentre lei ansimava, lui la spinse sotto la superficie.

Londyn inspirò per istinto, ma respirò solo acqua.

Artigliò impotente l'uomo finché non vide delle macchie nella sua visione.

Scalciò, strattonò e graffiò... poi tutto divenne nero.

Capitolo venti

I PELI sul collo di Brick si rizzarono all'istante. Con il telefono all'orecchio, si precipitò nel corridoio del secondo piano e nella camera degli ospiti.

Spalancate le tende, diede un'occhiata fuori e vide un movimento nella piscina di Kramer. Che cazzo stava facendo quello stronzo?

Vide l'uomo vicino a un'estremità della piscina, completamente vestito, che gli dava le spalle. Accostò l'occhio al mirino e il suo cuore si fermò.

Capelli biondo scuro vorticavano nell'acqua. Ma lui non riusciva a vedere bene a chi appartenevano.

Era la fottuta Londyn?

Ma che cazzo? Era uscita di casa dopo che lui le aveva detto di fare i bagagli?

"Porca di quella troia!" urlò.

"Cosa?" La voce profonda di Mercy giunse dal suo telefono. Era in una telefonata a tre con lui e il capo. Aveva riprodotto la confessione per loro e stavano discutendo delle prossime mosse.

"Le avevo detto di fare i bagagli e lei è tornata lì."

Dal telefono giunse una grassa risata. "Pensi che quella ti ascolti?"

Brick vide il corpo di Kramer sussultare e qualcosa schizzare mentre l'uomo spingeva sott'acqua qualunque cosa avesse in mano. "Occazzo."

"Cosa?"

No. Non cosa.

Chi.

Brick infilò il telefono fra la mandibola e la spalla mentre appoggiava di nuovo l'occhio al mirino, aggiustando il fucile finché il mirino non si trovò sulla testa di Kramer.

"Io lo faccio fuori, D."

"Il cliente non mi ha dato il via libera," sbottò Diesel.

"'Fanculo al cliente! Ha preso Londyn. La sta affogando!"

La voce di Mercy esplose dal telefono. "Cazzo–"

"Lo faccio fuori!" urlò di nuovo Brick, lasciando cadere il telefono ai suoi piedi. Spalancò la finestra e, con un dito tremante sul grilletto, prese la mira e cercò di rallentare il respiro.

Non ci riuscì.

Non riusciva a svuotare i polmoni.

Ma non riusciva nemmeno a respirare.

Doveva fare attenzione. Kramer si frapponeva fra lui e Londyn, ma ciò non significava che lei non rischiasse di essere colpita.

L'uomo doveva allontanarsi. Brick doveva aspettare che Kramer finisse quello che stava cercando di fare. E ogni microsecondo di attesa gli bruciò le viscere, gli lacerò il cuore.

Se fosse accorso, ci avrebbe messo di più.

Doveva aspettare.

Aspetta.

Respira.

Aspetta.

Kramer si voltò per tornare all'estremità della piscina dove l'acqua era bassa. Ora era rivolto verso Brick

Meno male, cazzo.

Tutto dentro di lui urlava mentre si costringeva a ignorare il corpo inerme che galleggiava a faccia in giù nell'acqua. I capelli aleggiavano intorno alla donna come una nuvola scura.

Doveva ignorarlo.

Doveva concentrarsi sul suo obiettivo.

Kramer.

Concentrati su Kramer.

Respirò. Espirò. E premette il grilletto.

La testa di Kramer scattò all'indietro e l'uomo cadde riverso in acqua.

Brick non aspettò un altro secondo.

Aveva meno di quattro minuti.

Meno di quattro, perché non era sicuro del momento in cui i polmoni di Londyn si erano riempiti. Non era sicuro di quando il suo mondo era diventato nero.

Afferrò il telefono ai suoi piedi e corse.

Arrivato in fondo al corridoio, scese le scale a balzi e per poco non si ruppe l'osso del collo.

Spalancò la porta d'ingresso e percorse di corsa la distanza tra le due case.

Ci volevano solo sei fottuti minuti sott'acqua prima della morte cerebrale.

Sei.

Aveva sei fottuti minuti per tirarla fuori dall'acqua e farla respirare.

Sei minuti prima di perderla.

Sei minuti prima che lei se ne andasse per sempre.

Ma Brick doveva farcela in meno di quattro.

Dopo quattro minuti senza ossigeno, le cellule cerebrali cominciavano a morire e si verificavano danni irreversibili.

Quattro.

Meno di quattro, per stare sicuri.

Sollevò lo stivale e lo sbatté contro il cancelletto, spaccando il legno vicino al chiavistello. Si precipitò verso la piscina e vi si tuffò, ignorando il sangue e la materia cerebrale che mulinavano intorno alla testa di Kramer.

Spense il cervello, la parte che voleva urlare, la parte che voleva uccidere. Lasciò che il suo addestramento prendesse il controllo. Mise il pilota automatico di tutto ciò che sapeva, di tutto ciò che aveva imparato come SEAL.

Perché se non l'avesse fatto, il suo cervello avrebbe potuto frantumarsi in pezzi frastagliati e irrecuperabili.

Agganciò Londyn sotto le ascelle, la voltò fino a farle sollevare il viso, già diventato blu, e la trascinò il più velocemente possibile fuori dalla piscina e sul cemento.

Controllò la respirazione e il polso.

Niente.

Le girò la testa per farle uscire l'acqua dalla bocca, poi le fece rapidamente cinque ventilazioni di soccorso. Iniziò le compressioni toraciche.

Uno... due... tre...

"Respira, cazzo! Respira, Londyn," urlò, con la voce che gli si spezzava e il cuore che gli rimbombava nelle orecchie. Gridò ogni numero fino ad arrivare a trenta.

Le fece altre due ventilazioni di soccorso prima di ricominciare le compressioni toraciche. "Dai, piccola, non mollare, cazzo. Resta con me."

Dopo la terza serie di ventilazioni e compressioni, controllò ancora una volta il polso. Era debole. Ma il viso della donna stava cominciando a riprendere colore.

Gli occhi erano ancora chiusi ma, *cazzo*, cominciava a respirare.

Brick la fece rotolare su un fianco mentre lei cominciava a tossire acqua.

"Così, piccola. Butta fuori quella merda. Continua a respirare. Così. Respira. Respira per me." Brick le strofinò la schiena mentre il corpo della donna si contorceva e continuava a espellere l'acqua dai polmoni.

E poi Londyn vomitò altra acqua mista alla colazione su tutto il bordo della piscina.

Lui le liberò la bocca con un dito e la tenne su un fianco per un tempo che sembrò infinito, finché la tosse non rallentò e gli occhi di lei non si aprirono.

Non mettevano ancora a fuoco, ma c'era vita in essi.

Londyn cercò di dire il suo nome.

"Aspetta. Prima pensa a liberare i polmoni, tesoro. Continua a respirare per me."

Le dita di Londyn strinsero debolmente le sue. La donna fece una profonda inspirazione che le rimbombò nel petto, poi tossì di nuovo.

Dopo un po', quando il respiro di Londyn fu tornato quasi normale e lei ebbe smesso di espellere acqua dallo stomaco o dai polmoni, lui se la tirò in grembo, la strinse al petto, seppellì il viso fra i suoi capelli bagnati e fece del suo meglio per non piangere come un bambino.

Continuò a tenerla in braccio mentre estraeva il telefono dalla tasca, ringraziando che fosse impermeabile, e richiamava Mercy per informarlo.

Non invidiava l'uomo che avrebbe dovuto dire a Rissa che aveva quasi perso sua sorella.

Ma quella era l'ultima delle sue preoccupazioni.

Perché ora doveva portare Londyn fuori dal giardino di

Kramer ed elaborare un piano per coprire ciò che aveva appena fatto.

Non ci volle molto per formulare il suddetto piano con l'aiuto di Mercy.

Erano d'accordo.

Non c'era modo migliore per nascondere le prove di un'esecuzione che fare un buco più grande a distanza ravvicinata. Un buco che non potesse essere ricondotto a Brick.

Odiava lasciare Londyn da sola a casa, e lei lo aveva pregato di non farlo, ma non aveva scelta. Doveva finire il lavoro in modo che non potesse essere collegato a loro.

Non appena ebbe sistemato la donna sul divano sotto una coperta ed ebbe verificato che non ci fossero segni di annegamento secondario, le diede un bacio sulla fronte e salì al piano di sopra per cambiarsi i vestiti bagnati e prendere i guanti dal borsone. Poi tornò a casa di Kramer.

Si fece strada attraverso il cancello rotto, che per fortuna era ancora incardinato, e lo chiuse con cura il meglio possibile dietro di sé. Doveva solo bloccare la vista di eventuali vicini ficcanaso.

Indossò i guanti mentre entrava in casa dalla porta a vetri spalancata, immaginando Londyn che si dimenava e Kramer che la trascinava fuori proprio da lì.

Strinse i denti e si diresse verso l'ufficio di Kramer, chiudendosi la porta alle spalle. Dopo aver inserito la password del computer, quello che Walker aveva violato, creò un nuovo documento di Word.

Ci volle un po' più di tempo a causa dei guanti, ma riuscì a scrivere una lettera di suicidio in cui Kramer confessava l'omicidio di Teresa. Brick la formulò in modo da far sembrare che il senso di colpa di Kramer lo stesse divorando e che non riuscisse più a conviverci. Aggiunse anche delle scuse per la famiglia di Teresa. Era il minimo che quello stronzo potesse fare. Scusarsi con la famiglia di sua moglie per essere stato uno stronzo avido e bugiardo che aveva rubato la vita della loro figlia. Brick gli fece confessare anche l'avvelenamento di Barb.

Quando ebbe finito, Brick rilesse la lettera, poi fece clic sull'icona della stampante. Preso il documento stampato, lo mise al centro preciso della scrivania di Kramer. Lo fissò solo per un secondo prima di prendere il Mossberg dall'armadio. Controllò la camera di sparo per assicurarsi che ci fosse almeno un colpo in canna.

C'era.

Tornò verso la piscina, con il fucile pesante in mano e il pensiero di aver quasi perso Londyn più pesante nel cuore.

L'odio per Kramer gli bruciava nel petto.

Il suo cervello aveva inserito di nuovo il pilota automatico mentre lui prendeva la retina per le foglie appesa al lato del capanno e si avvicinava al bordo della piscina. Agganciò il corpo di Kramer e lo trascinò verso il bordo. Usando i capelli di Kramer, sollevò la testa dell'uomo fuori dall'acqua, piazzò la canna del fucile direttamente nella bocca aperta dell'uomo, lo spinse sotto la superficie per attutire il suono...

E premette il fottuto grilletto.

Lasciò cadere il fucile sul fondo della piscina e spinse il corpo ormai privo di testa verso l'estremità, lasciando una scia di sangue, materia cerebrale e altro ancora. Tirò fuori il cellulare e chiamò il 911, segnalando un possibile suicidio da buon "vicino preoccupato."

E poi aspettò.

BRICK SI PASSÒ una mano sul viso proprio mentre gli agenti in uniforme si precipitavano attraverso il cancello rotto.

Era ora di dare spettacolo.

Passò in una frazione di secondo dal voler uccidere Kramer una seconda, terza e persino quarta volta all'essere un vicino di casa sconvolto e allarmato.

Con una mano premuta sulla fronte e l'altra appoggiata sul fianco, gridò: "Grazie a Dio siete qui!" e smise di camminare, tenendo gli occhi spalancati.

Uno dei due poliziotti si precipitò direttamente a bordo piscina, osservando la carneficina – a Brick parve di sentire un conato di vomito – mentre l'altro si avvicinò a lui. "Che cosa è successo?"

L'agente in ginocchio accanto alla piscina parlò nel microfono che portava in spalla, usando un linguaggio in codice nel quale Brick riconobbe una constatazione di decesso. Non c'era motivo di cercare il polso per avere conferma.

Altri due poliziotti varcarono di corsa il cancello.

Festa grande.

Brick prestò tutta la sua attenzione al poliziotto che lo stava interrogando. "Sono preoccupato per la sua ragazza."

Il poliziotto, la cui targhetta diceva Woods, aggrottò le sopracciglia. "È stato in casa?"

"No. Dopo aver sentito lo sparo, ho guardato fuori dalla finestra e ho visto Chris," Brick emise un suono strozzato, "o quello che rimaneva di Chris che galleggiava nella piscina. Sono andato nel panico, sono corso qui e ho dovuto sfondare il cancello per raggiungerlo. Avevo paura a tirarlo fuori, ma ho pensato che era troppo tardi e che comunque non avrei potuto salvarlo." Era difficile fare la rianimazione a un cadavere con la zucca esplosa. Brick trasse un respiro tremante. "Non sapevo cosa fare, così ho chiamato il 911." Si coprì il volto con entrambe le mani per un momento. Dopo aver fatto un verso che sperava sembrasse sincero, le lasciò ricadere, tirando su col naso e pulendosi gli occhi, anche se erano asciutti. "Io... non ho idea di dove sia Barb e sono preoccupato. Spero che non le abbia fatto del male come in uno di quegli omicidi-suicidi."

Lanciamo l'esca.

"Controlleremo in casa." Il poliziotto girò la testa e urlò a un altro, ordinandogli di controllare all'interno.

Un altro poliziotto, una donna, indicò i pezzi di colazione di Londyn sul cemento. "Perché c'è del vomito lì?"

"Sono stato io." Brick si premette una mano sull'addome e fece una smorfia. "Non avevo mai visto un cadavere prima d'ora... tranne che in TV e nei film." Brick si coprì la bocca e simulò un piccolo conato di vomito. "E Chris... non assomiglia *affatto* a quelli dei film."

Woods gli diede una pacca sulla spalla. "Il primo è sempre il più difficile."

Come no.

"Posso andare ora?" Brick sapeva che non sarebbe stato così facile, ma doveva comportarsi come un cittadino qualunque, che non solo non sapeva come comportarsi in una situazione del genere, ma anche sconvolto dal fatto di aver visto un uomo con la testa staccata.

"Prima ho bisogno di qualche informazione. So che probabilmente è difficile; possiamo allontanarci, se ne ha bisogno."

Cazzo, no. Brick aveva bisogno di sentire e vedere quello che facevano i poliziotti mentre era bloccato lì a rispondere alle loro domande.

"Ora sto bene, credo. Cosa vuole sapere?"

Woods, il poliziotto di mezza età con la pancia che sporgeva dalla cintura di servizio, se la sistemò, poi estrasse un taccuino dalla tasca posteriore e una penna dal taschino della camicia.

L'uomo aprì il taccuino, si schiarì la gola e guardò Brick con gli occhi stretti. "Nome?"

"S–" Brick deglutì a secco. La polizia gli avrebbe chiesto un documento d'identità valido e lo avrebbe verificato. "Scusi, sono ancora un po' sconvolto. Byron Williams."

"Ha un documento di identità con sé?"

Brick scosse la testa. "Sono uscito di casa senza portafogli." Sapeva cosa sarebbe successo dopo.

"Codice fiscale?"

Brick ne diede uno falso che gli Shadows usavano proprio per situazioni come quella.

Il poliziotto lo scarabocchiò. "Ha qualche mandato in sospeso?"

Brick alzò le mani. "No. Sono solo un vicino preoccupato. Io e mia moglie abitiamo due civici più in là."

"Va bene. Mi dia un numero di telefono, nel caso avessimo bisogno di contattarla."

Brick gli diede il numero di un telefono usa e getta del capannone, anch'esso conservato proprio per quel motivo.

"Lei ha visto qualcosa?" chiese Woods.

"Lei?"

"Sua moglie."

"No, stava facendo un pisolino quando ho sentito lo sparo."

"Da quanto tempo conosce la vittima?"

Vittima. Brick trattenne una smorfia e rimase nel personaggio. "Da circa un mese. Siamo nuovi nel quartiere, ma stavamo diventando molto amici." Si premurò di precisarlo nel caso in cui il DNA o le impronte digitali sue o di Londyn fossero state trovate nella casa di Kramer e nelle sue vicinanze. Ma si sperava che il caso della morte di

Kramer venisse chiuso in fretta come un suicidio da manuale.

E anche se fosse andata diversamente e la polizia avesse deciso di scavare più a fondo, per allora Seamus e Gertie sarebbero spariti da tempo.

"Sembrava depresso? In difficoltà finanziarie? Aveva mai parlato di suicidio o anche solo accennato a esso?"

"Parlava sempre di sua moglie, morta un paio di anni fa in uno sfortunato incidente. Non credo che sia riuscito a superarlo. Per questo motivo, mi dispiace per la sua attuale fidanzata."

Vediamo se abbocca.

Il poliziotto annuì e annotò qualcosa.

"Sta arrivando un'ambulanza per la donna al piano di sopra. Appena arrivano, mandateli su," disse una voce maschile dalla porta aperta. "Non ha un bell'aspetto."

Woods inarcò un sopracciglio verso Brick. "È malata?"

"Sì. Eravamo preoccupati per lei, soprattutto dopo aver cenato con loro ieri sera. La mia dolce metà guarda spesso Discovery ID, così ha cominciato a inventarsi scenari assurdi."

"Per esempio?" lo incoraggiò Woods.

Brick si avvicinò e sussurrò: "Sospettava che Chris stesse avvelenando la sua ragazza. Che la sua prima moglie non fosse morta per un «incidente»." Brick fece il gesto delle virgolette. "Non sarebbe pazzesco se fosse vero?"

Tiriamolo a riva.

"Già," borbottò il poliziotto, fissando la porta. "Pazzesco."

"Spero che si riprenda."

"Come ha sentito, sta arrivando un'ambulanza. Assieme al medico legale."

Si udirono le sirene in lontananza. Almeno Barb avrebbe ricevuto aiuto. Ciò significava che Londyn poteva smettere di preoccuparsi e che loro due avrebbero potuto andarsene con la coscienza pulita.

"Posso andare? Devo dare la notizia a mia moglie. È molto amica di Barb. Sicuramente, più tardi vorrà andare all'ospedale per farle visita e consolarla per la sua perdita. Speriamo che vada tutto bene."

Woods, distratto da quello che stava scrivendo, annuì di nuovo. La sua testa si alzò quando dall'interno della casa giunse un altro grido. "C'è un messaggio."

"Ci faremo sentire se avremo bisogno di altro," disse Woods, per poi entrare in casa.

Brick sorrise mentre usciva dal cortile attraverso il cancello rotto.

Avrebbero fatto fagotto finché erano in tempo.

Non avrebbe risposto ad altre domande o rilasciato altre dichiarazioni. Dovevano andarsene prima che il poliziotto verificasse i suoi dati personali.

Mentre tornava a casa, Brick decise che doveva discutere seriamente con Londyn del rischio che aveva corso. Di come aveva rischiato di morire.

Di come le persone che la amavano l'avevano quasi persa per sempre. Come sua sorella.

E il momento perfetto per farlo sarebbe stato sull'aereo, quando lei non avrebbe potuto scappare.

Perché quello che Brick aveva da dire non le sarebbe piaciuto.

Capitolo ventuno

Londyn aprì la pagina del telegiornale di Ft. Myers sul suo portatile, cercando le notizie più importanti. Ogni giorno, nell'ultima settimana, aveva controllato il sito dell'emittente locale in cerca di aggiornamenti su Barb e sulla situazione che si erano lasciati alle spalle in Florida.

Aveva tirato un sospiro di sollievo quando, il giorno dopo il loro ritorno in Pennsylvania, aveva letto che Barb era sopravvissuta. I rapporti tossicologici avevano dimostrato che Kramer l'aveva avvelenata lentamente, usando piccole dosi di arsenico e un cocktail di prodotti per la casa. Tutte sostanze rilevabili: Kramer era stato stupido. Forse era così arrogante da pensare di poterla fare franca con il secondo omicidio, visto che ci era riuscito con il primo.

L'elenco delle tossine non era stato reso noto, ma Mercy aveva fatto entrare Walker nei registri del laboratorio dell'ospedale per scoprire i dettagli. Londyn era sorpresa che Mercy avesse preso in considerazione la sua richiesta, ma forse sua sorella c'entrava qualcosa.

Ora, l'articolo online diceva che il caso era stato ufficialmente chiuso; il medico legale aveva stabilito che Kramer era morto suicida. Le forze dell'ordine avevano anche ipotizzato che si sarebbe potuto trattare di un caso di omicidio-suicidio se Barb non fosse stata trovata in tempo.

Fortunatamente, Barb si sarebbe ripresa e al momento era circondata dalla sua famiglia, quindi era in buone mani.

Londyn avrebbe voluto poter parlare lei stessa con Barb, ma Mercy le aveva vietato severamente di mettersi in contatto con la donna. Non potevano rischiare che Barb scoprisse la loro vera identità o la ragione della loro presenza in Florida.

Mercy le aveva anche detto, in termini non molto gentili, che aveva già rischiato abbastanza per se stessa e per Brick disobbedendo all'uomo e che il risultato era stato quasi mortale, quindi doveva "ascoltare" in futuro.

E per quanto lei volesse discutere con quell'idiota dallo sguardo spento, sapeva che lui aveva ragione.

Porca miseria.

Ma, in ogni caso, Londyn aveva salvato Barb. E Kramer era morto. In fin dei conti, era tutto sistemato.

Beh, tutto tranne lei e Brick.

Perché invece di svegliarsi ogni mattina nel letto di Brick, lei si svegliava da sola in una delle camere libere di Parris.

Presto le cose sarebbero cambiate. Non poteva rimanere lì per sempre. E Mercy le aveva fatto capire in maniera molto chiara che non gli piaceva averla lì. Si comportava come se Londyn fosse un brufolo che gli irritava il sedere.

Anzi, le aveva offerto più volte del denaro per trasferirsi in un albergo, in attesa che lei decidesse quale sarebbe stato il suo futuro e dove.

Ma in questo momento, Londyn stava annaspando.

Proprio come quando aveva lasciato New York per andare a Shadow Valley.

Almeno in Florida aveva avuto uno scopo.

Ora non aveva più nulla. Nemmeno Brick.

Durante il viaggio in aereo, dopo averla rimproverata per essersi messa in pericolo. Dopo averla informata che avrebbe potuto morire. Dopo averle detto che *era* morta e che era stata fortunata che lui fosse riuscito a *salvarle il culo...*

Dopo aver finito di ricordarle che, se il suo cuore non avesse ripreso a battere, Parris lo avrebbe ucciso. E poi Mercy.

E forse anche Diesel.

Dopo aver detto che quelle morti le sarebbero pesate sull'anima, anche da fantasma.

Durante e dopo tutta quella tiritera, ciò che l'aveva colpita di più non erano state le parole dell'uomo, ma il suo volto mentre le pronunciava. La sua mimica, l'espressione, lo sguardo che le diceva che sarebbe rimasto colpito dalla sua perdita – forse si sarebbe anche perso un po' senza di lei – se non l'avesse raggiunta in tempo.

Sì, Londyn aveva capito.

Aveva capito che Brick era arrabbiato, sconvolto e anche peggio perché lei aveva violato i suoi ordini ed era tornata indietro per cercare di salvare Barb.

Quello che non capiva era perché facessero finta di non essere interessati l'uno all'altra. Perché non passassero del tempo insieme.

Perché nel momento in cui il lavoro era finito, erano finiti anche loro.

Era qualcosa che Londyn faticava a mandar giù.

"Finisce qui, allora?" aveva chiesto prima di uscire dall'aeroporto e salire sul SUV ipertrofico e antiproiettile di Mercy.

"Cosa finisce?"

La parte più dolorosa era che lui non era confuso su ciò che lei gli stava chiedendo. Anche con gli occhiali da sole scuri che gli nascondevano gli occhi – pur essendo ancora all'interno del terminal – lei era riuscita a leggerglielo in faccia. Ma l'uomo voleva far finta che l'ultimo mese non avesse significato nulla per lui.

"Noi."

Un muscolo gli era guizzato nella mascella e lui si era aggiustato gli occhiali da sole. "Londyn, abbiamo promesso di non toccarci e quando abbiamo infranto la promessa abbiamo giurato di tenerlo per noi, ricordi?"

Come avrebbe potuto dimenticare?

Ma anche se ciò era vero... Erano successe così tante cose da quando avevano detto che avrebbero mantenuto il silenzio. Londyn aveva creduto che fossero andati oltre. Si sbagliava? "Abbiamo fatto una cazzata?"

"In che senso?"

Ancora una volta, Brick voleva evitare il discorso, ma lei non glielo permise. Aveva bisogno di sapere.

Forse lui era in grado di combattere i suoi sentimenti, le sue emozioni. Di seppellirli in profondità per nasconderli. Ma lei non ci riusciva.

Non c'era mai riuscita e probabilmente non ci sarebbe mai riuscita.

Sua madre la rimproverava perché era "un libro aperto" per quanto riguardava le sue emozioni. Ma Londyn non lo faceva con malizia. Aveva preso dai genitori.

Si avvicinò alla giacca di pelle aperta e alla maglietta sottostante e la strinse. Le sue nocche sfiorarono le piastrine che ora erano tornate al loro posto, intorno al collo e infilate sotto la maglietta. E, dato che Brick era tornato a portare le lenti a contatto, era sicura che i suoi occhiali da vista fossero ora sepolti nel borsone che aveva buttato a tracolla.

"Ci piacciamo?" Londyn rabbrividì internamente per la domanda che era sicura di aver già fatto a dodici anni nel cortile della scuola.

L'uomo sollevò le sopracciglia, che poi si abbassarono così minacciosamente da scomparire dietro gli occhiali da sole. "Beh, spero proprio di sì, visto che abbiamo scopato. E più di una volta. Anzi, ho perso il conto delle volte. Quindi, sì, direi che ci piacciamo, Londyn."

Lei ignorò la sua irritazione e proseguì. "Ma ci piacciamo davvero?" *Buon Dio*, si stava comportando da perfetto zerbino, ma non riusciva a fermare quel treno in corsa.

Brick ruotò il collo per allontanare il viso, ringhiando un rabbioso "Cazzo."

"È quello che pensavo. Abbiamo fatto una cazzata. Ma, che io sappia, siamo entrambi persone adulte."

Le narici dell'uomo si dilatarono mentre si voltava a fissarla. Londyn avrebbe voluto che non avesse gli occhi azzurri coperti.

"Che io sappia, sono ancora vivo. Vorrei che rimanesse così." Brick accennò con il mento alle porte automatiche davanti a loro, dove, proprio dall'altra parte, Mercy aspettava impaziente sul marciapiede.

"Allora," Londyn sollevò una spalla con disinvoltura, si avvicinò e gli tolse gli occhiali da sole, "non lo diremo a nessuno."

Lui le strappò gli occhiali di mano. "Nessuno potrà mai saperlo."

Ma *loro* lo avrebbero saputo.

Lo avrebbero sempre saputo.

"Quindi, è finita," disse infine Londyn, con la delusione che le saliva dal profondo del ventre.

Usando il pollice, l'uomo sollevò il viso verso di sé e lo fissò, ma non disse nulla.

E quel silenzio diceva tutto.

"È stato bello finché è durato," sussurrò lei, sperando che lui dicesse che non voleva che finisse, che avrebbero potuto tenere vivo quello che avevano, anche se di nascosto.

"È stato bello di sicuro," le fece eco Brick a bassa voce; poi la sua mascella si irrigidì. "Tranne la parte in cui sei quasi morta."

Londyn gli sorrise. Se lui riusciva a nascondere i suoi veri sentimenti, allora poteva farlo anche lei. "Giusto. Tranne quella parte."

Brick non ricambiò il sorriso. "Sei l'unica con cui ho passato più di un paio di giorni, figuriamoci un mese intero, Londyn."

Era una semplice affermazione che significava molto di più.

Nel mondo di Brick, un mese era un record. Soprattutto perché lui si limitava alle avventure di una notte. Un mese intero era probabilmente una vita per lui.

Per Londyn non era abbastanza. "Il trofeo lo prendi tu o lo prendo io?"

Gli angoli delle labbra dell'uomo, finalmente, si arricciarono e lui le lasciò il mento. Rimettendosi gli occhiali da sole, accennò con il capo all'uscita e disse: "Andiamo. Mercy sta aspettando. Mi sorprende che non ci stia lanciando granate per farci muovere."

"Quella cosa ha un lanciagranate?"

Brick scosse la testa e si avviarono verso l'aria frizzante di inizio dicembre. Un'aria ben diversa da quella appiccicosa della Florida, che le faceva sudare le tette.

Dopo aver caricato le sue cose sulla Terradyne, Brick

caricò quelle di Londyn e la aiutò a salire sul sedile posteriore dell'enorme veicolo. Quella fu l'ultima volta che la toccò.

Seduto davanti, Brick procedette a fare a Mercy un resoconto dettagliato dell'ultimo mese – tralasciando tutto il sesso tra lui e Londyn, ovviamente – mentre l'omone lo riportava a casa.

E per tutto il tempo, Brick non la guardò mai, né la coinvolse nella conversazione.

Stava tagliando i ponti.

Una rottura netta.

Quando giunsero nel vialetto di una graziosa casetta in stile Cape Cod in città, Londyn si stupì che Brick vivesse lì. Ma ancora più sorprendente fu il semplice "Grazie per l'aiuto," che lui le rivolse senza incrociare il suo sguardo, prima di sbraitare "Sergente maggiore," salutare Mercy e sparire in casa con il borsone, lo zaino e la custodia del fucile.

Tutto ciò era successo poco più di una settimana prima.

Da allora, Londyn non aveva avuto più notizie di Brick.

Odiava dormire da sola.

Odiava non avere nessuno a cui preparare la colazione se non se stessa. Mercy e Parris erano già fuori quando, ogni mattina, lei si costringeva ad alzarsi dal letto.

Si stava avvicinando il Natale e lei non aveva alcuno spirito natalizio.

Stronzate.

Quella sera, la "sorellanza" si riuniva per un baby shower. Londyn non aveva idea di chi stesse per mettere al mondo un figlio questa volta, dato che non le aveva ancora conosciute tutte. Ma Parris aveva insistito perché venisse anche lei, per tirarla fuori dalla sua depressione. E magari per parlare con le altre signore di un lavoro, anche se temporaneo, all'interno di una delle loro aziende, visto che anche sua sorella insisteva sul fatto che Londyn aveva bisogno di un motivo per vestirsi e uscire di casa ogni giorno.

Che lei interpretava come: Londyn doveva togliersi il pigiama e le pantofole, spazzolarsi i nodi dai capelli, smettere di mangiare il gelato e rientrare nel mondo reale.

Dopo aver consultato il notiziario di Ft. Myers, aveva cercato ogni giorno annunci di lavoro online. Ma nessuno nell'area di Pittsburgh cercava una consulente per l'abuso di sostanze, almeno non una posizione retribuita. Aveva trovato solo annunci di ricerca di volontari. E quel genere di attività non le avrebbe permesso di avere un'auto, un tetto sopra la testa e qualcosa che non fosse gelato nella pancia.

Parris le aveva suggerito di aprire un ufficio in proprio, ma finché la casa di New York non sarebbe stata venduta, lei non avrebbe avuto i soldi per l'anticipo dell'affitto di un ufficio o anche solo di un appartamento.

Ma sua sorella aveva ragione: Londyn doveva darsi una regolata e formulare un piano, proprio come aveva fatto per ottenere la confessione di Kramer.

Era giunto il momento di crescere e diventare una donna indipendente. Di trovarsi una casa tutta sua e di smettere di sperare che un uomo la rendesse felice.

Come Brick, aveva bisogno di imparare a "scorrere a destra" per avere compagnia quando ne aveva bisogno, ma senza aspettarsi di più.

Essere indipendente.

Non avere aspettative.

Solo sesso.

Tanto sesso occasionale, sudato e violento.

Ma il pensiero che qualcuno la toccasse, la baciasse, la sculacciasse, a parte Brick, le faceva venire il voltastomaco.

Con un lungo e rumoroso sospiro, Londyn chiuse il portatile, decise di non togliersi il comodo pigiama di flanella e scese al piano di sotto.

Quando arrivò in cucina, si fermò di colpo con i suoi calzini di gomma, rischiando di imitare la scivolata di Tom Cruise in *Risky Business*. Solo che non sarebbe sembrata altrettanto figa e probabilmente avrebbe pattinato sul pavimento sul sedere.

Sua sorella, nel suo tipico abbigliamento e trucco da lavoro, era seduta al tavolo e sorseggiava quello che Londyn sperava fosse caffè appena fatto.

"Cosa ci fai qui?"

Parris sollevò un sopracciglio perfettamente curato. "Ci vivo, ricordi?"

Londyn sgranò gli occhi e si diresse con i suoi calzini spessi verso la caffettiera mezza piena. "Ma non mi dire. Pensavo avessi degli appuntamenti stamattina."

"Lo so. Ma il primo è stato cancellato e questo sarà breve."

"Ommerda," mormorò Londyn, per poi prendere una tazza dal mobile sopra la caffettiera. La riempì di caffè, aggiunse una spruzzata di panna alla vaniglia e tre cucchiai di zucchero di canna fino a raggiungere l'orlo. Aveva la sensazione che avrebbe avuto bisogno di ogni singolo sorso di quel maledetto caffè.

Ne tranguggiò abbastanza da non farlo traboccare e poi si girò, appoggiando il sedere sul piano della cucina.

Parris scosse la testa e indicò una sedia di fronte a lei al tavolo. "Siediti."

Quello che sembrava un fantasma che le sussurrava sulla pelle la fece rabbrividire. "Argh, sembravi la mamma."

Uno sguardo triste attraversò il volto di sua sorella, ma scomparve subito.

"Mi manca," sussurrò Londyn mentre si sistemava sulla

sedia e ingurgitava un'altra dose di caffeina, chiedendosi se aggiungere un po' di Bailey's per superare quella "chiacchierata."

"Mi mancano entrambi."

"Voglio quello che avevano loro, Riss." Londyn non aveva più usato quel nomignolo da quando erano bambine. Ma il pensiero dei suoi genitori la riportava a quando erano una famiglia. Completa. Intera. Loro quattro. Le mancava. La vicinanza. L'amore. La felicità.

"Lo so."

"Pensavo che Kevin fosse quello giusto per me. Pensavo che fosse *quello giusto*. Che mi avrebbe dato quello che stavo cercando. Un amore innegabile e indissolubile. E alla fine una famiglia."

"E ti sei sbagliata."

Quelle parole semplici e dirette le rigirarono il coltello già piantato nel cuore. "Come sempre. Forse non so cosa sia il vero amore. Forse, a causa di mamma e papà, mi aspetto troppo. E magari quello che avevano loro non era neppure realistico. Voglio dire, chi muore di crepacuore? Non succede solo nei film?"

Non molto tempo dopo che il loro padre era morto di ictus, una sera la loro madre, distrutta, era andata a letto e non si era più svegliata. Parris aveva giurato che si trattava di crepacuore, dato che non c'erano altre spiegazioni mediche. La mamma era in perfetta salute.

"Non poteva vivere senza papà. Erano tutto l'uno per l'altra. I loro cuori e le loro anime erano una cosa sola. Io voglio questo, Riss." Londyn cercò di allontanare il bruciore degli occhi.

"Anch'io volevo quello che avevano loro."

"Lo hai trovato?"

Parris le rivolse un piccolo sorriso. "Forse ti sembrerà difficile da credere, ma sì, l'ho trovato. Il nostro amore non è tenero o caldo, e nemmeno tipico: è intenso e imprevedibile, a volte addirittura esplosivo. E ora non vorrei mai che fosse diverso. Non mi aspetterei mai che Ryan cambiasse e non gli chiederei mai una cosa del genere. Lo amo così com'è. Lo amerò sempre."

"Ma è un amore del tipo *morirei senza di te?*"

Le pieghe agli angoli degli occhi azzurri di Parris si attenuarono. "Lui è il mio cuore e la mia anima."

"Purché tu sia felice, io sono felice per te. Non sono sicura di avere le carte in regola per vivere o amare un uomo come Mercy."

"Allora è una fortuna che tu non debba farlo."

Londyn bevve un altro sorso del suo caffè, poi studiò la sorella dal bordo della tazza. Parris non l'aveva aspettata per parlare dei loro genitori. C'era dell'altro.

Sua sorella non perse altro tempo ad arrivare al punto. "Non hai mantenuto la promessa."

Merda. "No."

"Sono tua sorella maggiore. So quando mi menti. C'era un motivo per cui io e Ryan vi avevamo chiesto quella promessa. Non potevo dirtelo allora, ma te lo dirò adesso. Quando ho incontrato Brick per la prima volta, non conoscevo il suo segreto. In realtà, non lo sapevo finché Ryan non è stato costretto a dirmelo. Cioè poco più di un mese fa, quando è stato deciso che voi due sareste andati in Florida insieme. Credimi, amo Ryan con tutta me stessa, ma non augurerei a nessuno i suoi problemi. E quando ho saputo quali erano quelli di Brick, non ho voluto che diventassero anche i tuoi. Forse perché quello che hai detto prima è vero: c'è un po' della mamma in me. Ma Brick non è come sembra all'esterno." Parris fece un respiro profondo, come se stesse per rivelare qualcosa di devastante. "È tormentato all'interno."

Londyn lo sapeva già. Brick lo nascondeva bene, ma i suoi incubi lo rivelavano. "Lo so."

"Allora sai che stare con un uomo del genere non sarà mai facile. Lui è bravo a nascondere tutto. Anzi, è un esperto. E per questo riesce a nascondere molte cose. Non solo il suo passato, ma anche i suoi sentimenti. È traumatizzato, come la maggior parte degli Shadows. Non è uscito indenne dal periodo in cui era un cecchino. Forse non ha cicatrici visibili all'esterno, ma sono quelle che non si vedono a turbarlo."

"Lo so." Le mancavano solo i dettagli.

Parris le lanciò uno sguardo sorpreso. "Te ne ha parlato?"

"No. So che ha dei demoni, ma non ne ha voluto parlare. Il fatto è che non si fidava abbastanza di me per condividere quei ricordi." E anche quello le faceva male. Ma lei non glielo aveva mai detto.

"O forse non si trattava di te, Londyn. Dubito che la fiducia c'entri qualcosa. Ci sono molte ragioni per cui gli uomini come quelli si tengono quella roba dentro. Quindi, non prenderla sul personale."

Londyn si era aspettata che prima o poi Brick le avrebbe rivelato la causa dei suoi incubi notturni. Ma non lo aveva fatto. E lei non aveva creduto di avere il diritto di insistere, anche se avrebbe voluto farlo.

Si erano avvicinati per lavoro, non per rivelare tutti i loro segreti. Sebbene avessero infranto la promessa di non toccarsi, non si erano mai aspettati di andare oltre quel periodo in Florida.

Mai.

Brick non le doveva nulla.

Di conseguenza, Parris aveva ragione. Londyn non

doveva prenderla sul personale. Ma era difficile non farlo. Soprattutto per quello che provava per lui.

"Potrebbe non aprirsi mai con te. E questo potrebbe rendere tutto più difficile. Indossa la sua corazza di ragazzo alla mano e amante del divertimento per nascondere il fatto che qualcosa lo rode dall'interno. Quella corazza è il modo in cui affronta la vita quotidiana." Parris fece scorrere il polpastrello dell'indice sul bordo della tazza. "Il punto di tutto questo è che sapevamo già che voi due non avreste mantenuto le promesse. Ne ho avuto sentore quando eravate in Florida e abbiamo parlato al telefono. Lo sentivo nella tua voce. Ma i miei sospetti sono stati confermati quando sei tornata e hai iniziato a deprimerti. Non è a causa di Kevin. Non hai parlato di Kevin nemmeno una volta da quando sei tornata dalla Florida. Ma vedo che controlli costantemente il telefono. Cercando una chiamata persa, un messaggio non letto. So che non è per lavoro, né per Kevin, né per nessun altro che non sia Brick."

Londyn posò il caffè e chiuse gli occhi. "Mi sono innamorata di lui," ammise in un sussurro roco. Li riaprì quando sua sorella le afferrò la mano attraverso il tavolo, dandole una stretta. "Mercy lo sa?"

"Non gli sfugge molto," ammise Parris. "L'ho tenuto per me finché non è venuto a parlarmene ieri sera."

"Era incazzato?"

"Sorprendentemente, no."

Parris non era l'unica a esserne sorpresa. Londyn si sarebbe aspettata che l'omone andasse su tutte le furie.

"Perché?"

"Ha le sue ragioni," affermò Parris con semplicità.

"Che non ha condiviso."

"L'ha fatto. Con me. Non posso dirti tutto quello che ha detto, ma Brick è una parte vitale della sua squadra. Ryan porta una lealtà incrollabile a ognuno. Anche se non lo dà a vedere, ci tiene a loro. E conosce le loro storie, le loro difficoltà. Le ha vissute in prima persona. Vuole solo il meglio per i suoi ragazzi."

"E questo che significa?"

Parris strinse le labbra e osservò Londyn per qualche secondo, con l'aria di chi era dubbiosa su qualcosa. Dopo qualche istante di silenzio, frugò nella borsetta che si trovava sulla sedia accanto a lei e tirò fuori un foglietto di carta con i bordi strappati. La grafia era composta da tratti netti, non dal corsivo delicato di sua sorella.

Parris fece scivolare il foglio sul tavolo. "Tieni. Voleva che tu avessi questo."

"Che cos'è?" Londyn prese il foglietto e vide che era un indirizzo, uno che le sembrava familiare. Alzò lo sguardo e incontrò quello di sua sorella. Il cuore cominciò a batterle forte nel petto. "Non è che lo fa solo per liberarsi di me?"

"I ragazzi faranno una partita a poker stasera al capannone. Finirà al temine del baby shower. Quando le donne torneranno a casa, lo faranno anche i ragazzi."

"Ma... io... non ho la macchina." Era una scusa banale, visto che poteva prendere un Uber.

Rissa frugò di nuovo nella borsa e tirò fuori un mazzo di chiavi. Le lanciò a Londyn, che fece appena in tempo a prenderle. Le fissò nel palmo. Erano le chiavi di una macchina. Una Lexus, per l'esattezza.

"Non posso prendere la tua macchina."

"Non sono le chiavi della mia macchina. Sono della tua. Te l'ha presa Ryan."

Cosa aveva fatto Mercy? Le aveva comprato una dannata macchina? E una Lexus, per giunta? Aveva perso completamente la testa? Non poteva averlo fatto per generosità. Doveva avere un piano. Mercy non agiva mai d'impulso.

Poi Londyn capì. "Accidenti, deve *proprio* volermi fuori da casa vostra."

Gli occhi di Parris raggrinzirono agli angoli e lei rise. "Non ho intenzione di mentire e dire che non è vero. Averti qui lo mette in agitazione, e questo mette in agitazione anche me. E anche se voglio che tu rimanga a Shadow Valley, se resti ancora a lungo nella nostra camera degli ospiti, lui potrebbe strangolarti nel cuore della notte."

"Oh, grazie. Ora stanotte dovrò dormire con un occhio aperto."

"Se tutto andrà bene, stanotte non dormirai affatto qui."

Eh? Volevano buttarla fuori al freddo proprio prima di Natale?

Un momento.

Oooooh. Porca miseria. "Brick lo sa?"

"No."

Londyn strinse le labbra. "Non credo che il tuo piano gli piacerà."

"Forse, forse no. Ma se le cose con Brick non dovessero funzionare, nel complesso c'è una casa vuota che Nash è disposto ad affittarti."

"Non posso permettermi di affittare una casa in questo quartiere. Non ancora. Prima devo trovare un lavoro."

"Puoi permetterti quella casa. È vuota. Io e Ryan ci abbiamo passato un po' di tempo e Michael l'ha arredata. Sarebbe perfetta per te. Forse è un po' grande per una persona sola, ma l'affitto sarà economico. Per quanto riguarda il tuo lavoro, ieri ho firmato un contratto di affitto per l'ufficio accanto al mio. Pagherò io l'affitto finché tu non ti sarai sistemata, poi potrai rimborsarmi. Ma voglio che tu sia felice. E sarai felice qui, Londyn, te lo prometto. L'intera comunità – l'MC, gli Shadows e le loro donne –è una famiglia, anche se molto poco convenzionale. Mi hanno abbracciata e abbracceranno te. Voglio che tu trovi la felicità a Shadow Valley, in qualunque modo."

Anche Londyn lo voleva. Sperava solo che fosse possibile.

Sua sorella non aveva ancora finito. "Noi due siamo l'unica vera famiglia che ci è rimasta. E in famiglia ci si aiuta a vicenda. Ma il punto è che devi andartene da casa nostra." Con questo, Parris le rivolse un sorriso. Tirò indietro la sedia, si avvicinò a quella di Londyn e la abbracciò. "Ora fai una colazione abbondante e vai a fare un pisolino, perché ho la sensazione che stasera starai sveglia fino a tardi."

Capitolo ventidue

"Il cliente è più felice di un cazzo di maiale nella merda. Voleva che lo stronzo fosse arrestato. Che sia morto è ancora meglio per lui." Il rimbombo profondo della voce di Diesel rieccheggiò nel capannone mentre l'uomo si avvicinava all'angolo dove gli Shadows stavano giocando a poker.

"Anche per me," brontolò Brick, posando le carte a faccia in giù sul tavolo. Il suo sguardo si posò sull'anulare sinistro. Quello che non aveva più il cappio attorno. Aveva pensato di vendere la fede al negozio dei pegni di Shadow Valley, ma non aveva trovato il tempo.

Come no, il tempo.

"Soprattutto perché pensa che lo stronzo si sia suicidato. Tutti sono fottutamente felici e ne hanno ricavato un sacco di pila."

Tutti erano felici, tranne Brick.

Diesel sbatté le enormi nocche tatuate sul tavolo, facendo saltellare le fiches del poker. "Io vado. Ho della roba da fare."

Cioè, probabilmente, dei pannolini pieni di merda da cambiare.

"Allora vattene," disse Steel. "Ci rovini il gioco."

Quella bestia del loro capo inarcò un sopracciglio scuro e minaccioso verso Steel. "Pensavo fossi stanco di farti prendere a calci in culo."

Steel gli rivolse un ghigno arrogante.

"Si eccita quando la sua donna gli fa il culo ogni cazzo di sera," disse Hunter con un sorriso. "Che preliminari del cazzo."

Steel scrollò le spalle. "Tutta invidia la tua."

"Io preferisco il morbido al duro," disse sottovoce Walker.

"Non è quello che mi ha detto Ellie," disse Steel, con lo stuzzicadenti che gli rimbalzava da un angolo all'altro della bocca.

"Peccato che avere una donna a cui piaci sul serio nel tuo letto non ti abbia reso meno stronzo," disse Ryder.

"Siamo tutti stronzi," gli ricordò Steel.

"Questo è indiscutibile, cazzo." Diesel scosse la testa e si allontanò, lasciandoli al gioco.

"A chi toccava puntare?" chiese Walker.

"A te," grugnì Mercy.

"Vedo." Walker buttò un paio di fiches nel mucchio centrale, poi lanciò un'occhiata a Mercy, che gli rivolse una leggera alzata di mento.

Cosa cazzo stava succedendo?

Ma fu Steel a chiedere a Mercy: "Ora che l'incarico è concluso, Londyn torna a New York?"

La faccia sfregiata di Mercy si contorse, rendendo il suo volto più spaventoso che mai. "Col cazzo. Giuro che non ce la leveremo mai dal culo." L'uomo afferrò la bottiglia di Jack che si trovava al centro del tavolo e si riempì per metà il bicchiere basso. Mandò giù il liquore, si passò il dorso della mano sulla bocca e disse: "L'unica speranza che ho è che lei si trovi un altro uomo online e si trasferisca di nuovo dall'altra parte del

Paese. Spero in California. O in Australia. Conosci qualche australiano?"

Le orecchie di Brick si drizzarono.

Ryder gli rubò la domanda di bocca prima che potesse farla. "Sta cercando di nuovo online? Non ha imparato la lezione l'ultima cazzo di volta?"

"Mi sa di no."

Steel diede una gomitata a Brick. "Avresti dovuto darle qualche dritta durante quel mese che avete trascorso insieme. Scorri a destra, avvolgilo bene e scappa nel cuore della notte. Tieni le cose sul semplice, giusto?" L'uomo si dondolò sulla sedia e sorrise.

"Giusto," ringhiò Brick.

"Rissa vuole che resti nella Valley. A me non frega un cazzo di dove va, basta che non stia a casa mia."

"Il sergente maggiore ha ancora difficoltà a lanciare il suo missile con Londyn nella stanza accanto?" Lo stuzzicadenti di Steel saltellò su e giù mentre lui sorrideva.

"Il concerto non mi manca, visto che vivo proprio accanto a loro," si lamentò Walker, per poi bere un lungo sorso dalla sua birra.

"Ecco un lato positivo dell'inverno: si tengono le cazzo di finestre chiuse," disse Ryder, il fumo del sigaro che saliva in una sottile linea bianca verso il soffitto scuro del capannone.

"Come se tu e Kelsea non faceste un casino del cazzo," ringhiò Walker. "Cazzo, io sto proprio in mezzo a voialtri e certe notti è come avere la modalità stereo inserita. Quante testiere avete rotto?"

Quando Ryder aprì la bocca, Mercy lo interruppe. "*Comunque,* Londyn deve aver imparato qualche dritta sul rimorchio dalla testa di cazzo qui presente, visto che stasera ha un appuntamento. E meno male, cazzo."

A Brick non sfuggì che tutti gli sguardi si posarono su

di lui. Prese la sua birra e ne bevve un lungo sorso. E poi un altro. Una volta che la bevanda gli ebbe spento il bruciore allo stomaco, si pulì la bocca e disse: "Possiamo tornare a questa cazzo di partita e smetterla di chiacchierare come un branco di donne? Se avessi voluto quella roba, mi sarei messo un vestitino e sarei andato al baby shower di Frankie." Esattamente dove Londyn avrebbe dovuto essere, invece che a un cazzo di appuntamento con uno sconosciuto.

Steel gli rivolse un cenno di assenso, ma quando Brick gli lanciò un'occhiata, notò che l'uomo aveva la testa bassa e un sorriso sornione.

'Fanculo a quegli stronzi che lo prendevano per il culo.

Ma per il resto della serata non riuscì a concentrarsi sul poker. Tanto che perse tutti i suoi cazzo di soldi e Steel dovette prestargli un cinquantino.

Invece della partita, riusciva a concentrarsi solo sul fatto che Londyn aveva un maledetto appuntamento.

E se aveva usato una app per rimorchiare, poteva essere solo per fare sesso.

Pensare a qualcun altro sdraiato tra le morbide cosce di lei, a qualcun altro che affondava nel suo calore umido, a qualche stronzo che aveva le labbra di Londyn intorno all'uccello, a qualche bastardo che sculacciava il suo cazzo di culo mentre lo guardava incresparsi a ogni colpo e poi diventare rosso...

Cazzo, no.

No, cazzo.

Dormire accanto a lei era diventata una strana dipendenza. Sorprendentemente, Brick ci si era abituato. Si sentiva a suo agio.

In Florida, dormire con Londyn era diventato scontato, un'abitudine.

Da quando era tornato a Shadow Valley, gli mancava qualcosa.

Londyn nel suo letto. Al suo fianco.

No, era più che averla nel suo letto.

Molto di più, cazzo.

Lei era molto di più, cazzo.

Non poteva permetterle di uscire con altri uomini. Non poteva permettere che altri uomini la toccassero.

Lei non poteva fare biscotti senza uvetta per nessun altro che non fosse lui.

Nessun altro poteva mangiare l'impasto di brownies crudo dal corpo di Londyn, tranne lui.

Lei era sua.

'Fanculo alla promessa.

'Fanculo al segreto.

'Fanculo anche al respiro.

Perché se Brick non poteva avere Londyn, non voleva respirare.

Si alzò di scatto dalla sedia, facendo quasi cadere tutto dal traballante tavolo da poker di seconda mano. "Mi sono scopato Londyn," gridò e trasalì quando l'eco risuonò nel capannone cavernoso.

La sua affermazione fu accolta da un silenzio tombale.

Sentiva il cuore battergli con furia nel petto mentre si voltava lentamente verso Mercy all'estremità del tavolo. Forse gli si era anche strizzato un po' il buco del culo.

Il mento dell'uomo era inclinato verso il basso e i suoi occhi d'argento lo fissavano. "Pensavi che non lo sapessi, coglione?"

"Non era mia intenzione. È successo e basta," disse subito Brick.

"Sì, come no. Ops, mi è scivolato il cazzo nella tua futura cognata," disse Steel con una risatina soffocata.

Brick gli lanciò un'occhiataccia prima di affrontare nuovamente Mercy.

"Mi avevi promesso che non l'avresti toccata e hai infranto quella cazzo di promessa. Il che significa che hai violato la mia fiducia, fratello."

Brick si riempì i polmoni d'aria e poi soffocò quando inalò il fumo di sigaro.

"Penso che la partita sia finita," borbottò Ryder, buttando il sigaro nel posacenere.

"Penso che la vita di Brick potrebbe essere finita," disse Walker, contando le fiches impilate davanti a sé. "Qualcuno vuole scommetterci su?"

"Ah sì? Beh, andate tutti affanculo. Ne è valsa la pena," disse Brick.

"Davvero?" ringhiò Mercy, alzandosi e puntando un dito nella sua direzione. "Sei tu che te la tieni in casa a fare il cucciolo bastonato? Col cazzo. Sapevo che sarebbe successo se le avessi infilato l'uccello dentro. Avevo ragione, perché ho sempre ragione, cazzo. Era già abbastanza sgradevole che quello stronzo le avesse fottuto la testa. Poi sei dovuto arrivare tu e fottergliela ancora un po'. E chissà perché, tocca a *me* subirne le conseguenze. Tu ti diverti e a me viene mal di testa."

"Cosa ti aspettavi quando abbiamo dovuto convivere per un mese, cazzo?"

"Mi aspettavo che tenessi l'uccello nei pantaloni. Mi aspettavo che mantenessi la tua cazzo di parola."

"Un uomo vale quanto la sua parola," borbottò sottovoce Steel.

Brick girò la testa verso di lui e lo guardò storto. "Questa merda non è divertente."

Steel sollevò i palmi delle mani e strinse le labbra.

"No, la cosa divertente è che Mercy si aspettava che

Brick tenesse l'uccello nei pantaloni," mormorò Hunter accanto a lui, alzandosi a sua volta in piedi. "Quindi, in realtà, non è stato Brick a fare una cazzata, ma Mercy."

"Te la sei scopata perché ti ricordava Rissa?" chiese Mercy, la voce tagliente come vetri rotti.

Un'abbondanza di gemiti e di "occazzo" circondò il tavolo, attorno al quale ormai tutti erano in piedi. Tuttavia, Brick riuscì a contenere il suo "occazzo." A malapena.

"Fratello," mormorò Ryder a Mercy, tendendogli la mano.

Mercy allontanò la mano, ma i suoi occhi di ghiaccio non lasciarono Brick. "Rispondi."

Brick tirò indietro le spalle, trasse un respiro profondo e inarcò la testa a sinistra e poi a destra, flettendo il collo. "È un ordine, sergente?"

"È un ordine, cazzo."

"No. Non l'ho scopata per quello."

"L'hai fatto perché ti annoiavi? Perché lei era comoda?"

"No."

"Allora perché?"

Le narici di Brick si dilatarono e lui trasse un altro respiro e, mentre il suo mondo traballava davanti a lui, cercò di spiegarsi. E, 'fanculo, fu costretto ad ammettere cose a cui non voleva pensare. Costretto a vedere ciò che aveva cercato di ignorare.

E alla fine di tutto, sopravvisse per vivere un altro giorno, con il portafogli ormai vuoto e la verità che lo aveva colpito direttamente in mezzo agli occhi come il colpo mortale che aveva fatto fuori Kramer...

La verità che il suo errore non era stato scopare con Londyn, ma lasciare che lei se ne andasse.

LONDYN SPOSTÒ lo sguardo dal *nuovo* minivan Lexus nel vialetto alla porta, mentre bussava di nuovo. Sì, probabilmente Mercy pensava che fosse divertente che lei guidasse una monovolume: era stato generoso, ma anche sarcastico.

Beh, era lui ad avere il diritto di ridere per ultimo. Perché lei era lì, sulla soglia di casa di Brick, con l'intenzione di entrare *per sempre* nella vita di Mercy.

Di vivere abbastanza vicino da poter andare *spessissimo* a trovare Parris. Di restargli abbastanza vicina da sedersi alla sua tavola per la *cena di Natale*. E a Pasqua. E per il Giorno del Ringraziamento. *E di* portare una dannata pentola di coccio piena di maiale e crauti per inaugurare il nuovo anno.

Ancora meglio, di restare a sufficienza vicina da fare da babysitter ai suoi futuri figli.

Sbuffò, si passò i palmi umidi sulla gonna a tubino nera aderente, mosse le dita dei piedi doloranti sui tacchi rossi oscenamente alti e si passò una mano sui capelli ben acconciati.

Peccato che facesse freddo e che lei avesse dovuto indossare un cappotto, altrimenti avrebbe potuto sfoggiare il suo décolleté, che era perfettamente incorniciato dal maglione d'angora rosso con profondo scollo a V in cui si era infilata.

L'uomo se ne sarebbe accorto, ma non subito... Purché non le sbattesse la porta in faccia.

Il cuore di Londyn batteva all'impazzata quando sentì dei passi, una pausa, una pausa più lunga, una pausa ancora più lunga e un'imprecazione soffocata prima che la porta si aprisse.

Lei lasciò cadere lo sguardo dalla bocca di Brick, che si apriva a fatica, sulla birra agganciata fra due dita. Gliela prese, ne bevve il resto – senza curarsi della saliva dell'uomo – e poi gettò la bottiglia vuota nel cortile alle sue spalle.

Gli occhi di Brick seguirono l'arco della traiettoria della

bottiglia fino a quando essa non si infranse in mezzo all'erba morta, poi tornarono a guardare lei.

Londyn si mise le mani sui fianchi e annunciò: "Voglio il divorzio."

La bocca spalancata di Brick si chiuse di scatto e le sue sopracciglia si inarcarono. "Non siamo nemmeno sposati, cazzo!"

"Allora perché mi sembra che lo siamo e che io non possa voltare pagina finché non divorziamo?"

Brick scosse la testa. "Sei pazza."

"Devo esserlo. È l'unica scusa valida per spiegare perché sono qui."

Gli occhi azzurri dell'uomo si strinsero e la sua mascella si spostò come se stesse digrignando i denti mentre passava lo sguardo dai capelli sciolti, sul cappotto di pelliccia sintetica e poi si prendeva il tempo di farlo scorrere sulla gonna prima di posarlo sulle scarpe. Quelle che lui aveva insistito perché lei indossasse a letto quella notte. "Pensavo avessi un appuntamento."

Quindi Mercy aveva *davvero* gettato l'amo. "Sì."

"Allora perché sei qui?"

Lei sollevò le sopracciglia e inclinò la testa. "Sei davvero così stupido?"

Non aveva capito che l'appuntamento era lui?

Le labbra dell'uomo si contorsero mentre la afferrava per il polso e la trascinava all'interno, facendola quasi cadere. Scrutò oltre le sue spalle, verso il vialetto. "Perché c'è un minivan parcheggiato là fuori? *Cazzo*. È quello che ha comprato Mercy? Lui è qui con te?"

"Cosa? No." Londyn sospirò. "Chiudi la porta, Ramsey W. – qualunque cosa significhi – Briggs."

"Porca miseria. Hai usato il mio nome completo. Sono nei guai?"

"Vuoi esserlo?"

L'uomo piegò la testa di lato e sorrise. "Dipende dai guai." Allungò una mano alle spalle di Londyn, sbatté la porta e fece scattare la serratura. "Quella gonna si può sollevare?"

"Con questi fianchi? No, sarebbe un miracolo. Ma non è per questo che sono qui."

"Ah no?"

"Okay, sì, ma prima dobbiamo parlare."

Brick gemette.

Lei aprì il cappotto e se lo sfilò dalle spalle.

Lui contrasse le labbra di fronte al bottino che lei aveva appena rivelato. "Okay, prima possiamo parlare."

"È quello che pensavo."

"Sai come si usano i grossi calibri."

"Sei tu l'esperto di armi qui." Con una mano sul petto, Londyn spinse via l'uomo e si diresse verso il soggiorno open concept che mostrava chiaramente che quella di Brick era una casa da scapolo. Un divano in pelle nera, una enorme TV a schermo piatto appesa alla parete e grandi altoparlanti che la affiancavano. Al centro del tavolino si trovava una console per videogiochi con una pila di giochi di guerra che sembravano sparatutto.

Bottiglie di birra vuote disseminate nella stanza, tazze sporche, involucri di merendine aperti, un cartone di pizza con una fetta avanzata e pesi sparsi sul pavimento. Londyn se lo immaginava mentre con una mano stringeva un manubrio e con l'altra si portava una fetta di pizza alla bocca.

Santo cielo, Brick era un maiale. Lei non aveva visto traccia di tutto ciò in Florida. Forse era il caso rivedere il suo piano.

Al centro della stanza, Londyn girò su se stessa per fronteggiare Brick, che era ancora in piedi accanto alla porta d'ingresso. Agitò la mano intorno a sé, indicando la discarica. "Davvero? Porti qui le donne?"

Lui non sembrava affatto imbarazzato. "Non do loro alcun motivo per restare."

Aveva senso. "Posso solo immaginare in che stato siano i bagni." Londyn rabbrividì. "Posso solo immaginare come siano ridotte le lenzuola. Che schifo."

Lui le rivolse un sorriso storto, ma molto sexy. "Le cambio spesso."

"Con la stessa frequenza con cui cambi donna?"

Quel sorriso svanì e si capovolse lentamente mentre l'uomo si dirigeva verso di lei. Non si fermò finché non si trovò a un soffio da Londyn. Finché i suoi intensi occhi azzurri non ebbero abbracciato quelli di lei. Senza lasciarla andare.

Ora che lei portava i tacchi, erano quasi faccia a faccia, ma lui aveva ancora un paio di centimetri in più.

"Mi dispiace," disse dolcemente Brick.

"Per cosa?"

"Per essere stato uno stupido stronzo."

"Su cosa?"

"Su di noi."

Erano vicini, ma lui non la toccava affatto. Forse era una buona cosa in quel momento. Avevano delle questioni da risolvere.

Prima che Londyn potesse rispondere, lui proseguì. "Ma ci sono cose che non ti ho detto e che non voglio buttarti addosso. Non volevo sporcarti con quella roba. E... e... *Cazzo*." Brick chiuse gli occhi e scosse la testa prima di riaprirli, mostrando un dolore così profondo da ferire anche lei.

"Allora dimmelo. Posso affrontarlo."

"Ci sono cose che non riuscirò mai a dimenticare, per

quanto ci provi. Cose che mi perseguiteranno per il resto della mia vita."

Lei infilò la mano nella sua maglietta. Il calore della sua pelle la raggiungeva anche attraverso il cotone logoro.

"Prima dobbiamo chiarire una cosa... Kevin era un pezzo di merda. Non ti apprezzava, piccola."

"E tu sì?"

E TU SÌ?

Brick se lo meritava.

"Non sai quanto cazzo ti ho apprezzata. Quanto ti ho apprezzata *davvero*. Ed è colpa mia. All'aeroporto, quando mi hai chiesto se avevamo fatto una cazzata, ho risposto di sì. Ma in realtà sono io che ho fatto una cazzata. E non perché non abbiamo mantenuto le promesse fatte a mio fratello e a tua sorella. Ho fatto una cazzata pensando di potermi allontanare e lasciarti andare. Che tu non significassi nulla di più di tutte le altre donne che ho avuto in passato. Mi sbagliavo. Sapevo di sbagliare. Solo che non volevo ammetterlo."

"Lo stai ammettendo adesso?"

Era così dannatamente bella. Così intelligente. Così divertente. Così perfetta, cazzo.

Ce l'aveva fatta. Lo aveva ucciso.

"Quel giorno... *Cristo*... ho quasi perso la testa. Mi ha spaventato a morte."

"Quello dei tuoi incubi notturni?"

"No, il giorno in cui sei quasi morta, Londyn. Quel giorno. Se non fossi riuscito a rianimarti..." Brick cercò di mandar giù il groppo alla gola, ma non ci riuscì. Perché il volto blu di lei, la sua pelle fredda, i suoi occhi senza vita... lo avrebbero perseguitato per il resto della vita, proprio come quel giorno in Pakistan.

"Quando hai ricominciato a respirare. Quando la vita è tornata sul tuo viso, quando il tuo cuore ha ricominciato a battere..."

Mentre la teneva fra le braccia, si era reso conto di essersi lasciato coinvolgere in qualcosa che non avrebbe mai dovuto fare. Dell'errore che aveva commesso lasciando che accadesse.

Si era reso conto che perderla avrebbe potuto distruggere quel poco di sanità mentale che gli era rimasto.

Si era reso conto di quanto aveva investito in lei.

Di quanto teneva a lei.

Di quanto aveva bisogno di lei.

Di quanto... la *amava*, cazzo.

Non aveva mai pensato che fosse possibile.

Era stato difficile capire cosa fosse successo. E, in quel momento, lui non voleva farlo.

Ma doveva affrontarlo subito.

L'ultima settimana senza di lei era stata fottutamente vuota.

Non gli era mai importato di trovare quello che avevano trovato i suoi compagni di squadra. Aveva creduto di poterne fare a meno.

Finché non era divenuto chiaro il contrario.

"L'ho capito in quel momento... Quando ti ho tirata fuori da quella cazzo di piscina. Quando ho pensato... quando ho pensato che lui ti avesse portata via da me. Quando ho pensato che avrei potuto perderti per sempre..."

"Cosa?" sussurrò lei, stringendo il pugno attorno la maglietta di Brick. "Che cosa hai capito?"

Lui avvolse le dita attorno a quelle di Londyn, premendosi la mano di lei al petto. "Lo senti?"

Il palmo della mano di lei si appiattì sul suo cuore e lui

sapeva che il suo cuore batteva furiosamente, perché lo sentiva fino al collo.

"Sì."

"Questo appartiene a te."

"È il mio trofeo." Lei inclinò la testa e lo fissò con occhi azzurri che contenevano lacrime. "Hai intenzione di dirlo?"

"E tu?"

"Ti amo, Ramsey W. – qualunque cosa significhi – Briggs."

"E questo è il *mio* trofeo."

"Perché mi hai fatta innamorare di te?"

Brick le asciugò la singola lacrima sospesa nell'angolo dell'occhio. "Perché non ho promesso di non farlo. Perché mi hai fatto innamorare di te?"

Lui sorrise quando lei gli fece eco: "Perché non ho promesso di non farlo. Ma non l'hai ancora detto."

"Ti amo, Londyn…" Brick si batté la fronte con il palmo della mano. "Non so il resto del tuo cazzo di nome." Gemette. "Stronzo io."

"Beh, di certo non è Gertrude 'Pasticcino' Ramsey."

"Credo che non sia importante finché non sarà Londyn Briggs." Gli occhi di entrambi si spalancarono. "Occazzo."

"Oh, no. Forse dovrò mantenere il mio cognome da nubile."

"O usarli tutti e due."

"O semplicemente mantenere il mio nome da nubile."

E lui non sapeva quale fosse. Se fosse lo stesso di Rissa. "Londyn Briggs è piuttosto accattivante."

"No."

"A me piace."

"No."

"Allora, ora posso toglierti quella gonna?"

"No. Non abbiamo ancora finito."

"Cazzo," mormorò lui. "Senti, ti ho appena detto qualcosa che non ho mai detto a nessun'altra donna in vita mia."

"Ancora una volta, questo è il mio trofeo. Ma dobbiamo capire come procedere da qui in poi."

"Come vuoi procedere?" Il suo unico rimpianto era che avrebbe dovuto essere lui ad andare da lei. Non il contrario.

Anche se, dopo la confessione al capannone, aveva avuto in mente di farlo. Ma non quella sera, visto che lei aveva un appuntamento.

Un momento.

Occazzo, l'appuntamento era con lui.

Mercy lo aveva incastrato. *Bastardo*.

"Beh, credo che tu abbia ancora qualcosa di importante da dirmi. Capisco che non vuoi parlarne, ma ho bisogno di sentirlo."

Il mezzo durello che gli era venuto a causa del vestito di lei e di come esso abbracciava le sue curve si sgonfiò completamente. "Londyn..."

"Nessun segreto, Brick. Nessuno. Perché se hai intenzione di tenermene, dimmelo subito e io me ne vado. Ho convissuto con un uomo che aveva dei segreti. Non lo farò di nuovo."

"Devi giurarmi che non mi odierai."

"Non potrei mai odiarti."

Lui aggrottò le sopracciglia. "Odi Kevin?"

Londyn storse la bocca. "Mi è fortemente antipatico."

Brick le sollevò il viso verso di sé. "Londyn, giuralo."

Lei aprì la bocca e mormorò: "Mi stai spaventando."

"Giura."

"Okay."

"No," scosse la testa, "ho bisogno che tu lo dica e che lo pensi davvero."

"Giuro che non ti odierò."

Porca troia, Brick avrebbe voluto poterci credere. Amava la donna al centro del suo disastrato salotto. E lei amava lui.

Sapeva di doverglielo dire. Era giusto così.

E l'ultima cosa che voleva era che quella donna uscisse dalla porta di casa sua. Non perché lui avesse dei segreti, ma a causa di *quel* segreto. "Siediti."

"Ommerda. Ho iniziato la giornata con qualcuno che mi ordinava di sedermi. Ora la giornata finirà nello stesso modo."

"Cosa?"

Londyn agitò la mano in un tacito "non importa" e si diresse verso il divano. Lo fissò per un attimo, poi girò la testa per guardare Brick. "Il tuo letto è più pulito di questo divano?"

"Sì." Brick sperava che lo fosse. Ripensò a come gli era sembrato quella mattina, quando era rotolato fuori. "Almeno credo."

"Andiamo bene."

Lui le prese la mano e la trascinò indietro verso l'ingresso, dove c'erano le scale. Lei inciampò nei tacchi. "Ehi! Fammi togliere i tacchi prima che mi rompa il collo."

"Col cazzo. Quelle non si tolgono finché non le tolgo io." Brick si girò, fletté le ginocchia e le appoggiò la spalla all'addome, buttandosela in spalla con un grugnito.

Londyn strillò. "Ti ammazzerai!" gridò mentre lui si dirigeva verso il gradino più basso. "Sono troppo pesante per portarmi di peso."

"Mai," esclamò Brick mentre saliva con cautela le scale. Grugnì a ogni passo finché non raggiunse la cima. La suite padronale occupava tutto il secondo piano, quindi non c'era una porta o un corridoio. Raggiunto l'ultimo gradino ci si trovava subito nella sua camera da letto. Era ottima per un single o una coppia, ma mancava di privacy se qualcuno aveva dei figli e stava cercando di farne altri.

O di *esercitarsi* a fare dei figli.

Si lasciò scivolare Londyn lungo il corpo, ma non la lasciò andare. Invece, la prese fra le braccia e la strinse a sé. "Ti amo, piccola, ma avrò bisogno di terapia sessuale dopo quello che ti ho detto."

Lei gli seppellì il viso nel petto. "Credo di poterti aiutare. Ma, ripeto, e so che è una cosa brutta, mi stai spaventando."

Brick doveva darci un taglio. Le scostò i capelli dal viso. "Riesci a sederti con quella gonna?"

"Ci penso io, così tu puoi concentrarti."

"Quel cazzo di maglione e quei tacchi mi distraggono. Sarebbe meglio se ti togliessi tutto."

Lei allontanò il viso. "Bel tentativo."

Brick sospirò e la trascinò verso la poltrona reclinabile nell'angolo, invece che verso il letto. Senza lasciarle la mano, buttò sul pavimento il paio di pantaloni cargo che ci aveva lanciato sopra. "Siediti qui, allora."

Londyn si sistemò sulla sedia, con lo sguardo preoccupato, mentre lui si inginocchiava ai suoi piedi.

E le raccontava la sua storia. Il suo incubo.

Il fantasma che lo perseguitava e che forse non sarebbe mai andato via. E che, in verità, non avrebbe dovuto andarsene. Perché nessuno avrebbe dovuto dimenticare la vita innocente che era stata costretta a diventare uno strumento di guerra.

Nessuno avrebbe dovuto dimenticare il bambino che si era svegliato una mattina, aveva fatto colazione con la sua famiglia, aveva giocato con i suoi giocattoli. Non sapendo che il padre, lo zio, il fratello, chiunque fosse quell'uomo– l'uomo che avrebbe dovuto dargli il buon esempio – lo considerava un'arma invece di amarlo come un famigliare.

Le raccontò di come quel momento avesse cambiato il suo punto di vista su "Dio, patria e armi da fuoco." Di come in seguito avesse abbracciato l'ultimo punto. La sua unica vera sicurezza e l'unica cosa solida a cui poteva aggrapparsi. Aveva perso la fiducia nel primo punto. E l'amore per il suo Paese? Da quel giorno in poi, si era ammaccato ed era sbiadito.

Quando Brick ebbe finito, alzò di nuovo il viso verso di lei e incontrò i suoi occhi azzurri, che erano di nuovo velati dalle lacrime. Ma questa volta non ne era sfuggita nemmeno una. Il labbro inferiore di Londyn era schiacciato tra i denti, probabilmente per impedirle di piangere mentre lui si sfogava e le raccontava il suo segreto.

Perché non potevano esserci dei segreti fra loro.

Londyn tirò su col naso una volta e si asciugò gli occhi, facendo del suo meglio per mantenere la calma. Molto probabilmente per far sì che anche lui si riprendesse.

La forza di lei era diventata la sua.

Una volta finito, Brick aspettò, con le mani che stringevano quelle di Londyn nel grembo di lei. Sperando che lei non lo odiasse come a volte lui odiava se stesso.

Come odiava ciò che era stato costretto a fare.

Ma una cosa che non le aveva detto era che ciò che lo aveva spinto a posare il suo MK-11 il giorno in cui aveva pensato di farla finita, di uccidere l'odio bruciante, di liberarsi per sempre di quel fantasma, era stato il ricordo di quando tutti i coniugi, i figli e i famigliari delle truppe che lui aveva salvato lo avevano ringraziato.

I biglietti, le lettere, le telefonate. Tutto.

Parole semplici che esprimevano come tutti loro sapessero quanto era stato difficile fare quello che aveva fatto. Come se sapessero che avrebbe avuto un impatto su di lui.

Ma nonostante quello, a Brick non era rimasto più nulla da dare.

Voleva lasciare la Marina.

Quel giorno aveva chiuso.

Aveva messo via il fucile e aveva cercato di nascondere quel ricordo il meglio possibile.

Alcuni giorni erano migliori di altri.

Alcune notti, il suo pensiero era libero.

E poi c'erano le notti in cui riviveva tutto da capo.

Ma Londyn aveva ragione. Era necessario che lei sapesse. Perché per dormire al sicuro al suo fianco ogni notte, doveva essere preparata.

E lui la voleva lì.

Sperava solo che, dopo aver ascoltato la sua storia, anche lei lo volesse ancora.

Continuò a rimanere in silenzio, perché non voleva influenzare la decisione della donna. Qualunque fosse quella decisione, doveva essere onesta e venire dal cuore.

"Molti uomini non sarebbero sopravvissuti a una cosa del genere. Soprattutto se avessero avuto dei figli."

Lui scosse la testa. "Non sono sopravvissuto. Quella cosa mi ha schiacciato. Ha distrutto la mia carriera. Tutto ciò per cui avevo lavorato duramente, tutto ciò per cui avevo sanguinato, è finito quel giorno. In quel momento. In quell'istante. Me ne sono andato, Londyn, da uomo sconfitto e distrutto."

"Non avevi altra scelta, Brick."

"Tutti abbiamo una scelta."

"E la tua è stata quella di sacrificare uno per salvare molti."

Un brivido lo attraversò e gli fece rizzare i peletti sulla nuca. Lei aveva citato un detto che lui si era ripetuto più e più volte per convivere con quello che aveva dovuto fare, con quello che aveva fatto.

Ma lui non lo aveva citato nemmeno una volta durante il suo racconto. "Dove l'hai sentito?"

"In Florida. A volte lo borbottavi nel sonno quando avevi gli incubi."

Brick si chiese cos'altro avesse detto, cos'altro lei avesse sentito. Quante cose Londyn già sapesse, ma insistesse per sentirne ancora, direttamente da lui. "Faccio tutto il possibile per svegliarmi ogni fottuto giorno e non lasciare che quel momento, quella singola fottuta scheggia di tempo mi schiacci. Perché lo farà se io glielo permetto. E non voglio essere un miserabile del cazzo."

"Quante vite hai salvato?"

"Quel giorno?"

"In vita tua."

"Non lo so."

"Hai salvato la mia. E hai salvato indirettamente anche quella di Barb. Quante vite sarebbero andate perse quel giorno in Pakistan se non avessi fatto quello che hai fatto?"

"Almeno trenta."

"Compreso il bambino?" Quando lui non rispose, lei disse: "Il suo destino era di morire quel giorno. Il suo sfortunato destino era già stato deciso quando quell'uomo gli ha legato quegli esplosivi addosso."

"Questo non rende le cose più facili."

Lei gli passò le dita tra i capelli. "Chiunque avrebbe difficoltà a convivere con una cosa del genere. Se non ne avesse, sarebbe una persona davvero distrutta. Avrebbe perso tutta la sua umanità. Tu non sei così. Non potrai mai esserlo. Non mi sarei mai innamorata di un uomo del genere e tu non saresti mai stato in grado di amarmi a tua volta. Sacrificare uno per salvare molti. Quell'*uno* eri tu, Brick." Londyn si alzò e gli tese la mano. "Grazie per avermelo detto. Se non vuoi più parlarne, mi sta bene. Se lo farai, ti ascolterò." Lo attirò verso il letto. "Ma ora ho finito di parlare. E tu? Credo sia arrivato il momento di una piccola guarigione sessuale."

"Concordo." Londyn si girò e gli diede le spalle. Lui la fissò confuso. "Cosa c'è?"

"Ho bisogno non solo che mi slacci la gonna, ma anche che me la tolga."

Lui sbuffò. "Si può fare."

Londyn indicò la cerniera nella parte inferiore della schiena. "Non dirmelo, fallo e basta."

Brick si avvicinò a lei, portando una mano alla piccola linguetta sulla vita di quella gonna sexy, mentre con l'altro braccio le serpeggiò intorno, avvolgendole con le dita la parte anteriore della gola.

Le tirò indietro la testa fino a farla appoggiare alla sua clavicola. Poi le premette la bocca contro l'orecchio. "Tieni quei cazzo di tacchi."

"È per questo che li ho indossati."

"Brava bambina," sussurrò Brick. La sentì rabbrividire alle sue parole.

Le sue dita si curvarono sulla gola delicata di lei mentre le abbassava lentamente la cerniera, per scoprire che non aveva le mutandine.

"Cazzo," gemette tra i capelli sciolti della donna che gli si impigliavano nella barba e gli solleticavano il naso. Ma non gliene fregava un cazzo.

"Non vedo l'ora," mormorò lei. "Devo ispezionare le lenzuola prima?"

Lui le abbassò la gonna finché non le cadde intorno ai talloni. "Non ce n'è bisogno, pasticcino. Prima ti metterai in ginocchio."

"Forse prima *tu* ti metterai in ginocchio per tutte le volte che ti sei fatto chiamare papà."

Lui le tenne una mano sulla gola, mentre l'altra si immergeva nella V del maglione e direttamente nel reggiseno per trovare il capezzolo duro come la roccia. "Hai detto che non abbiamo segreti l'uno per l'altra. E ho visto come ti eccitavi quando lo dicevo." Lei sussultò quando lui si rigirò ruvidamente il capezzolo fra le dita.

"Sono brava a fingere," disse ansimando Londyn.

"So che è una bugia."

"Davvero?" Lei sussultò mentre lui le stringeva le dita sulla gola e faceva scorrere la lingua intorno al guscio esterno dell'orecchio.

"Devo dimostrarlo?"

"Se necessario."

Lui le sorrise fra i capelli. "È un sacrificio che sono disposto a fare."

Nulla di ciò che fecero quella notte fu un sacrificio.

Fu la notte di sonno più profondo che Brick ebbe dopo Ft. Myers. Non si illuse che tutte le notti sarebbero state così.

Ma si accontentava di quello che poteva avere.

E, a sua volta, avrebbe dato a Londyn tutto ciò che lei aveva sempre desiderato.

Soprattutto un amore innegabile e indissolubile, forte e profondo come quello dei genitori di lei.

E nemmeno quello sarebbe stato un sacrificio.

Epilogo

6 mesi dopo

"Cazzo," mormorò Brick mentre il suo telefono "grugniva" sul comodino. Aveva registrato quella suoneria direttamente alla fonte e l'aveva assegnata al suo capo.

Si stava infilando gli stivali per andare al capannone per la partita di poker mensile, quindi almeno gli Shadows erano già pronti a dirigersi in quella direzione nel caso stesse succedendo qualcosa.

Finì di allacciarsi lo stivale sinistro, prese il telefono e diede un'occhiata al messaggio di gruppo che Diesel aveva inviato.

Chiesa. Ora.

La chiesa? C'era stato un problema nella sede del club e gli Shadows dovevano gestirlo?

Tutti. Donne e bambini.

Sembrava una messa in sicurezza della popolazione. Il che poteva significare una minaccia per l'MC.

Cazzo. La situazione era tranquilla da un po' di tempo, da

323

quando i rivali dei Dirty Angels, gli Shadow Warriors, avevano cessato di esistere.

Grazie a Brick e al resto della sua squadra.

"Dobbiamo andare!" gridò da sopra la spalla mentre si alzava, raccogliendo il portafogli, la Glock e tutto il necessario in vista di qualcosa di grosso.

Londyn infilò la testa fuori dal bagno aperto, con i capelli ancora parzialmente raccolti nei bigodini. "Non c'è bisogno di urlare. Sono qui."

"Preparati a partire. Passo doppio."

"Passo doppio significa che ho venti minuti invece di quaranta. Lo sai, vero?"

Brick la guardò con le sopracciglia aggrottate. "Londyn. Mettiti dei jeans e degli stivali, o delle infradito o quello che vuoi, e andiamo."

"Devo andare a un baby shower e non ho bisogno che tu mi accompagni."

Quelle donne dovevano smetterla di rimanere incinte. Stavano andando in rovina a furia di comprare regali per loro e poi regali per il bambino una volta che quello veniva al mondo. Di quanta roba avevano bisogno? Le donne avrebbero dovuto condividere la stessa roba e passarsela.

Riciclare era importante, no?

"Cambio di programma. D ci vuole tutti al circolo, subito."

"Perché?"

"Se lo sapessi, te lo direi. Lui non è molto bravo con i dettagli. Dice di presentarsi e noi ci presentiamo."

"Beh, è assurdo. Come si fa a fare programmi?"

"Li si fa dopo." Brick si girò e la vide togliersi il resto dei bigodini. Troppo lentamente. Schioccò le dita. "Meno chiacchiere, più movimento."

Londyn storse la bocca. "Accidenti, pensavo di aver lasciato il prepotente Seamus in Florida."

"Se così fosse, le tue chiappe non sarebbero rosse e calde in questo momento, vero?"

Lei sorrise in un modo che gli fece contrarre l'uccello. "A volte mi piace Seamus."

Anche a lui. Ma non era il momento.

"Londyn," ringhiò minacciosamente.

Lei sollevò in aria le mani piene di bigodini. "Bene. È giugno. Metterò i pantaloncini e i sandali."

"Come vuoi," mormorò sottovoce Brick. "Basta che ti sbrighi."

"Va bene."

"Conosci la regola."

"Va bene!" giunse dall'interno del bagno.

Brick sorrise. La "regola" era che ogni volta che Londyn gli rispondeva "va bene" con quel suo tono impertinente, lui aggiungeva una tacca al suo crescente "repertorio da seghe." Ma non era un repertorio tipico. Era uno di quelli che piacevano a entrambi.[1]

Soprattutto perché Londyn diceva spesso "va bene."

"Ti aspetto nel carro armato," esclamò Brick.

"Non possiamo prendere la mia Benz?"

Brick ci aveva messo meno di un mese a comprarle una Mercedes AMG GT Coupé da urlo e a rimandare l'altra auto nel vialetto di Mercy. Col cazzo che Brick avrebbe girato in minivan quando non potevano prendere il suo TUV o la Indian Scout.

"No."

"Va bene."

Brick scosse la testa mentre scendeva di corsa le scale, usciva dalla casa in stile Cape Cod e saliva sul TUV.

Dieci minuti dopo, stava ancora aspettando.

Sospirò, tenendo lo sguardo incollato alla porta d'ingresso e tamburellando con impazienza con le dita sul volante. Una volta trasferitisi nel complesso, sia il capannone che la chiesa del DAMC sarebbero stati a breve distanza.

Amava quella casa, ma Hawk non voleva vendergliela, perché affittarla gli rendeva di più. Così Brick aveva comprato l'ultimo lotto del cul-de-sac. Quello che era stato messo da parte per lui e quello per cui Londyn aveva insistito. Quello subito a sinistra della casa di Mercy e Rissa. Nonostante Mercy continuasse a suggerire altri lotti "migliori" in altre zone del vicinato.

Per esempio, dalla parte opposta del quartiere recintato, accanto alla casa ancora vuota di Nash.

Alla fine, Londyn aveva ottenuto ciò che voleva.

Come sempre.

Il sorriso che quel pensiero suscitò scomparve rapidamente dopo altri cinque minuti di attesa.

Afferrò il telefono per mandarle un messaggio e si rese conto di una cosa. Una cosa che aveva trascurato di fare.

Scorse a destra e trovò quello che stava cercando. La moltitudine di app per rimorchiare che aveva sul telefono. Tinder. Happn. Fling. E altre ancora. *Tante* altre.

Una dopo l'altra, le cancellò tutte e, quando ebbe finito, tirò un sospiro, alzò lo sguardo e ancora non vide Londyn.

Aprì l'applicazione di messaggistica e digitò: *Sbrigati.*

Aggiunse rapidamente: *E non rispondere con un cazzo di va bene.*

Va bene!

E poi eccola lì, che usciva in retromarcia dalla porta d'ingresso, si chiudeva la porta alle spalle e faceva scattare la serratura. Poi si diresse verso il veicolo con addosso non solo un paio di pantaloncini attillati e una maglietta con scollo a V che metteva fin troppo in mostra

quelle tette, ma anche un sorriso assolutamente impertinente.

———

IL PARCHEGGIO ERA STRACOLMO. Moto, auto, camion e
SUV erano parcheggiati in ogni posteggio e persino sull'erba
che circondava il marciapiede. E siccome Londyn non aveva
rispettato il "passo doppio," Brick non si sarebbe sorpreso se
loro fossero stati gli ultimi ad arrivare.

"*Down & Dirty 'til Dead*[2]?" sussurrò Londyn leggendo la
scritta intagliata nel legno sopra la porta di metallo che Brick
le teneva aperta. "Che cosa significa?"

"Piccola, sono motociclisti. È il loro motto. Il codice
secondo il quale vivono, diciamo."

Entrarono nell'area comune della chiesa e furono accolti
da un silenzio assoluto.

Non c'era nessuno all'interno. Il che era strano. E per
quel motivo a Brick si rizzarono i peli sulla nuca. "Ehi! C'è
qualcuno qui dentro?"

"Ti stavo aspettando." Un grosso motociclista nero che
indossava un logoro chiodo di pelle nera seguì alla voce
profonda che attraversò le doppie porte oscillanti della cucina
commerciale che separava la zona privata del club dal bar
pubblico, l'Iron Horse Roadhouse.

"Perché?" chiese Brick mentre si avvicinavano l'uno
all'altro, trascinando Londyn con sé. "E cosa diavolo ci fai tu
qui, Magnum? La situazione deve essere davvero grave."
Soprattutto se D aveva convocato gli alleati dei Dirty Angels.
Voleva dire che c'era bisogno di numeri. Di una grossa dimo-
strazione di forza.

Non poteva essere nulla di buono.

L'uomo grosso e pelato annuì, cupo in viso e con un'espressione *fin troppo* seria. "Cazzo, è roba grossa. Una roba che non ci saremmo mai aspettati."

Londyn afferrò il braccio di Brick, con le unghie che gli scavavano nella pelle. "Parris sta bene, vero?"

Brick alzò lo sguardo interrogativo verso Magnum, che annuì. "È nel cortile con tutti gli altri per questa ridicola riunione estemporanea."

Il sergente del Dark Knights MC aveva davvero usato la parola "estemporanea?"

Porca miseria.

"D'accordo, cosa cazzo sta succedendo?" chiese Brick, seguendo Magnum verso la porta che conduceva all'esterno, ma al cortile invece che al parcheggio.

Ma prima che uscissero, il rumore della porta della cucina che oscillava di nuovo fece sì che Brick si guardasse alle spalle.

La figlia di Dawg, Caitlin, stava arrivando dalla stessa direzione da cui era arrivato Magnum e i suoi piedi si fermarono quasi completamente quando li vide.

"Cosa..." esordì Brick; ma Magnum aprì la porta laterale e fece un cenno con il mento, indicando che dovevano uscire. Non appena uscirono alla luce del giorno, sentì un muggito: "Era ora, stronzo!"

Brick trovò il suo capo, Diesel, in piedi sul palco all'altra estremità del cortile, che era pieno di gente. Ogni fottuto Dirty Angel, ogni vecchia, tutti i membri della squadra di Brick e tutti i bambini. Troppi corpi per contarli tutti.

Il suo primo pensiero fu che, se c'era una minaccia, tenerli tutti all'aperto non era sicuro. Qualsiasi cecchino come lui avrebbe potuto iniziare a farli fuori come niente. "Stai dietro di me," mormorò a Londyn.

Cait li superò, senza dire una parola a nessuno di loro, e si diresse verso il tendone, dove iniziò a parlare con uno dei motociclisti più giovani, di nome Coop.

Due secondi dopo, anche Magnum deviò verso la loro sinistra e si diresse nella stessa direzione di Cait. Brick non fu l'unico a notarlo. La testa di Dawg si girò in quella direzione e i suoi occhi si strinsero.

"Che cazzo sta succedendo?" chiese Brick al motociclista barbuto e pesantemente tatuato.

Dawg non distolse lo sguardo dalla figlia maggiore che ora aveva il suo bel – ma *giovane* – viso rivolto a Magnum, con un sorriso larghissimo.

Occazzo.

"È quello che vorrei sapere anch'io, cazzo," brontolò il membro del DAMC, spostando tra le braccia la figlia più piccola, Emmalee, anch'essa bionda e bella come la mamma.

Diesel gridò a qualcuno tra la folla: "Portatela qui."

Chi?

Brick afferrò la mano di Londyn e si diresse verso Steel, che se ne stava appoggiato con la schiena al muro, un ginocchio piegato e la suola dello stivale da cowboy scrostato e appuntito piantata su uno dei pali del tendone.

Aveva Kat appoggiata al petto, un braccio intorno alle sue spalle, e la teneva stretta a sé.

"Che succede?" gli chiese Brick.

"Ehi, Kat," disse Londyn, che sembrava già stufa della situazione.

Non era l'unica.

Kat, che sfoggiava un occhio gonfio e scolorito a causa del suo ultimo incontro di MMA, salutò la donna di Brick con un "Ehi."

Steel sogghignò, lo stuzzicadenti che gli saltellava fra le labbra, mentre accennava con il mento all'edificio. "Beh, porco di quel–"

Brick non sentì il resto perché le grida, gli schiamazzi e le urla si fecero assordanti e inghiottirono le parole di Steel quando tutti cominciarono a capire perché erano lì.

E il motivo non era solo l'uomo sul palco, ma comprendeva anche la donna che venne scortata fuori dalla porta laterale, bendata.

Jewel.

La vecchia del capo.

La madre delle sue tre bambine.

La donna che D sarebbe morto per proteggere.

L'unica donna sulla faccia del pianeta in grado di domare la bestia.

Porca puttana.

Dietro a Jewel, confusa, c'erano sua madre, Ruby, e la madre di Diesel, Janice, con le tre figlie di D.

Lo sguardo di Brick passò da Jewel a Diesel, che si era spostato ai margini del palco, con gli occhi rivolti solo alla sua donna.

Ma sembrava un po' pallido. E ciò non era bene.

Perché quando quell'uomo cadeva, cadeva pesantemente.

Proprio come era successo con Jewel.

"È meglio che qualcuno si assicuri che non cada da quel cazzo di palco e si spacchi quella cazzo di testa, perché manderebbe tutto a puttane," disse Ryder, avvicinandosi a loro con Kelsea al suo fianco.

"Non c'è niente di abbastanza duro da spaccare la testaccia di mio cugino," disse Kelsea.

"Che diavolo sta succedendo?" urlò Jewel, ancora bendata, mentre veniva condotta dalla sorella Diamond in mezzo alla folla che si aprì. "Mi tolgo questa benda."

"Non osare!" le urlò contro Diamond, allontanando con uno schiaffo la mano di sua sorella. Fermò Jewel davanti al palco, si spostò dietro di lei e attese il segnale di Diesel.

Il corpo massiccio del gendarme dei Dirty Angels si sollevò mentre lui traeva un respiro profondo. Poi Diesel rivolse un cenno a Diamond.

La sorella sciolse la benda di Jewelee e la fece cadere ai suoi piedi. Lei sbatté le palpebre, guardò in alto e la sua bocca si spalancò quando vide il suo vecchio. "Porca troia! Che succede?"

D si inginocchiò – lentamente, imprecando e grugnendo – e tese la mano simile a un maglio.

"Che cosa hai fatto?"

"Donna!" sbraitò Diesel. "Prendi la mia cazzo di mano!"

Lei lo fece e lui la sollevò sul palco come se non pesasse nulla. Una volta in piedi, si voltò verso tutti i presenti. La sua voce profonda rimbombò su di loro. "Jewelee continuava a farmi sorprese non richieste. Così gliene ho fatta una io."

Anche da dove si trovavano Brick e Londyn, Brick riuscì a sentire Jewel dire con voce tremante: "Non te l'ho mai chiesto."

"Lo so." D alzò il mento verso qualcun altro vicino al palco e un altro uomo di colore, anche lui con un chiodo dei Dark Knights, saltò con agilità sul palco. Brick non aveva la minima idea di chi fosse, ma l'uomo si mise alle spalle di D e Jewel.

"È un matrimonio o qualcosa del genere?" sussurrò Londyn, appoggiandosi a Brick e dandogli una stretta.

Lui le avvolse un braccio intorno alla vita e la attirò a sé, cercando di non ridere troppo forte. "Già. O qualcosa del genere."

"È un disastro," disse sottovoce lei.

Brick scosse la testa. "No, è fottutamente perfetto."

Il Dark Knight borbottò qualche stronzata che Brick non riuscì a sentire e poi chiese a D e Jewel: "Avete qualche voto da pronunciare?"

"Oh, ci sarà da ridere," disse Hunter ridendo dietro di loro.

"Dobbiamo registrarlo?" chiese Steel.

"Cazzo, sì," rispose Brick. "Voglio riprodurlo in loop tutte le volte che Diesel romperà i coglioni."

"Voi non registrate un cazzo. Lasciate che l'uomo abbia il suo momento," disse Mercy da qualche parte nell'ombra del tendone.

"Il tuo matrimonio sarà così?" gli chiese Brick, soffocando un'altra risata.

"No," sentì rispondere Rissa.

"Parris?" sussurrò Londyn a voce alta.

"Dietro di te."

"Volete prestare attenzione? Porco cazzo," brontolò Ryder. "Il grand'uomo si starà cagando addosso in questo momento. E voi ve lo state perdendo."

Tutti si zittirono e riportarono l'attenzione sul palco.

Si erano persi le promesse?

Cazzo, no.

Quello di D fu un semplice: "Sei mia, cazzo, donna." Le sue narici si gonfiarono e la sua gola fece su e giù un paio di volte. "Così siamo a posto con le scartoffie. Contenta?"

Jewel si voltò a guardare ciascuna delle sue figlie, poi scrutò la folla. Fece a tutti un grande sorriso, poi si rivolse a D. "Mi avevi già resa felice, perché mi hai dato tutto quello che ho sempre desiderato... e anche di più."

Un conato di vomito giunse da qualche parte in lontananza, seguito rapidamente da un "chiudi quella cazzo di bocca."

Brick levò gli occhi al cielo.

"Non tutto," grugnì D.

Ognuno di loro, ogni singola persona in quel cortile,

pendeva dalle labbra di quell'uomo. Ognuno di loro sapeva cosa intendeva.

"Non è necessario," disse Jewel. "Può rimanere tra noi."

"Oh cazzo, sta per fare un Brick," ridacchiò Steel.

Kat gli diede un pugno sul braccio e lo guardò accigliata. "Stai rovinando il momento."

"Sappiamo già che se l'è scopata," ha detto Walker. "Non solo li abbiamo beccati più volte mentre lo facevano, ma hanno anche tre figlie."

Sul palco, D sussurrò qualcosa a Jewel.

Tutti – ma proprio tutti – gridarono: "Cosa?!"

D levò gli occhi al cielo e scosse la testa prima di urlare: "La amo, cazzo."

"Cosa?!" riecheggiò di nuovo nel cortile.

"Cazzo, Cristo!" sbraitò Diesel. Poi urlò: "Cazzo, ti amo, donna!"

"Sta per svenire?" chiese Kelsea, senza preoccuparsi di nascondere l'entusiasmo. "Spero che svenga."

"Non sverrà," rispose Ryder. "Aspetta, lo farà?"

"Non può svenire prima della fine della cerimonia, altrimenti non vale," sussurrò Parris.

Il Dark Knight accelerò il sermone.

"Ma è legale?" chiese Londyn.

La voce profonda di Magnum giunse dal loro fianco. Per fortuna la figlia di Dawg non si vedeva più da nessuna parte. "Sì che è legale, cazzo. Sully è un sacerdote ordinato."

Brick diede una stretta a Londyn. "Hai sentito, piccola? Sully potrà sposarci quando saremo pronti."

"Nei tuoi sogni del cazzo," gli disse Londyn. "Nei *miei* sogni, il mio matrimonio non assomiglia affatto a questo."

"Dovresti solo essere felice di stare con me."

"Ho aspettato a lungo per trovare l'uomo giusto, in modo da avere il matrimonio che ho sempre sognato."

"E l'hai trovato?"

"Ti farò sapere."

Quando Sully concluse lo spettacolo, Jewel Jamison divenne ufficialmente e legalmente Jewel Dougherty. Incredibilmente, D era rimasto in piedi per tutto il tempo.

Poi, quando la festa ebbe inizio e la band di Nash, i Dirty Deeds, salì sul palco, Brick fece voltare Londyn tra le braccia per guardarlo in faccia.

"Credo che D abbia capito qualcosa." Guardò intorno a sé i suoi compagni Shadows che si tenevano tutti stretti le loro donne. "Penso che l'abbiamo capito tutti."

Lei inclinò la testa e gli rivolse un sorriso tenero che gli fece stringere il cuore. Arricciò il naso. "Sarebbe?"

Porca miseria, D non era l'unico fortunato quella sera.

Brick attirò Londyn a sé e, quando lei gli strinse un braccio intorno alla vita e prese in mano la sua maglietta, lui le sussurrò fra i capelli: "Ti è concessa solo una piccola scintilla di follia. Non devi perderla."

Tutti loro ora avevano la loro piccola scintilla di follia. E ora dovevano fare tutto il necessario per non perderla.

"Chi lo ha detto?"

"Un uomo intelligente."

"Ti è concessa solo una piccola scintilla di follia. Non devi perderla."
~ Robin Williams, 1951-2014

Per rimanere aggiornati sul lavoro di Jeanne, iscrivetevi alla sua newsletter qui: (in inglese):

http://www.jeannestjames.com/ newslettersignup

Fratelli in divisa: Max

Incontra i ragazzi di Manning Grove: tre fratelli che fanno i poliziotti di una piccola città americana e incontrano le donne che cambieranno per sempre le loro vite. Questa è la storia di Max…

Amanda Barber è una ragazza di città, viziata e amante delle feste. Improvvisamente, la vita la mette a dura prova: dovrà adattarsi alla realtà della provincia, occuparsi del fratello diversamente abile e scontrarsi di continuo con un irritante sbirro del posto.

Come poliziotto e con un passato nei Marines, Max Bryson è un uomo a cui piace avere il controllo della situazione. Non ha mai avuto una relazione seria, né pianifica di averne una nel futuro prossimo. Vuole dipendere solo da se stesso. Se anche cambiasse idea, di certo non si sceglierebbe una ragazza immatura e irresponsabile come Amanda. Eppure, per quanto ci metta tutta la sua buona volontà, Max non riesce a togliersi la sensuale Amanda dalla testa... né dal cuore. Vederla diventare una donna matura sotto ai propri occhi non fa altro che aumentare l'istinto di protezione di Max.

Prepotente e *possessivo*: ecco alcune delle parole con cui Amanda descrive questo antipatico sbirro. D'altronde, non può negare che anche solo guardare Max le provochi brividi di piacere. Però Amanda non vuole ritrovarsi ancora con qualcuno che cerca continuamente di controllarla e Max sembra proprio il tipo di uomo che lo farebbe... O forse no?

Girare la pagina per leggere il primo capitolo del prossimo libro della serie Fratelli in divisa: Fratelli in divisa: Max

Fratelli in divisa: Max

libro 1

CAPITOLO UNO

La piccola auto rossa che Amanda Barber aveva noleggiato rimase ferma nel parcheggio per tre quarti d'ora. Lei era immobile al posto di guida, come pietrificata. Fissava attraverso il parabrezza l'edificio con le pareti di mattoni a vista che aveva davanti agli occhi. Il motore dell'auto era spento, le chiavi ancora inserite nel blocchetto d'accensione; non le ci sarebbe voluto molto per girarle, mettere in moto e sparire nella stessa strada dalla quale era venuta.

Lesse ancora l'insegna sulla facciata dell'edificio, come se quel nome fosse una formula magica che servisse a rimandare l'inevitabile. Casa Howell – Centro diurno di assistenza per adulti.

Si stava facendo buio e lei non poteva più rimanere lì seduta. Aveva promesso all'avvocato della madre che si sarebbe trattenuta in città per un paio di settimane. Solo un paio di settimane. Quattordici giorni. Mezzo mese.

Doveva smettere di essere fifona.

Ok, basta tentennamenti. Afferrò le chiavi e le gettò nella borsetta. Era ora di farla finita. Scese dall'auto, decisa a entrare nell'edificio prima di cambiare ancora idea.

La porta si richiuse alle sue spalle con un *clang* che le parve assordante e Amanda si guardò intorno. C'erano alcuni anziani seduti che cucivano, leggevano e parlavano in piccoli gruppi. Una televisione ronzava in sottofondo. Un signore elegante, molto avanti con gli anni, sedeva su una carrozzina al cospetto di una grande vetrata, la testa ciondolante per via del dormiveglia.

Una donna che dimostrava qualche anno più di lei alzò lo sguardo e la notò. La donna, che stava assistendo un ragazzo seduto a un tavolo da gioco, raddrizzò la schiena e guardò Amanda perplessa. Lei non capiva perché il ragazzo avesse bisogno d'aiuto; sembrava intento a disegnare. La donna si chinò per dirgli qualcosa all'orecchio, poi si mosse verso Amanda.

"Posso aiutarla?"

"Immagino di sì."

Amanda non disse altro, al che la donna assunse un'espressione stupita.

La spronò. "Ha bisogno di informazioni? Vuole fare un giro della struttura?"

"No."

Sempre più confusa, la donna strizzò gli occhi e inclinò la testa come per farle una domanda che però tardò a formulare; quando dopo poco aprì la bocca, Amanda la interruppe. "Sono qui per vedere Gregory Barber."

Pronunciò quel nome abbastanza forte da richiamare l'attenzione del ragazzo seduto al tavolo da gioco, che alzò la testa, la girò verso di loro e rise sonoramente, poi con il polso piegato si spostò la ciocca di capelli che gli era finita sugli occhi.

Le labbra della donna si aprirono in una O. "Tu devi essere Amanda."

Amanda aggrottò la fronte. La donna sapeva di lei, naturalmente; anzi, probabilmente la aspettava già da tempo. Amanda era pronta a scommettere che tutta la cittadina di Manning Grove la stava aspettando.

"Sì, sono venuta a prendere Greg."

Amanda si morse un labbro quando vide il ragazzo alzarsi dal tavolo con un sorriso sghembo stampato sul volto. L'istante dopo, lui le stava correndo incontro, agitando in aria le mani. Istintivamente, Amanda fece un passo indietro. In effetti, avrebbe voluto girarsi e darsela a gambe, ma il ragazzo la strinse in un abbraccio che le tolse il respiro.

La donna gli afferrò le braccia, cercando di separarlo da Amanda. "Greg! Greg! Lasciala andare!"

Greg la scuoteva avanti e indietro, premendole la testa sul petto e stringendo sempre più forte. Lei emise un gemito di dolore.

"Donna... questa è Mandy? È Mandy?" Il vocione del ragazzo le vibrava contro la cassa toracica.

"Greg, di questo passo la stritolerai!"

Allora Greg la lasciò andare e si fece indietro, non senza una certa riluttanza. Il sorriso storto si ingrandì e qualche gocciola di saliva gli schizzò fuori dalla bocca mentre esclamava: "Mia sorella Mandy!"

"Sì, Greg, tua sorella è venuta a prenderti." Donna si rivolse ad Amanda. "Come avrai capito, io sono Donna. Gestisco la struttura." Guardò Amanda con preoccupazione. "Mi sembri pallida... Vuoi sederti?"

Amanda scosse la testa. "No." Fece un profondo respiro e si passò una mano sulle costole, per accertarsi di non avere lesioni. Si sistemò la gonna e il maglione che le si era spiegazzato sotto la giacca. "No, sto bene."

"Porterai Greg a casa di sua madre?"

"Sì."

"Hai mai avuto a che fare con una persona con disabilità?"

Amanda lanciò un'occhiata a Greg, che la ricambiò aggiungendo un enorme sorriso. "No." Greg non riusciva a stare fermo: gesticolava di continuo e confabulava tra sé e sé.

Donna aggrottò la fronte. "Oh, cielo!"

Ad Amanda non piacque quell'esclamazione. *Oh, cielo. Che voleva dire? Sapeva di essere nei pasticci... ma "Oh, cielo"?*

Cacchio.

"Uh... Greg è pronto per andare?"

Donna lo guardò. "Sì. Come vedi, è molto felice di conoscere sua sorella." Spostò nuovamente lo sguardo su Amanda e inarcò un sopracciglio. "È la prima volta, vero?"

Amanda annuì. Non sapeva se quella che provava fosse vergogna o piuttosto paura. Probabilmente era paura, su cui stava calando una coltre di vergogna. Senza dubbio, Donna conosceva la risposta ancor prima di aver formulato la domanda. Amanda era certa che tutta la città conoscesse la risposta.

Doppio cacchio.

Donna la prese a braccetto e la guardò con occhi colmi di pietà. "Senti. Ti darò il mio biglietto da visita. Per qualsiasi dubbio o problema, chiamami. Greg è bravo, è ubbidiente e facile da accontentare."

Amanda lo guardò. Donna ne parlava come se fosse un bambino, ma Greg non era un bambino. Il suo fratellastro aveva ventidue anni. Ventidue.

Era abbastanza grande per bere alcolici, votare o arruolarsi nell'esercito.

Era un adulto, solo che si comportava come un bambino.

"Grazie. Potrei prenderti in parola."

Per la prima volta da quando Amanda era entrata, Donna sorrise. "Certo che lo farai. Ecco una brochure della nostra struttura e il mio biglietto da visita. Greg viene qui tre volte a settimana. Un autobus lo passa a prendere poco prima delle otto di mattina il lunedì, il mercoledì e il venerdì, sempre che non siano giorni festivi. Un autobus lo riporta a casa poco dopo le sei di sera."

Ad Amanda girava la testa. "Ok."

Greg sei pronto per andare con tua sorella?

"Sì, sì, sì! Prontissimo." Greg era talmente su di giri che saltò su un piede, poi sull'altro. "Ora noi si va!" Corse verso Amanda e le porse la mano contratta.

Amanda gliela strinse. L'enorme sorriso di Greg era irresistibile e lei lo ricambiò con uno più debole. "Pronto, Bud?"

"Chi è Bud?"

Amanda lo guardò. Sarà stato anche solo un fratellastro, ma lei e Greg avevano lo stesso sangue. Lui era un pezzo della sua famiglia. Amanda rilassò leggermente i muscoli tesi e gli strinse ancora la mano. "Sei tu... Stai per diventare il mio nuovo compare preferito[1]."

"Oh! Oh! Donna, sono io Bud! Il suo compare!" Greg cominciò a tirare Amanda verso la porta.

"Un momento, Amanda!" Mentre Greg la trascinava, lei si voltò verso Donna. "State dimenticando Caos."

"Cosa?" Amanda si aggrappò allo stipite della porta per evitare che Greg la portasse fuori di peso e sbattesse sul pavimento in preda all'euforia.

"Caos," ripeté Donna, come se quel nome bastasse a chiarire tutto.

Donna raggiunse la porta che dava sul retro della struttura e la aprì. Un border collie bianco e nero balzò attraverso la stanza e si mise a girare intorno a loro, dimostrandosi tanto incontrollabile quanto in quel momento lo era Greg.

Caos.

Che nome appropriato.

LE CHIAVI TINTINNARONO e i cardini scattarono quando Amanda aprì la porta principale della sua nuova casa.

Nuova casa temporanea, ricordò a se stessa.

A causa del lungo volo, a cui era seguito un lungo viaggio in auto per raggiungere quel paesino *nel bel mezzo del nulla*, Amanda era esausta. Aveva bisogno di una bella dormita per essere in grado, l'indomani, di pensare a mente lucida.

Guardò l'orologio. Le sette.

Né lei né Greg avevano cenato e già lei pensava a coricarsi. Come una vecchietta. A Miami, a quell'ora, la serata non era neanche cominciata.

Caos sfilò accanto a lei. Anche il cane doveva mangiare, probabilmente.

"Greg, tu sai come dar da mangiare a Caos?"

Non sentendo alcuna risposta, Amanda si girò verso di lui e lo vide ancora in piedi vicino all'auto. Durante il tragitto, mentre attraversavano il quartiere per arrivare all'abitazione, Greg era rimasto sospettosamente calmo e silenzioso. Il "bambino" euforico era scomparso.

"Greg?"

"Mamma è qui?"

Nonostante il buio e la distanza, Amanda vide chiaramente la tristezza e la confusione che affiorarono sul volto del ragazzo. A lei, quella domanda aveva fatto venire la pelle d'oca.

"No, Greg, la mamma è andata via. Avanti, vieni dentro. Ti preparo la cena."

"Mamma è brava a cucinare."

Amanda sospirò. Non voleva gestire quella situazione. Non faceva parte delle sue responsabilità. Era la prima volta che incontrava il fratellastro. Aveva sempre saputo della sua esistenza, ma i due vivevano in mondi completamente diversi. Nel mondo di Amanda non c'era mai stato spazio per il padre, la matrigna e il fratellastro. La madre di Amanda, Anne, si era assicurata di escluderli.

"Ehi, Bud, non sarò la migliore delle cuoche... anzi, probabilmente sono una delle peggiori. Però sono in grado di prepararti una zuppa e un toast al formaggio."

Sentirsi chiamare *Bud* sembrò tirarlo un po' su. La seguì con riluttanza dentro casa.

Amanda tastò il muro in cerca di un interruttore, visto che nell'entrata era buio pesto; quando le dita ne trovarono uno, lo spinse e si accese la luce. La casa era carina. E piccola. Ogni cosa pareva essere al proprio posto e l'ambiente aveva un aspetto molto ordinato. Nonostante Dolores, la sua matrigna, fosse deceduta più di una settimana prima, la casa sembrava piuttosto pulita.

Amanda notò subito che in giro non c'era nulla di fragile. Niente ceramiche, nessun oggetto di vetro, nemmeno un gingillo. Capì subito il perché quando sentì uno schianto. Corse verso il retro della casa.

La cucina era spaziosa e moderna, con elettrodomestici di ultima generazione, finiture in acciaio inossidabile e dei fantastici piani di lavoro in granito. Un portapentole di rame era appeso sopra l'isola centrale, attorno alla quale erano disposti degli sgabelli di legno scuro.

Al centro della bellissima cucina c'era Greg, che la guardò intimidito. "Mi dispiace."

Gli era caduta in terra la ciotola di metallo di Caos, anche se non sembrava che per il cane fosse un problema: mangiava più veloce che poteva e spazzolò a tempo di record tutti i croccantini, anche quelli finiti nei punti più inarrivabili.

"Non fa niente, Bud. Ora troviamo qualcosa da mangiare per te."

Dopo qualche minuto di ricerca nei vari armadietti, Amanda assemblò una cena veloce per Greg, poi, mentre lui mangiava, si dedicò all'esplorazione della casa. La scoprì piccola, come aveva capito fin da subito, ma molto confortevole. Tre camere da letto e due bagni su due piani.

La cucina era una delle stanze più grandi. Sul retro c'era un giardinetto lungo e stretto, adeguatamente recintato per evitare che il cane scappasse. Amanda apprezzò particolarmente la veranda, che sembrava essere stata costruita di recente vicino alla pedana che dava sul giardino.

Tornò in cucina per dare un'occhiata a Greg. Forse non avrebbe dovuto lasciarlo solo tanto a lungo... Se non altro, avrebbe fatto bene a dargli un tovagliolo. Mentre gli puliva il sugo di pomodoro dai vestiti, Amanda gli fece un piccolo interrogatorio, per capire cosa il ragazzo fosse effettivamente in grado di fare da solo.

Verso le dieci, quando Greg ebbe finito di guardare quello che descrisse come uno dei suoi programmi preferiti, lei lo accompagnò nella sua camera da letto.

"Mi sembra di capire che sei un fan del campionato automobilistico NASCAR, Greg."

"Adoro le macchine... e le corse! Da grande farò il pilota."

"Fammi indovinare... il tuo idolo è Tony Stewart."

Greg strillò, visibilmente emozionato. "Come lo sai?"

Amanda guardò in giro per la stanza: era piena di poster di Stewart, di modellini di automobili e di altri cimeli; tirò giù il copriletto, su cui c'era l'immagine del pilota. *Mmmh... Come lo sapeva?*

"Per andare a letto te la cavi da solo?"

"Sì."

"Bene. Buonanotte, Greg."

"Mandy?"

"Sì?"

"Posso avere un abbraccio?"

"Puoi scommetterci, Bud." Quel secondo abbraccio fu meno letale del primo. "Buonanotte, Greg. Ci vediamo domattina."

"Buonanotte, Mandy."

Amanda scese le scale e andò direttamente in cucina, a prendere la busta bianca che aveva lasciato sul top. Era la busta che le aveva consegnato l'avvocato. La afferrò e si diresse in veranda. Sprofondò nel morbido divanetto emettendo un gemito di stanchezza e aprì la busta. Caos la raggiunse, saltò sul divanetto e le si accucciò a fianco. Lei le accarezzò il manto setoso che gli ricopriva la schiena.

Aprì il foglio e cominciò a leggere.

Cara Amanda,

Mi dispiace non averti mai incontrata, ma ormai non posso farci nulla. Prima di tutto, voglio dirti che tuo padre ti ha voluto bene, anche se tu pensavi che non fosse così. Insieme, abbiamo vissuto una buona vita e io gliene sono grata. L'ho amato molto.

Immagino che per te sarà scioccante incontrare tuo fratello per la prima volta. Gregory è un bravo ragazzo, spero che avrai modo di rendertene conto.

Per Greg è stata dura quando tuo padre è morto di infarto, due anni fa. Per me è stata durissima. So che per Greg sarà ancora più difficile quando anch'io non ci sarò più. Lui non sa che mi hanno diagnosticato un cancro al seno; non credo che capirebbe, comunque.

Se stai leggendo questa lettera, significa che Greg ha perso entrambi i genitori. Mi auguro che nel tuo cuore troverai la forza di amarlo e aiutarlo. Sei tutto ciò che gli rimane della sua famiglia.

Per favore, sforzati di aprirgli il tuo cuore. Non sarà facile. Per molte cose, Gregory è in grado di prendersi cura di se stesso, ma ha comunque bisogno di una guida costante. Negli ultimi tempi, ho cercato di renderlo più indipendente, ma non potrà mai vivere per conto suo. Ha davvero bisogno di te. Non voglio che finisca solo, in una casa di cura.

Ora la casa è tua e riceverai ogni mese i soldi necessari per accudirlo; provengono da un conto che abbiamo aperto io e tuo padre. Dovrebbero bastare per mantenerti a Manning Grove senza dover lavorare, così da essere presente per Greg, quando lui ha bisogno di te. Se decidessi di tornare a Miami (e spero che tu non lo faccia), temo che i soldi che abbiamo messo da parte finirebbero presto.

Manning Grove è una bella cittadina, qui la gente è socievole e molti conoscono Greg. Probabilmente non basterà a convincerti, ma credo che Gregory non sarebbe felice in una grande città.

Devo aver già cominciato a blaterare...

Amanda lesse una lista di attività che Greg era in grado di svolgere da solo, seguita dall'elenco di quelle per cui invece avrebbe avuto bisogno d'aiuto. Accartocciò la lettera e la tirò via; rimbalzò su una lampada per poi atterrare sul pavimento in mezzo alla stanza.

Caos balzò giù dalla sedia, recuperò la "palla" e gliela riportò, posandogliela sulle ginocchia con una certa solennità.

Lei fulminò con lo sguardo prima il cane, poi il cartoccio umido di bava. Si sforzò di non urlare, di non scoppiare in lacrime.

Non voleva prendersi quell'impegno. Non poteva farlo. Quella donna non aveva alcun diritto di chiederle una cosa simile. Amanda non aveva mai chiesto di avere un fratello, non le era mai dispiaciuto essere figlia unica. Sua madre l'aveva viziata, non perché l'amasse, ma perché voleva poterla controllare e tenerla alla larga, quando lo riteneva necessario.

Caos le strofinò il muso sulla mano, in attesa che lei tirasse ancora la "palla".

Mentre fissava il manto bianco e nero del cane, Amanda si rese conto che ci si aspettava da lei che fosse responsabile. *Lei*, Amanda Barber! Lei che non si era mai presa cura nemmeno di un animale domestico. Nemmeno di un criceto. Di punto in bianco, si ritrovava sulle spalle la responsabilità di prendersi cura di un altro essere umano. Era un peso troppo grosso.

Non sarebbe stata all'altezza della situazione.

Si prese la testa fra le mani e crollò. Cominciò a singhiozzare e presto si ritrovò con i crampi allo stomaco, il naso tappato e arrossato e gli occhi gonfi. Tirò su con il naso, sonoramente. Caos le si era accucciato vicino ai piedi; drizzò le orecchie e alzò la testa per guardarla, come per chiederle silenziosamente quale fosse il problema.

Amanda aveva paura.

Si sentiva sola.

Nemmeno la madre avrebbe potuto o voluto aiutarla.

Quel pensiero le diede forza. Non aveva bisogno della madre, che anzi era arrabbiata con lei. Le aveva dato dell'incapace, le aveva detto che non poteva farcela.

Si sarebbe dovuta ricredere. Amanda sarebbe stata migliore di lei. Greg era suo fratello, era la sua famiglia.

Amanda si sarebbe presa cura di lui, sarebbe stata una sorella calorosa e amorevole.

O almeno ci avrebbe provato.

Stanco di aspettare, Caos si alzò accanto a lei. Amanda gli accarezzò la testa. La madre si sbagliava e lei glielo avrebbe dimostrato.

Acquistalo qui: https://books2read.com/Max-IT

Se ti è piaciuto questo libro

Grazie per aver aver letto il mio libro! Se questa storia ti ha appassionato, per favore fallo sapere ad altre lettrici e altri lettori scrivendo una recensione sul sito dove hai acquistato il libro e/o su Goodreads. Le recensioni sono sempre bene accette e anche solo un paio di righe possono dare un grande aiuto per una scrittrice indipendente come me!

Libri disponibili in italiano

Made Maleen: Una fiaba in chiave moderna
Cicatrici
Riaccendere Chase
Tutto di Te: Una storia d'amore gay di seconda possibilità

FRATELLI IN DIVISA:

Fratelli in divisa: Max (libro 1)
Fratelli in divisa: Marc (libro 2)
Fratelli in divisa: Matt (libro 3)
- Include Teddy: il capitolo finale (libro 3.5)
Fratelli in divisa: Natale dai Bryson (libro 4)

LA SERIE DI NOVELLE OSSESSIONATI:

Eternamente Lui
Solamente Lui
Necessariamente Lui
Pazzamente Lei
Segretamente Lui

<u>LA SERIE DI IN THE SHADOWS SECURITY</u>

Guts & Glory: Mercy (Libro 1)

Guts & Glory: Ryder (Libro 2)

Guts & Glory: Hunter (Libro 3)

Guts & Glory: Walker (Libro 4)

Guts & Glory: Steel (Libro 5)

Guts & Glory: Brick (Libro 6)

PROSSIMAMENTE NE ARRIVERANNO ALTRI!

Informazioni sull'autore

Jeanne St. James ha pubblicato per USA Today e Amazon romanzi rosa che hanno avuto successo internazionale. Ama scrivere storie d'amore incentrate su donne dal carattere forte e uomini a cui piace dominare. Scrive da quando aveva tredici anni e ad oggi ha al suo attivo quasi sessanta romanzi di ambientazione contemporanea. Le trame dei suoi libri vertono su rapporti eterosessuali, rapporti omosessuali tra uomini e *ménages à trois* in cui sono coinvolti due uomini e una donna, e hanno per protagonisti personaggi di diverse provenienze. Sotto lo pseudonimo di J.J. Masters, Jeanne scrive anche storie d'amore omosessuali di ambientazione fantasy.

Per restare aggiornati sulle frequenti uscite dei suoi nuovi lavori, collegatevi al sito www.jeannestjames.com o iscrivitevi alla newsletter:
http://www.jeannestjames.com/newslettersignup (in inglese).

www.jeannestjames.com
jeanne@jeannestjames.com

Newsletter: http://www.jeannestjames.com/
newslettersignup

Gruppo Facebook di lettrici e lettori: https://www.facebook.
com/groups/JeannesReviewCrew/
TikTok: https://www.tiktok.com/@jeannestjames

- facebook.com/JeanneStJamesAuthor
- instagram.com/JeanneStJames
- bookbub.com/authors/jeanne-st-james
- goodreads.com/JeanneStJames
- pinterest.com/JeanneStJames

Anche da Jeanne St. James (in inglese)

Trovate il mio ordine di lettura completo qui:

https://www.jeannestjames.com/reading-order

<u>LIBRI INDIVIDUALI</u>

Made Maleen: A Modern Twist on a Fairy Tale

Damaged

Rip Cord: The Complete Trilogy

Everything About You (A Second Chance Gay Romance)

Reigniting Chase (An M/M Standalone)

Brothers in Blue Series

The Dare Ménage Series

The Obsessed Novellas

Down & Dirty: Dirty Angels MC Series®

Crossing the Line (A DAMC/Blue Avengers MC Crossover)

Magnum: A Dark Knights MC/Dirty AngelsCrossing the Line: A DAMC/Blue Avengers MC Crossover Crossover

In the Shadows Security Series

Blood & Bones: Blood Fury MC®

Beyond the Badge: Blue Avengers MC™

<u>**IN ARRIVO!**</u>

Double D Ranch (An MMF Ménage Series)

Dirty Angels MC®: The Next Generation

SCRIVERE COME J.J. MASTERS:

The Royal Alpha Series

(A gay mpreg shifter series)

Note

Capitolo tre

1. In inglese, *brick* significa "mattone" e *mortar* "malta" (ndt).

Capitolo sei

1. Letteralmente "mutandine da ranger" (ndt).

Capitolo dieci

1. In inglese *brick* (ndt).
2. La traduzione utilizzata è quella della ufficiale 2008 della Conferenza Episcopale Italiana (ndt).

Capitolo quindici

1. "Grazia" in inglese (ndt).

Epilogo

1. Gioco di parole intraducibile: "spank," in inglese, indica la masturbazione maschile, ma anche le sculacciate (ndt).
2. "Sporchi e cattivi fino alla morte" (ndt).

Fratelli in divisa: Max

1. In inglese *Bud*, oltre a essere un nome di persona, significa appunto "amico", "compare". [NdT]